エクレスさんは手綱を離すと
僕に向かって手を広げました。

おおー！　と子供たちが歓声を上げる。
炎天下の広場でみんなでスコッチエッグを
食べ、楽しそうにアサギさんたちの
話を聞いている。

『うん、確かに美味《うま》いな！』
ジュドウさんが、
嬉《うれ》しそうにスコッチエッグを食べています。

「これは……酷《ひど》い」
家族の名を叫ぶ人、
屋根だけになった家の下で
怪我《けが》をして倒れている人、泣いている人。
阿鼻叫喚《あびきょうかん》の様相となっていた。
「まずいぇ、ずいぶん時間が
経ってしまったから
早うせんと……！」

「想像以上や……」
クウガさんとアサギさんが呆気《あっけ》に取られながらも、村を観察している。
エクレスさんは御者席から飛び降りるとシュリたちの方へと向き直った。
その顔は領主の、指導者のそれだ。

Youheidan no Ryouriban
New Character
Introduction

ジュドウ

25歳
魔工師

「もっともっと腕を磨いて、
もっともっと凄《すご》い
魔工師になります！」

シュカーハ村で製糸工場の繰糸機《そうしき》の整備と村内の土壌の管理や道路補修を仕事にする、村一番で村唯一の魔工師。

幾何学模様が描かれた
小豆色《あずき》のバンダナを
巻いている。
細マッチョ体型。
黒のタンクトップと
カーゴ色の
作業ズボンが多い。
油まみれの手袋。
ごつい安全ブーツ。

傭兵団の料理番

13

川井昴

ヒーロー文庫

傭兵団の料理番 13

Youheidan no Ryouriban

illustration：四季童子

CONTENTS

イラスト／四季童子
装丁・本文デザイン／5GAS DESIGN STUDIO
校正／福島典子（東京出版サービスセンター）
ＤＴＰ／伊大知桂子（主婦の友社）

この物語は、小説投稿サイト「小説家になろう」で発表された同名作品に、書籍化にあたって大幅に加筆修正を加えたフィクションです。実在の人物・団体等とは関係ありません。

プロローグ　宴《うたげ》の後で ～シュリ～

「では皆様、お疲れさまでした！　今日は無礼講、食べて飲んで騒いで、無事に結婚式が終わったことを祝いましょう！」

「「「「おお!!」」」」

皆様どうもこんばんは、シュリです。いや、疲れましたわ。

今日一日中ガングレイブさんとアーリウスさんの結婚式のために奔走し、働き、苦労をかけた同僚たちへ、労《ねぎら》いのお疲れさま会を行っております。

全員が疲れてる様子ですが、結婚式をやり遂げたという達成感と安心感、仕事を終わらせることができた満足感から、テンションが高い。酒を注いだ木製の杯を荒々しく叩《たた》きつけて乾杯し、互いの功を労っている。

厨房《ちゅうぼう》の机の上には、今日の結婚式で使った食材で作った料理と、余った酒をこれでもかと並べ、全員が腹ぺこなので食べながら談笑している。

僕も乾杯の音頭を取ったあと、椅子に座って肉に齧《かじ》りつきました。本当にお腹《なか》が減った。今日一日だけで疲れ果ててしまいましたよ。

だけど、料理人としての仕事ができたことで体中が充足感で満たされて、思わず笑顔になっていました。こういうの、悪くない。

まあ次にまた他の人の結婚式で働くのなら、もう少し日程に余裕をもたせて、もっと人手も確保したいものです。ああ、疲れた。疲れたけどよかった。

「シュリ」

そんな僕の隣に椅子を持ってきて座り、杯を掲《かか》げてきた人がいました。

「フィンツェさん」

「お疲れさまなの。今、いい？」

「ええ、もちろん」

僕は肉を食べて汚れた口を近くにあった布で拭い、杯を手に持ちました。

「では、お疲れさまです」

「うん、乾杯」

カツン、と木製の杯で乾杯する。今日は僕も無礼講だ、酒を飲んでも誰にも文句は言われない。フィンツェさんも同様であり、酒を飲んで少し顔を赤くしていました。

さらにフィンツェさんは近くにあった皿から手でつまめるもの……僕が作ったポテトチップスを手に取り口に運びます。

「うん、美味《おい》しいものなの」

「それはどうも」

「シュリが作ったあのケーキも、相当なものだったの」

ポツリポツリとフィンツェさんは語り出しました。

「背丈を超えるほど大きな菓子、それを彩る鳥と亀を象《かたど》った氷の彫像と、羽や胴体を模した果物の装飾……確かに結婚式を盛り上げるにはこれ以上ないほどのものだったの」

ああ、あれのことか。

ウェディングケーキと、氷の彫像を使った果物の盛り合わせ。あれは確かに上手くいきましたね。あのときのことを思い出してみても、みんなの驚き具合は笑えましたから。

みんな結婚式という場なので静かにしていましたが、テビス姫なんか食べたくて仕方がないって感じでした。量が量なので、結局みんなに食べてもらえましたからね。いやぁ、自分でもよく作ったもんだ。

「ありがとうございます。でも、あの菓子をあそこまで美味《おい》しく食べてもらえたのは、それまでにフィンツェさんが先頭に立って美味しい料理でみんなを楽しませてくれたおかげですから」

僕がそう言うと、フィンツェさんは照れくさそうに顔を背けました。

そう、フィンツェさんの料理は素晴らしかった。僕は婚礼菓子と氷の彫像を作りながらフィンツェさんの料理を見ましたが、盛り付けも匂いもどれも見事だった。

途中から盛り付けは他の人に任せていましたが、それでも動き、味付け、包丁の入れ方、鍋の振り方と、どれをとっても一流の料理人のそれです。

本来なら、指示を出す立場だったミナフェですら、指示を出すのをやめていたほどだ。ほっといて好きにさせていた方が素晴らしい料理を作る……そう判断したのでしょう。僕でも同じ立場なら、そうする。

「シュリ、この勝負は結局どうなったかな」

「さぁ？　僕はよくて引き分けだと思っていますが」

結局、僕たちは勝負なんて二の次でした。アーリウスさんが控え室に籠《こ》もり、ボイコットしていた料理人のおっさんたちが戻ってきて、さらに仕事は忙しくなって……勝負なんてどうでもよくなっていましたから。

「結婚式を無事に終わらせよう、お客様を満足させよう……それだけしか考えられませんでした」

「それはうちも同じなの。いざ勝負が始まってみても、勝負なんて気にしてる余裕なんてなかったの。ただただ、忙しさで目を回していただけなの」

「じゃあ」

「うん。引き分け。テビス姫もきっとそう言うの」

「そうですか」

僕たちは互いにクスクスと笑い、もう一度乾杯しました。カツン、と音がする。

「改めて、ありがとうございました。無事に結婚式を終わらせることができました」

「うちこそ、楽しい時間をありがとう。うちもこれで、一皮剥《む》けた料理人になれたの」

でしょうね。僕も一皮剥けたというか、一つの壁を突破できたような感触がある。

この忙しくも充実した時間は、きっとこれから先……料理人として生きていくにあたって財産となる経験でしょうから。

「で、シュリ」

と、互いを労《ねぎら》っていたはずのフィンツェさんの顔が曇りました。そして厨房《ちゅうぼう》の片隅に視線を向けました。

「あいつらはどうするの？」

「あえて気にしないようにしていたんだけどなぁ……」

僕もそっちを見てみれば、そこには厨房の片隅で固まって酒を飲んでいる料理人……元々この城の料理人で、貴族派についてボイコットをしていた人たちがいました。

そう、僕はこのお疲れさま会に彼らも呼び止めて参加させていました。彼らは気まずくて帰りたそうにしていましたが、それを無理やり引き留めてここにいさせているのです。

彼らだってバツが悪かろう、居心地が悪かろうと思います。実際、賑《にぎ》やかな宴《うたげ》のはずなのにあそこだけ空気が重い。凄《すご》く重い。

この場に引き留めたのは、今後の話し合いでもすればいいかなと思ってたけど。

「ボイコットしたこと、改めて話を聞ければと思って宴に参加してもらったけど……後日でもよかったかな……」

「うちだったらそうする。この場に残しても他の料理人にとって空気が悪くなるだけなの」

「反省してます」

そうだよね、嫌な顔をしながら言うフィンツェさんの言う通りだよ。本当にその通りだ。

だけど話をしないわけにはいかないよなぁ、とも思ってるから……。困り切った僕ですが、残った酒を一気に飲み干して気合いを入れ直しました。

「決めた！　話をしよう！」

「今からなの？　これが終わった後でも……」

「いいえ、酒が入ってる今じゃないとできない話もあるでしょう！　今しかありません！」

「あ、ちょ」

止めようとするフィンツェさんを振り切り、僕は酒が入った瓶と杯を持って立ち上がりました。

いきなり動きだした僕に、他の料理人さんたちの視線が向けられる。

それに構わず、僕は隅っこでお通夜状態で酒を飲むおっさんたちの席に座りました。

「ちょっといいですか？」

「あ？　あ、ああ……」

声をかけるとおっさんは一瞬戸惑いましたが、すぐにこちらを気にしない体《てい》で酒をチビチビと飲み始めました。が、すぐに中身がなくなったので気まずそうです。

僕はその杯に、持ってきた瓶の口を向けました。

「どうです？　僕からの酌《しゃく》を受けてもらえますか」

おっさんはさらに戸惑っていました。受け取っていいものか、それとも断るべきか、と葛藤しているのでしょう。

この様子、修業時代に見たことがある。会社の帰りにふらりと立ち寄った酒場で苦手な上司に遭遇し、無理やり酒を勧められて困ってるサラリーマンのそれだ！

ああはなるまいと心に決めていましたが……くそぅ、まさか自分がなるとは！

「あ、嫌ならいいです。すみません」

「あ、い、いや……い、いただきましょう」

「なぜ敬語？」

思わず口から疑問が出てしまいましたが、すぐに気を取り直しておっさんの杯に酒を注《つ》ぎました。

ゆらり、とゆれる酒をそのままに、おっさんはくいっと飲む。

「お疲れさまでした」

他のおっさんたちにも声を掛けて、僕は自分の杯に酒を注ぐ。

そのままチビリと飲んでから、杯を机の上に置きました。

「どうでしたか？　久しぶりの厨房《ちゅうぼう》の仕事は？」

僕はそう聞きますが、誰も答えない。気まずそうにしているだけです。

気を遣うなら、この辺りで聞くのをやめておいた方がいいのでしょうが、今日は酒が入ってるという名目でグイグイいかせてもらいます。

「僕は、皆さんが厨房の仕事に入ってくれたおかげでだいぶ楽ができました」

僕の言葉に数人のおっさんが肩を震わせる。顔を見られたくないのか、顔を俯《うつむ》けたりそっぽを向いたりする人もいました。

「やはり十五人くらいでは、大勢のお客様に料理を出して厨房を回すのも大変ですね。人手はたくさんいります。なので、皆さんのおかげで助かりました」

まだ誰も何も言わない。なので、改めて僕は聞きました。溜め息交じりに、零《こぼ》すように。

「で？　改めて聞きますが……貴族派の人の指示に従って職務放棄をして……何か得られましたか？」

踏み込んだ質問に、おっさんたち全員がますます気まずそうにしていました。

いつかは聞かれることでも、今は聞かれたくなかったに違いありません。

酒が入ってるっていう言い訳で話をしている僕でも、正直胸が緊張で早鐘を打っている。

僕は杯を持ち、もう一回酒を飲んでから口を開きます。

「生活の面倒をみてくれてる人もいるって言ってましたね。実際どうでした？」

「……家族をギリギリ食べさせることができるくらいの金が、一度送られてきただけだ」

その中で、とうとうおっさんの一人が口を開きました。

他の人たちが責めるような目でそのおっさんを見ますが、もう止まらなくなったのか杯の酒を乱暴に飲み始めます。

「ああそうだよ！　生活の面倒を見てくれる、また元の地位に戻れる！　エクレス様が戻ってきてくれる！　その言葉を信じて職務放棄に参加したけどな！　金は一度送られただけであとは脅《おど》されたんだよ！」

「脅された？」

おかしいな、説得に行ったときはそんな様子は微塵《みじん》も感じませんでした。ただ忠義心からそうしてるようにも見えてましたが……。

僕が呆気《あっけ》に取られていると、他のおっさんたちも止まらなくなったようで、次々と口を開きはじめました。

「金を渡されてギリギリの生活をしてたら使者が来た！　これで共犯だ、協力しろってな」

「それからは金は渡されなかった、監視が常に家の周りに来ていたんだ！」

「金がないから蓄えを切り崩したり、知り合いの料理店でこっそりと働かせてもらったりしてなんとか生きてきた……」

「外に出ても監視が尾行してくるのが俺たちでもわかった！　なんとかしたかったが、もう遅かったんだよ……！　金を受け取って職務放棄しちまってたんだからよ！」

次々におっさんたちの口から、貴族派がしてきた悪事がさらけ出される。なんというかろくなことをしやがらないな。

おっさんたちはひとしきり文句を言い終えると、縋《すが》るような目で僕を見てきました。

「頼む、今までのことは謝る、償いをするから……」

「ええ、厨房《ちゅうぼう》に戻ってきてください」

僕があっけらかんと言うと、おっさんたちは目を丸くしていた。

けども、すぐに喜色満面となって聞きます。

「い、いいのか？　本当に？」

「どのみち戻ってきてもらわないと困りますから」

実際問題、この人たちが戻ってこないと人手が足りないんですよ。そりゃ、ここまで好き勝手やったくせに戻ってくるなんて！　とか思うところもありますがね。

ていうかガーンさん辺りだったら絶対に断るし文句を言うでしょう。「絶対に戻ってくることを認めない！」とか言い出しそうです。

僕だってこのまま戻ってきてもらうのは、どこかムッとはしますけど。

「料理長だった人は誰ですか？」

「お、おれだ」

おずおずと一人の壮年の人が名乗り出ました。

「じゃあ料理長の立場に戻っていただくので、明日から仕事に入ってもらえますか？」

「本当にいいのか!?」

「じゃないと僕が困るんです」

実際問題、結婚式では料理長という立場で動きましたが、自分の未熟さばかりを知りました。自分一人、もしくは同僚と一緒に働くならまだ動けるし仕事もできます。だけど「領主の結婚式」という公式の場で上に立ってみれば、なんのことはない、自分のことで手一杯で、他のことへ目が行かなかったのです。ミナフェがいなければ、もっと大変なことになっていたでしょう。

上に立つにはまだ視野の広さが足りず、上から指示を出すには経験が足りない。

美味《おい》しい料理を作れるだけでは、人の上には立てない。

「結婚式で、僕は自分の未熟さを知りました。まだ修業が必要なのです。だから、経験がある人が元の立場に戻ってくれれば僕は助かります。だから」

「シュリ!!」

そんな僕を誰かが後ろから口を塞ぎ、さらに別の誰かが羽交《はが》い締《じ》めにして立ち上がらせて、僕はおっさんたちから引き離されました。

驚いているおっさんと僕に、後ろの男女が声を荒らげて言います。

「何を考えてるんだ!!　こんなアホどもを、なんの制裁もなく戻ってこさせるなんてよ！」

「そうだっち!!　こいつらは結婚式の大事な料理を作るときにも来なくて、来たと思ったら邪魔をしようとしたアホどもだっち！　こんな奴らを戻すべきじゃない！」

「そうじゃあ！　ここまで全部、おりゃあたちみんなの力でやったことだっちゃ！　こんな、途中から出てきた奴らにお情けかけるもんじゃなきゃあな！」

どうやら羽交い締めしてきたのはガーンさんで、口を塞いできたのはミナフェ、最後に文句を言ってきたのはアドラさんのようですね。あまりにもいきなりすぎて、逆に落ち着いて観察してる僕がいます。

三人ともギャーギャー文句を言うし、おっさんたちはやっぱりそうだよなって顔で落ち込んでるし、僕はちゃんと説明したいのに口を塞がれてるし……困ったもんじゃ！　思わず広島弁《ひろしまべん》が出たよ。

「落ち着くの、三人とも」

そんなガーンさんたちに、静かに注意をしてくれる人がいました。

「それじゃ、シュリの頑張りが報われないの」

「何が頑張りだ！　フィンツェ、お前も賛成なのか!?　このクソどもが戻ってくることに！」

ガーンさんに怒鳴られてもその人……フィンツェさんは落ち着いたままです。それどころかガーンさんたちを睨《にら》んでいる。

ああ、フィンツェさんはわかってくれたんだな。おっさんたちにも説明したんだけど、ガーンさんたちには聞こえてなかったのかね。いや聞こえてねぇな、そりゃそうだ。この宴《うたげ》の騒ぎの中で聞こえてるわけないか。

フィンツェさんは静かに、ガーンさんたち三人を見回しながら言いました。

「ガーン兄さん。シュリには悪いけど、わかったことがあるの」

「何がだ！」

「シュリは上に立つには、まだ経験が足りないの」

「経験!?　経験なら十分だろう、これだけ料理の腕前が」

「腕前は認める。厨房《ちゅうぼう》の中での動きも悪くないの。でも、厨房全体を動かす立場としてはまだ未熟なの」

うーん、改めて他の人から言われるとショックだなぁ。ちょっと悲しい顔になっちゃう。

だけどガーンさんはそれを認めないようで、僕を羽交《はが》い締《じ》めするのをやめると、フィンツェさんの前に剣呑《けんのん》な顔をして立ちました。

「未熟だと？　初めてやってあれなら十分だろう！　アーリウスの引きこもりも解消した、こいつらの来襲も見事にいなして協力させた！　トラブルにあれだけ対処できるなら、もう十分」

「そう、十分にやったのは認めるの。それでも、実際はミナフェに指示のほとんどを任せていた状態なの」

フィンツェさんの言葉にガーンさんも息を呑《の》む。そのことに関して、ガーンさんでも反論ができないらしい。そりゃそうだ。実際、あの結婚式の間はミナフェに指示を任せっきりにしてたようなもんです。僕もそれに甘えてしまっていた。

僕はウェディングケーキと氷の彫像に集中していた。ミナフェなら大丈夫だと、フィンツェさんなら大丈夫だと、ガーンさんならアドラさんなら、と。

信じるという言葉は時として便利だ。人任せの全てを美談にできるのだから。

　でも、そんなことを結婚式の後にも続けるわけにはいかないんですよ。

　フィンツェさんはそれがわかっているからこそ、ハッキリとそう言ってくれているのです。

「そんな状態のシュリを、いつまでも料理長に据えておくのは不安があるの。今はよくてもいつか失敗をするかもしれないとうちは思う」

「だから！　今は厨房《ちゅうぼう》で料理長として」

「結婚式が終わったからって、ガーン兄さんは油断しすぎなの」

　フィンツェさんはピシャリと言った。

「これからまたすぐに公的な会食があるかもしれないの。なんせガングレイブは……気に食わないけど領主となって結婚式も挙げ、名実共にこの領地の領主であると大国の後ろ盾を得て喧伝《けんでん》したの。だから、周辺の有力者などを招いて顔見せをするかもしれない」

「その程度ならシュリだってできるっち。結婚式ほど忙しくは」

「ミナフェ……、オリトルの料理長であるあなたのお祖父《じい》さんは、そんないい加減な差配《さはい》で担当を任せたりする？　料理を出すってことは、その国の国力や国威、権力者としての力を見せる意味合いもあったりするの。シュリの料理には問題はない。だけど料理長としての差配に関しては未熟そのもの。だから」

　つい、とフィンツェさんはおっさんたちを指さしました。

「今まで、このスーニティでエクレス姉さんやギングス兄さんの下《もと》で国威を示す仕事をしてきた人たちを呼び戻すのは、そういった意味で必要でもあるの。城の厨房を回すお手本と人手の確保、という意味で」

フィンツェさんの説明で、ようやく得心がいったのかそれとも納得できたのか、あるいは理由だけでもわかって言葉に詰まったのかはわかりません。三人とも押し黙ってしまいました。

いやぁ……ここまで僕が未熟であることを堂々と言われたら泣きたくなったぞ。天井を見上げて泣くのを堪《こら》える。

フィンツェさんが今言ってくれたことは本当なのです。この人たちを呼び戻すのは、お手本と人手が欲しいから。あと一つ理由があるとしたら、この人たちをそのままにしておいたら貴族派の人にまた利用されるかもしれず、迷惑を被《こうむ》るのが嫌だから。

おっさんたちもフィンツェさんの説明で納得したらしく、表だって喜ぶようなそぶりは見せません。まぁ、下手したら僕が城の料理長としてのノウハウを手に入れたら、ここを追い出される可能性もあるってことだからね。

追い出すつもりは、ないんだけどなぁ。

「話は聞かせてもらった!!」

ああ……なぜここでこの人が現れるんだ。

厨房《ちゅうぼう》の入り口の方から元気の良い声が響きわたりました。なんかもう、そっちを向きたくないんだけど反応しとかないと後が面倒くさすぎるという考えから、油の切れた歯車のような切れの悪い首の動きでそっちを見ると……ああ、やはりか。

「シュリの料理長としての経験が足りぬ話、人手が足りぬという話、全て妾《わらわ》が解決してしんぜよう」

「姫、さま。もう、お時間、です。寝室、に帰り、ましょう」

そこには夜遅くても元気一杯なテビス姫と、もう隠そうともしないほど疲れた顔をしてテビス姫を止めようとするウーティンさんがいました。

もうこういう登場を見るのは飽き飽きしているので、正直相手にしたくない。

「ウーティンさんの言うとおりです。もう夜も遅い、ここは結婚式で頑張った料理人のみんなの二次会です。お帰りになって、帰る準備をして寝た方がよろしいかと」

「シュリ、お主《ぬし》なかなか直接的なことを言うようになったの」

仕方ねぇだろ。そっちの無茶にどれだけ巻き込まれたと思ってるんだ。とっとと帰れ。国の人たちが心配してるぞ。国王陛下から手紙も来ただろ。

そんな悪態を心の中で唱えつつも、笑顔で応対する技能が上達している僕はそんな考えをおくびにも出さない。こっちだって成長してるんだ。

「それで、テビス姫さまは何をどうすると？」

「うむ、フィンツェよ。シュリの腕は確かじゃ、見たこともない料理を作るための道具の知識も、調味料の知識もある。しかし上に立つものとして年齢、経験、威厳などが足りぬ。そうであるな？」

「ええ、まあ。そうなんですがこっちで解決するので、テビス姫さまの手を煩《わずら》わせることはありません」

「シュリ、その言い方はさすがに妾でも泣く。やめぃ」

だってこれくらい言わないと帰んないじゃん……テビス姫……。

とはいえ実際悲しそうなテビス姫に、そのままの言葉をぶつけるのはやめようと判断した僕は、溜め息をついてから言いました。

「テビス姫さまはこの状況の解決方法として何を提示なさるので？」

「決まっておろう。それらを学べる環境を用意するのじゃよ」

大仰なもったいぶった様子でこっちに歩いてきながら笑っているテビス姫を見て、僕は嫌な予感しかしませんでした。ウーティンさんなんて疲れ切った顔をして、僕に助けを求める目をしてる。ごめん、助けられないんだ。

僕は、ウーティンさんにだけわかるように小さく首を横に振って助けられないと伝えると、ウーティンさんは明らかにショックを受けた顔をしました。この人、随分と表情豊かになったな。良い傾向だけど、それがテビス姫の無茶のせいだと考えると悲しい。

「すなわち、ニュービストへの修業留学をじゃな」

「そうはさせませんよテビス姫さま」

「油断ならないね」

「それは認められません」

「往生際の悪い」

テビス姫が何か不穏なことを言う前に、再び厨房《ちゅうぼう》の入り口から四人の男女が現れてそれを阻止しました。

ガングレイブさん、エクレスさん、アーリウスさん、最後にリルさんです。四人して楽な格好をして、現れたのです。いつまでも婚礼衣装を着てるわけにもいかないもんな。

「なんじゃガングレイブ！　こんな遅い時間に何をしておるのじゃ！　結婚式を終えた新婚夫婦は、早く寝室にこもるものであろう！」

「それをテビス姫さまの年齢の人が言うの、見ててキツいなぁ」

テビス姫、まだ少女だからね。そんな少女が大人の事情がわかってる感じで話をするの、違和感しかない。

だけどガングレイブさんは全く動じることもなくこっちに来て僕の前で頭を下げます。

「ありがとうな、シュリ。今日は苦労をかけた」

「私からも礼を言わせてください。ありがとうございました」

た。

「いえ、そんな！　お二人は主役なんですから、頭を下げないでください」

ガングレイブさんとアーリウスさんが二人揃《そろ》って頭を下げようとする。

この二人は主役なんだ、そんなことをさせてはいけない。僕は慌てて二人を止めまし

「確かに日程としては余裕がありませんでした。ですが、こうして無事に終わったので

す。礼を言うにしたって頭を下げてはいけません。堂々と相手の顔を見ていうべきです」

「そうか……そうだな、ありがとうシュリ」

「その言葉は、この場にいる料理人全員へ向けるべきでもありますよ。僕は十分にお礼を言ってもらったので」

僕がそう言うと、ガングレイブさんは微笑を浮かべて頷《うなず》いて振り返り、料理人さん全員へ向けて言いました。

「今日は本当にご苦労だった！　みんなのおかげで結婚式は不事に幕を下ろせた！　本当にありがとう！」

ガングレイブさんがそう言うと、料理人さんたちは嬉《うれ》しそうに拍手をしました。

さすがに夜遅いので小さな拍手でありましたが、間違いなく結婚式の最後を飾る拍手と言える、祝福のものでしょう。

「さて、リルさんとエクレスさんも来てしまったんですね」

「来てしまったとはなんだい！　一緒に親に挨拶に行った仲でしょボクたち！」

「言葉は間違ってないけど意味はちょっと違うので、そこは気をつけてくださいね」

エクレスさんが可愛く頬を膨らませながら文句を言ってきますが、この人の笑顔の裏にある外堀を埋めてくる腹黒さは、隠せてないいんだよなぁ。

とか思っていると、僕の服の裾《すそ》をリルさんが引っ張っていました。

「どうしました、リルさん」

「あのケーキと果物の盛り合わせ、もうないの？」

リルさんはすっごい物欲しげな目で見てくるんですけど、僕は残念そうに首を横に振りました。

「すみません、あれはもうないです」

「あんなにたくさんあったのに⁉」

「あんなに量があっても、振る舞う人の数の方が多かったので」

「もうちょっと食べたかったなぁ……ふわふわの生地に甘い生クリーム……間に挟まれた新鮮な果物……。食べれば口の中に酸味と甘さが広がって、幸せな気持ちになるあのケーキ…。氷の彫像を使った果物の盛り合わせも、ああやって食べるとなんかひと味違ったなぁ……。果物もすっごい冷えてて、結婚式の場で緊張して固まった体によく染み渡るようだった」

「妾《わらわ》ももう少し、食べたかったのぅ」

リルさんと同じように、テビス姫もこちらに近づいてうっとりとした顔で言いました。

「リルの言うとおり、あのケーキは随分と凄《すご》いものじゃった。あの場で説明を受けたのじゃが、やはりあの大きさでありながら大味にならず、きちんと計算された甘さと果物の酸味、そして参加した客全員にまんべんなく配れるほどの量……あれ以上のものは、この先オリトルでもなかなか出ることはなかろう。

目を閉じれば思い出せるわい。噛《か》めば柔らかい生地の感触と共に、口の中の温度で優しく溶けていくクリームの甘み……さらに生地の間に挟まれたクリームと果物が、ともすれば過剰になりそうな甘さに酸味というメリハリの効いた味を与えることで、そうならないようにしておったわい……。

やはりシュリよ、ここはニュービストへ修業の留学をしてじゃな、料理長としての技量も身につけることが、大切であろうかと」

「ダメだよ。シュリくんはまたあのケーキを作るんだから。本人とボクのために」

「今のところどっちも予定にないので……」

するりと自分の要望を入れてくるから、この二人は油断ならねぇんだよなぁ。エクレスさんのお花畑の頭の中だとすでに、二人でゴールインしてる存在しないはずの思い出やねつ造している未来が描かれてるんだろうなぁ。純粋に怖い。

テビス姫はテビス姫で現実を見てるんだけど、その現実を実現するための外堀埋めや根回しなんかも、いつの間にかやったりするからなぁ。気づいたら逃げられないんだよ。気づけてるから逃げることができてるんだよ。ガングレイブさんが目を光らせてるおかげですね、あの人には今度、豪華な食事を用意したい。

「シュリは妾《わらわ》のところに留学じゃ！」

「ボクとケーキ作りだよ！」

「お前さんら、勝手に決めないでくれ……こっちの職務放棄した料理人たちに話があるから、変なところで騒いで混乱させないでくれ……」

騒ぎ出すテビス姫とエクレスさん、それを止めようとするガングレイブさん。

諦めた顔をしながらもおっさんたちと話をするガーンさんとアドラさん。

場の雰囲気が混沌《こんとん》としてきたぞぅ。

「シュリ」

「なんです、リルさん」

「厄介な女たちにつきまとわれて困ってるなら、いつでも助ける。お礼はおろしソースハンバーグね」

「最後の文言さえなければ、リルさんも厄介な女の中に入らないんだけどなー」

なんて失礼な、とプンスカ怒っているリルさんですが、この人は最近はハンバーグ欲が抑えられてたと思ってたんですよ。以前ほどハンバーグハンバーグ言わないから、とうとう飽きたか別の料理に関心がいったかと安心してました。

嘘《うそ》でした。なんてことない、我慢すればするほど料理は至高の一品になるって思いで言わなかっただけですね。我慢を覚えただけですね。量は減ったが質が上がりました。そんな感じ。クソがぁ。

「リルさん、そういえば結婚式に際してアドラさんが助かった、と言ってましたが」

僕の言葉に、リルさんは照れくさそうに俯《うつむ》きました。

そうなんですよ、リルさんはなにげに式場の装飾を手伝ってくれてたんです。アドラさんはリルさんに口止めされてたんで言わなかったんですけど、正妃でエクレスさんの母であるエンヴィーさんや、ガーソさんの母親のマーリィルさんのことを隠し通していたことがあったので、そこら辺は厳しくアドラさんを追及しました。

最初ははぐらかしていたアドラさんなんですけど、ガーンさんから「これ以上何か隠し事するようなら、お前との友達付き合いをやめる」とドスの利いた声で言われて、観念して吐いてくれました。

どうやらアドラさんが担当した装飾品の制作と設置、飾り付けなどを手伝ってくれたようです。だから結婚式場はあんなにもおごそかで見事だったんだな、と納得しました。

「り、リルは別に、そこまで大したことはしてないから……」

「なんでそこで恥じらうのかわかりませんが、ありがとうございました」

「まぁ、うん……リルもアーリウスの結婚を、祝いたかったから」

この人、こんなふうに照れ照れした様子を見せるところは可愛いんだけどなぁ。これであんなにハンバーグに執心しなきゃなぁ、と残念に思いながらも笑顔は崩さない僕。

「ありがとうございます、リル。あなたの助力で、私の最高の思い出となる結婚式になりました」

「うん、まあね。もっと感謝して」

おいさっきまでの照れくさそうな様子はどこに行った。真顔でアーリウスさんにそう答えるリルさんにちょっと思うところはありましたが、すぐにそんな気持ちも引っ込んで微《ほほ》笑《え》ましく思えました。

真顔だけど、耳が真っ赤っかなんですよリルさん。髪の毛をいじって耳を隠そうとしていますが、正面からは見えずとも横からは見える。

なんだかんだ言ったってリルさんはアーリウスさんを祝いたかったみたいだし、そのお礼を言われたら照れくさいけど嬉《うれ》しいんでしょうね。

こういう人だから、わがままを聞いちゃうんだよなぁ。

「結論を言うぞ」

と、僕がそんなことを考えてると、とてもよく通る声でガングレイブさんが言いました。どうやらあちらの話し合いは済んでいたらしい。

　といっても、僕はすでに結論を出しておっさんたちにも、ガーンさんたちにも言ったはずですが。ガングレイブさんはどういう結論を出したんだ？

　気になった僕はガングレイブさんの方を見て耳をそばだてていました。

「まずテビス姫さまの言う、ニュービストへの留学はなしだ」

「そりゃそうでしょうね」

　ガングレイブさんの言葉に、思わず僕は声が口から漏れていました。今からニュービストに留学して勉強だなんて、どれだけ時間がかかるんだ。いや、とても有意義で意味のあるものなんだってのは理解できます。ただ、なんというかな。あまりガングレイブさんたちから離れたくないんだよね。

「エクレスのケーキの話は論外」

「なんでだ！　ボクの計画は完璧だ、何もかもが！」

「前提条件のシュリとの結婚式って、お前の頭はシュリのことになると途端にぶっ壊れるの、なんなの？」

「愛ゆえに」

「その愛は歪《ゆが》んでると思うぞ、俺」

　エクレスさん……。思わず哀れな顔になってしまう。何があなたをそこまで変えてしまったんですか……いや、僕が原因か？

「本題の城の料理人だが……こいつらには罰を与えた上で復職してもらう。当然、給料も半年間は下げる。減給と罰は別であり、罰については後々言う。それを半年、ちゃんと償えば給料は元に戻ると同時に罪をそれ以上問わないものとする。

また、シュリの要望通りにシュリを料理長から外して、この人に城の厨房《ちゅうぼう》の料理長に復職してもらう。他の者はその助けをするように。だが、これ以上厨房内で争うような真似をするなら、問答無用で解雇して新しい料理人を雇うこととする。文句はないな」

「僕はありません」

「俺はあるけどな……」

「おりゃあもじゃ。正直、納得しきるこたぁできんわぃ。じゃが、シュリが望みガングレイブが決定した。ならば、文句を言うだけ無駄じゃぃ」

ガーンさんとアドラさんはどこか納得しきってない様子でした。二人とも不貞腐《ふてくさ》れた様子を隠そうともしません。するとガングレイブさんが言いました。

「最後に。フィンツェ、本当にいいのか？」

「うちはまだ、ガングレイブを認めてるわけじゃないの。だけど母上と、兄上二人と、姉上……みんなが決めているのなら、もうあーだこーだと文句を言うのはやめるの。ただし、うちはガングレイブを傍《そば》で見ている。ふさわしくないと判断したなら、すぐにでも行動する。例えそれが無謀で失敗に終わるのだとしても。だからうちはそう決めた」

「お前に領主にふさわしいと言ってもらえるように努力する。それから、シュリ」

名前を呼ばれた僕はガングレイブさんの前に立ちました。その隣にはフィンツェさんがいる。「そう決めた」と言ったけど、どういう取り決めをしたのか、改めて考えてみてもわからない。フィンツェさんが何かを決め、ガングレイブさんがそれを認めたのです。

その内容が何か、ちゃんと聞かないと。

「シュリ。お前はフィンツェを厨房の仲間として迎え入れてほしい」

「……なんですって？」

何を言われたのか、一瞬理解できなかった。

フィンツェさんのことなのはわかる。だけど、なんだ？　と僕が戸惑っているとガングレイブさんは念を押すようにして言いました。

「フィンツェは、お前の厨房の仲間になりたいと言う。同時に俺の傍にいて俺を監視し、領主としてふさわしいかを見届けたいそうだ」

「……ふさわしいかを見届ける、というのはわかりました。厨房の仲間として一緒に働いてくれるのは、とても助かります。だけどいいんですか？　僕はガングレイブさんの部下で、フィンツェさんにとっては敵も同然のはずでは」

「もう一度言うぞ。これは、フィンツェが望んだことだ」

念を押して僕を威圧してくるガングレイブさん。どうやらこの話を、断らせるわけにはいかないということなのでしょう。

思わずフィンツェさんの方を見れば、彼女は腕を組んで僕に言いました。

「シュリ。調理技術そのものはうちとシュリ、互角に近いと思う。厨房《ちゅうぼう》内の秩序と序列の理解に関してはうちの方が上なの。でも、シュリが持つ料理の知識とそれを可能とするための道順への理解度は、明らかにシュリの方が上」

「はあ……」

「見も知らぬ料理を、どういう道具とどういう材料を揃《そろ》え、どういう調理法を施せば作れるのか。その道具はどのような仕掛けで作るべきか、その調味料はどうやって作って管理するべきなのか。その知識は、明らかにうちを上回っているの」

そういうことか、と僕はようやく得心しました。

僕が知っている料理の知識、道具の知識、調味料の知識はこの世界では異質だ。完璧に上、とまでは言わないけども、地球の方が進んでいるのは事実。だから僕はこの世界でアドバンテージを得ているのです。

そしてそのアドバンテージは、テビス姫が僕に執心するほどの利益を生む。

なんせ、今この世界に存在していないのに、この世界にある物で作り出せる新しい何か。この何かはとても重宝されるものです。

そしてフィンツェさんは、ガングレイブさんの傍《そば》で見極める。この領地を任せるに足る人物なのかどうか。故郷を托すに問題ない人間なのか。

不穏分子と思われても仕方ないでしょうが、それをガングレイブさんは望んでいる。自分自身がおかしくならないように、監視させるために。

だからこそフィンツェさんは僕と共に働くと言い出した。僕だってフィンツェさんにとっては憎むべき相手のはずなのに、だ。

「僕があなたの技を盗む間に、あなたも僕の技を盗める最高の位置にいる、ということですか。恨みも憎しみも、全部呑《の》み込んで僕たちのこれからのために？」

「理解が早くて助かるの。で？　どうする？」

フィンツェさんは不敵に笑って言いますが、最初から僕に拒否権のない話です。横目でガングレイブさんを見れば、そうしろと言わんばかりに頷《うなず》いている。

そして、僕にとっても悪い話ではなく断る理由もない。

「なら、僕もあなたを仲間として迎え入れましょう。フィンツェさん、これからよろしくお願いします」

「こちらこそ、シュリ。一応は下に就くけど、油断したらあっという間に立場は変わるの」

「気をつけます」

僕がそう言うと、ガングレイブさんもフィンツェさんも納得しているように見えました。

厄介な仲間ができたもんです。頭が痛くなりそうだ。しかも相手は僕よりも腕は良い部分があるときたもんだ。扱いにくいのは間違いない。思わず体に力が籠《こ》もる。

僕の悩みを悟ったのか、ミナフェが近づいてきて耳打ちします。

「シュリ、いざとなったら自分も手助けするっち」

「ありがとう、ミナフェ」

ミナフェの助けがあるならなんとかなるか。いや、油断禁物、かな？

僕がそう考えていると、ガングレイブさんは気まずそうに後ろ頭を掻《か》きました。

「あー……本当は礼を言うだけのつもりでここに来たんだ。それが何やら話をしているようだから思わず横やりを入れてしまったんだ。宴《うたげ》の空気をぶち壊してすまない、みんな」

ガングレイブさんが振り返りながら言うと、他の料理人さんたちもホッとした顔を見せていました。多分、僕がおっさんたちと話をし始めた段階で空気が悪くなったのを感じていたんでしょう。

「ガングレイブさんだけのせいじゃないです。僕がこの場であんな話を始めたからそうなったので……皆さん、すみませんでした」

事実なので、僕は頭を下げて謝罪する。

「私も謝罪させてください。そしてもう一度感謝を。皆様のおかげで、結婚式は良いものになりました。本当にありがとうございました」

僕の隣で頭を下げて礼を言うアーリウスさん。その言葉で、だいぶ空気はマシになったと思う。ガングレイブさんは近くにあった杯を手に持つと掲《かか》げました。

「改めて！　結婚式を無事に終わらせることができ、職務放棄していた料理人たちも戻ってきた！　本当にめでたい！　乾杯！」

その乾杯の音頭に、何人か慌てて杯を持って「乾杯！」と言って酒を飲みました。

ガングレイブさんもその杯の酒を飲み干すと、口元を拭います。

「じゃあ俺の用事はここまでだ。そろそろ戻ろう、アーリウス」

「はい、あなた」

ガングレイブさんとアーリウスさんは二人して夫婦のように……いや、もう夫婦でしたね。夫婦として寄り添いながら厨房《ちゅうぼう》から出て行きました。

「ガングレイブさんがいなかったら、この場は収まらなかったなぁ……」

「シュリよ」

思わず呟《つぶや》いた僕にテビス姫が話しかけてきました。慌てて背筋を正してからテビス姫と向き合い、視線を交わします。

「はい、テビス姫さま」

「留学の話は本気じゃ。いつでもよい、来るといい。歓迎するぞ」

「……はい。ありがとうございます」

「うむ、妾《わらわ》たちは明後日にもこの領地を去る。ウーティンを含め妾たちは随分とシュリの料理に、もてなしを受けた。礼を言う。それと勝負は引き分けじゃ、よいな」

テビス姫はそれだけ言うと、さっさと去って行きました。うーむ、留学の話は受けるつもりはないんだよなぁ。してる暇はなし。あとやっぱ、勝負は引き分けか。

と考えてると、ウーティンさんが僕の隣に立って、ボソリと言いました。

「シュリ、が、来ること、を、自分も、望んでる、ので。それを、知っておい、て」

「え?」

「姫さまも、素直、じゃ、ないので、ああいう、形、でし、か、シュリ、を、招いてお礼を、言えない。というこ、とも」

ウーティンさんの言葉を理解しようとしている間に、ウーティンさんはテビス姫を追って厨房《ちゅうぼう》から出て行きました。……テビス姫だけじゃなくてウーティンさんにも来てほしいと思われてる、か。なんと考えればいいのか、嬉《うれ》しいと思えばいいのか、それとも行く名目が増えてきたことに困るべきか。

エクレスさんとリルさんも厨房から出て行くのかなと視線を向ければ、なんと二人は堂々と席に座って、杯に酒を注ぎ料理に手を付けているではないか。何をしておる?

「お、お二人さんは、部屋に戻らないので？」

「いやぁ、シュリくんたちが頑張ったって労《ねぎら》おうかなと思ってね。ほらシュリくん！　こっち、隣に座りなよ！」

「シュリ、こっちに来るとよい。エクレスの隣に座ると、吸われるよ」

「何を？」

何を吸われるって言うんだ。怖いことを言うなよリルさん。

だけどリルさんの顔には一切、おふざけはなかった。本気で僕の何かが吸われると思っているのでしょう、茶化した様子もなく真面目に言ってくる。

それに対してエクレスさんはなぜか、バレたって感じで焦った顔をしてる。

「なぜわかったんだ、リル……！」

「そろそろ吸う頃だと思ってた。このままではシュリは吸い尽くされる。肘から」

「肘から？」

思わず僕は右肘を手で押さえて下がる。なんだ、何を吸われるんだよ。怖いこと言うなよリルさん。僕がそのままビビってると、エクレスさんは慌てたような、取り繕った笑みを浮かべていました。

「シュリくん！　ボクがそんな、わけのわかんない吸う？　とかいう行動をとると思ってるのかい?!　しかも左膝から！」

「……膝？」

もうわけわかんないよ。

「あ、いや、説明はいりません」

僕は慌ててエクレスさんが口を開こうとするのを止めました。こんなわけのわかんないことなんて説明もされたくないんだわ。

「まあ、労《ねぎら》ってもらうのは悪くないかな……リルさん、隣に失礼します」

「いらっしゃい」

「なんでボクの隣じゃないのさ!?」

エクレスさんはそんなことを言ってますがスルーしておく。今はただ、労ってほしいんだよなぁ。

酒はある、食い物もある、話題もあるし共通の目標を達成した仲間意識もある。

今はただ、無事に結婚式を終わらせることができたことを、喜びたいんだよ。

八十一話　旅立ちと肉豆腐 ～シュリ～

「無事に出発してくれたな……」

「そうですね」

朝日が街を照らし出す時間、僕たちは城から出て行く馬車や旅団を見送っていました。

城の外に出てあの人たちにお礼と別れを告げて、僕たちは彼らの背中を見送る。

騒がしい日々でしたが、去ってみればなんとなく寂しさにも襲われる。賑《にぎ》やかだった城の中が、人が少なくなったことで温度が下がり寒くなったような錯覚にすら襲われる。

ガングレイブさんとアーリウスさん、そして僕の三人は、テビス姫たちが帰国するのを、なんとなく寂しい気持ちで眺めていたのでした。

「やっと帰ってくれたぜ！　これであいつらに使っていた接待費だの人員だのを、領地の仕事に回せるからな！　いや、あっちも負担を軽くしてくれようとしてたのは知ってたがな、やっぱり金は吹っ飛んでたからな‼」

「もう少し寂しい気持ちに浸らせてくれませんかね？　あとそれ不謹慎ですよ」

馬車が完全に見えなくなってから、ガングレイブさんは飛び上がって喜んでいました。

こら、さすがにそれは見えないところに行ったからって失礼だぞ、との意味を込めて注意しますが、ガングレイブさんの肩の荷が下りたっていう喜びには勝てないようです。

「ガングレイブ、落ち着いてくださいませ」

そんなガングレイブさんを静かにさせたのが、アーリウスさんでした。

どうもこの人は結婚式が終わった後、理想の妻を演じるクセができてしまったようで、滅茶苦茶困ってます。上品ぶって姿勢やら言動やらを必死に矯正《きょうせい》してますからね。

今だって、夫をそっと宥《なだ》める静かで穏やかな良き妻を演じているのです。

「そのようなお言葉は領主としてふさわしくありませんことです。お客様がお帰りになられるのなら、静かに見送って差し上げましょうね」

「アーリウスさんはその領主の理想の妻を演じるのやめたらどうです？」

「シュリ……こういうのは普段からどれだけ心掛けてるかで、いざという時の気品というものがですね」

「いや、俺もそれをやめて普段のアーリウスでいてほしい」

「全く！　迷惑な人たちでしたね！　結婚式に出て気を遣ってくれたのはありがたいですが、いくらなんでも滞在しすぎです！　遠慮というものがないのでしょうか！」

ガングレイブさんと一緒にプリプリと怒り出すアーリウスさんに、僕は静かに冷めた目を向けておりました。

「……アーリウスさんも、一皮剥《む》けばこんなもんだよなぁ」

まあ確かに、滞在しすぎと言えばそうなのでしょう。僕は踵《きびす》を返しながらガングレイブさんに言いました。

「ではガングレイブさん、僕は仕事に戻りますのでこれで失礼します。朝食の準備が残っておりますので」

「待て、シュリ」

そんな僕を、ガングレイブさんが呼び止めました。

なんだなんだと振り返れば、先ほどまではしゃいでいた様子もなくなり、真剣な表情になっているガングレイブさん。

雰囲気から、どうやらちゃんとした話だと察した僕は、もう一度踵を返してガングレイブさんと向き合いました。

「なんでしょうか、ガングレイブさん」

「今までご苦労だったな。今日に至るまで、たくさん仕事をさせた」

なんだか言葉に不穏さを感じて、少しだけ不安な表情を隠せなかった僕。クビにされるのかなと思うような言葉ですね。

「え、ええ……まあ、苦労はしましたよ。だけどそれが仕事ですから」

「お前に、ある仕事を任せたい。テビス姫たちの接待、レンハの始末、エクレスたちの母親の所在の解明、俺たちの結婚式と大きな厄介事が一つ一つ解決した今だから、お前にしかできないことを任せたいんだ」

僕は腕を組んでガングレイブさんの目を見る。

「その内容とは？」

相手が真剣ならば、僕も真剣にならざるを得ないでしょう。ガングレイブさんがこの顔をするときは、決まって大切な話のときだ。

ガングレイブさんは歩き出すと、アーリウスさんを伴って僕の横を通り過ぎました。

「詳しい話は全員の前でしよう。主立った者全員を会議室に集める。お前も来てくれ」

「わかりました」

ガングレイブさんはそう言うと城の中へと戻っていきました。

それを見送ってから、僕は振り返る。山から太陽が半分以上顔を出し、日の光が街並みを明るく照らし始めている。これからこの街の一日が始まる。

ふわり、と風が僕の頬を撫《な》でていく。心地よい季節が巡ってきた。それだけ長く、この領地にいたわけですね。そしてこの街の、この領地の主《あるじ》はガングレイブさんとなった。

街の風景を見る目が変わっていく。今までは傭兵団《ようへいだん》として訪れる街は、国は、わずかな間立ち寄る物資補給所みたいなもんでしたから。仕事があるなら西へ東へ南へ北へ。

ずいぶんとこの大陸を旅したもんだ。その旅の終着点が、まさか大陸の真ん中付近の領地となるとはね。

「……さて、頑張るか。ガングレイブさんの大切な話とはなんだろうか」

僕は肩のストレッチをしながら振り返り、欠伸《あくび》をかみ殺して城内へ向かいました。

さすがにここ連日、テビス姫たちへの接待だの料理だの仕事だの騒動だの事件だの、非日常が多すぎた。いやこの世界にいること自体が非日常と言われたらそれまでだが。

やっと落ち着ける日が戻ってくるでしょう。料理人さんたちも戻ってきたし、後の問題は……それをガングレイブさんが言ってくれるはずなんだよね。

「まあ、どんな問題だろうがなんとかしますかぁ……」

欠伸混じりに呟《つぶや》きながら、僕は城へ入っていくのでした。


「では大事な話をみんなにしようと思う」

直接会議室に向かい、部屋に入った僕は集まった人たちに挨拶をして椅子に座り、ガングレイブさんの話に耳を傾けます。

傭兵団の隊長のリルさん、テグさん、クウガさん、アーリウスさん、カグヤさん、オルトロスさん、アサギさん。

スーニティで昔から領地のあれこれに関わっていたエクレスさん、ギングスさん。

そしてそこになぜか呼ばれた僕。この十一人での会議らしいです。用意された机を四角に並べて椅子を用意してあります。

朝日が昇り朝食の時間を過ぎているのですが、僕が厨房《ちゅうぼう》に入って仕事をするよりも大事なことらしいのでここにいるわけで、これから内容を聞かされるのでドキドキしてる。

「結婚式が終わり、レンハの始末をつけ、テビス姫たちも無事に帰国の途に就いた。みんなの仕事っぷりに改めて感謝を言いたい」

「それはええから本題を言わんかい」

ガングレイブさんの厳かな会議の進行を、机の上に足を乗せて手元で剣の刃筋を確認しているクウガさんがぶっきらぼうに言って遮りました。

あまりにも行儀が悪いので正直みんないい顔はしてませんね。僕もです。

「お前……こういう話は順序というやつがあってだな」

「ワイは忙しい。シュリやって厨房の仕事があるはずや。エクレスとギングスは言わずもがな領地の経営やら、他のみんなだって仕事があるんでの。さっさと本題に入ってほしいんだわ」

「……仕方がない。まあお礼を言いたいのは事実だ。それは省略しない」

ガングレイブさんは軽く頭を下げて、僕たちに礼を示します。律儀だなぁと僕は微笑《ほほえ》ましく思いますが、その隣に座っていたアーリウスさんもまた同じように頭を下げます。

「私からも、お礼を言わせてください。素晴らしい結婚式をありがとうございました」

「俺たちからはまず、これを言いたかった。ではクウガの言うとおり本題に入ろうか」

ガングレイブさんは、自身の前に置いていた書類の一枚を手に取ってから言いました。

「まずこの領地に残った問題はあと三つだ。これを同時進行で片付けたいと思っているから、協力してほしい」

ガングレイブさんはそういうと、その書類の一枚を僕たちに示すように出しました。

何やら文字が書き込まれてる……必死に解読すると、どうやら十一名の名前が書かれているみたいです。

「ここに書かれてる名前は貴族派の主立った人間だ」

「あの、改めて貴族派と呼ばれる人たちについて説明してもらってもいいですか？」

なんかこのまま話が進みそうだったので、僕はおずおずと手を上げて言いました。

「ガングレイブさんの治世を納得しない人、エクレスさんとギングスさんの復権を願う人というのは漠然とわかるのですが、何をしようとしているだとかどういうことをしているのだとかが詳しくわからないので……」

「良い質問だシュリ。それも説明しようと思っていた」

「そういやいつ頃からか貴族派って言葉だけが先行してたっスね。オイラも何も考えずに言ってたっス」

テグさんも同様に意味がわかってなかったようで聞きたそうにしていました。僕も同じです。

確かに貴族派と呼ばれる、ガングレイブさんと敵対関係にある人たちが領内にいるってのはわかってました。その影響は厨房《ちゅうぼう》にまで及んでましたからね。許さん。

だけど、よく考えてみれば彼らが何を目的に具体的に何をしようとしているのか、どれだけの規模でどんな行動をしているのか、というのは不透明でした。

まぁ、僕はあくまでも料理番なので政治的なあれこれは無視していたっていうか、関わらないところで仕事をしていたといいますか。関わってないのに料理人さんたちに仕事をボイコットさせたのは本当に許さん!!

「認識としては、シュリの言葉で正解だ。エクレスかギングスを再びこの領地の領主として祭り上げること。俺たちを追い出すこと。これが共通の目的、大義名分だろう。現在奴らは仕事を放棄して、その影響下にある奴らにまで職務放棄させている」

「ガングレイブ。それをしたとして、彼らはどうやって日々の食い扶持《くぶち》を稼いでいるのでしょうか？　仕事をしなければ糧《かて》を得られませぬ故」

「カグヤ、それについてはボクから説明しよう」

カグヤさんが腕組みしながら言った疑問に、エクレスさんが手に持った書類に目を通しながら答えました。

「一応彼らもこの領地で代々永く務めてきた、そういう血統を持っている人たちだ。大きな国の貴族……のような豪勢な生活なんてこの領地ではできないけど、この領地の政治に関わることで得た情報、または情報を元に行った融通、それらを活用する人脈を動かすことで、内々に金銭を得ていた」

「ほほほぼ賄賂《わいろ》じゃないですか」

「シュリくん……ボクはそれを悪いことだとは思わない。政治というものはとかく金がかかるからね。パトロンを作ることも大切だ。自分が通したい議案なんかのための根回しにだって金はいる。金を使って、金を働かせて金を得る。ボクだってこの領地のために、あまり表だって言えないような黒いこともした」

エクレスさんの目に黒い炎が見えるような気がしました。この人は領地のため、領民のため……そんな、人に言えない方法まで使っていたのでしょう。

僕がそれを糾弾《きゅうだん》するのは簡単ですが、それをしてどうなるだろうか？　エクレスさんの施策で、実際この街はとても発展していた。市場にだって活気はあった、領民の人たちには笑顔があった。

手段を選んでいられない時代と世界で、エクレスさんは戦ってきたのです。僕にはそれを責める資格はない。

「エクレスさん……」

「そのおかげでシュリくんに出会えた。今のボクの状況は悪いことではないよ」

「はいはい、話を戻すぞ。そういうことで、俺様たちを軽い旗頭に祭り上げて昔のスーニティを取り戻そうとしてるってのが貴族派の考えだ」

ギングスさんはそう言うと、苦い顔をして天井を見上げました。

「ま、俺様たちを旗頭にしたら、後は自分たちの都合の良いように政治を行うだろうがな。なんせあいつらは、レンハがいた時代にあの女からさえ、うまい汁を吸っていたんでな。油断はできん」

「そんな人らがまだ残ってるんですね。こう、レンハの失墜と一緒に追放されると思ってました」

「それができたら苦労はしない。現状、その貴族派の働きによって、未《いま》だに城に来ない文官や武官は多い。料理人は……戻ってきてくれたがな」

ぼやくように言葉を吐くギングスさんでしたが、なんとなく疲れた顔をしてる。

そりゃそうだろうな、と納得する部分もあるけど。

「ギングスさんやエクレスさんを慕っている人ほど、戻ってこないんですか？」

「ああそうだ。俺様たちへの思いが強い分、そこを貴族派に利用されてる。ガングレイブを追い出せば、俺様たちのどちらかが再びこの領地の頭に返り咲ける、みたいなことを吹き込まれてな」

この文言の凄《すご》いところは、僕たちのような外から来た人間にはピンとこない話なんだけど、エクレスさんとギングスさんを慕っていれば慕っているほど魅力的に聞こえてくることなんだよな。

　この領地には元々、エクレスさんを頭にした文官たちの派閥と、ギングスさんを頭にした武官たちの派閥があった。そして今になってわかるけど、この二つの派閥の陰に隠れて一番大きなレンハの派閥があったわけです。三つの派閥があったんですね。

　エクレスさんとギングスさんの派閥の中に間諜《スパイ》を忍ばせて操り、自分の故国グランエンドのために働いていたレンハでしたが、僕たちが動いたことでレンハの派閥は消えた。

　同時にエクレスさんとギングスさんが領主の後継ぎの座を放棄したことで、二人の派閥も消えてしまったのです。

　端《はた》から見たらこの領地には、この領地の未来のために舵取《かじと》りをする政治的な派閥が存在しないことになったわけですね。ここがややこしい話の根っこです。

「エクレスさんとギングスさんの説得でも、ダメでしたか」

「最終的に、ボクたちのどちらかに伴侶をあてがって血を残し、正統な血筋を旗頭にするみたいな話をされたら、もうどうしようもないよねぇ」

　苦笑いを浮かべてるエクレスさん。多分、言われたときには相当ショックだったんだろうと容易に想像できますね。もう言葉を吐く息からして疲れ果ててる感じでした。

「説得は続けてきたけど、彼らは耳を傾けてくれなかったよ。これからもどうにか、話をしようと思うけどね。そんな彼らの思いを利用したのが、ボクとギングスとレンハのどの派閥にも入ることができなかった中途半端な人たちだ。金や血筋はあるんだけど実務において優秀というわけでもなく、無理に勧誘する必要もどこかに入るのを阻止するほどでもない、って立ち位置の人たちだ」

「ああ、だから貴族派、なんやねぇ」

エクレスさんの言葉に、アサギさんは納得したように煙管《きせる》を吸っていました。

結構煙が酷《ひど》いからやめてほしいけど、アサギさんは吸い終わった灰を灰皿に捨てて処理をしてます。言う必要はなくなった。

「目的はあってもただ言うだけ、実際にはエクレスを持ち上げるでもなくギングスを復権させるわけでもなく、全ての派閥からいないものとして扱われて不遇をかこっていただけの半端者。だから貴族派と。皮肉が効いてるでありんすぇ」

「改めて話を最初に戻そう。その問題の貴族派の名簿があり、彼らへの説得もしくは処分を早急に行う必要がある」

ガングレイブさんはトン、と机に拳を置きました。

「なんせ人手不足が深刻だ。今まではエクレスたちや残っていた者たちの尽力で、なんとか政務を行ってきたが……そろそろ限界が近い。そうだろう？　エクレス」

「うん。ボクもそろそろ徹夜したり椅子で仮眠をとったりするのは疲れてきた。たまにゆっくり寝ても、仕事が気になって休めやしない。ボクに付いてきてくれてる人たちや残ってくれてる人たちだって、そろそろ休ませてあげたいよ」

「俺様もだ。領内の見回り、治安維持、訓練、休暇の持ち回りが酷い。残った兵士たちと将官で仕事をしても、休暇が少なすぎて疲れが見えてきた。ガングレイブたちに元々付いてきてくれていた傭兵《ようへい》たちとの兼ね合いもある。そろそろ、時間をかけてゆっくりと彼らを融和させてぇ」

　思ったよりも人手不足の問題が深刻らしく、僕は生唾を飲みました。エクレスさんとギングスさんの物言いからは、それを調整してきた人たちの苦労がしみじみと伝わってくる。

　依然として続く人手不足。厨房《ちゅうぼう》と食堂を行ったり来たりしている中で、書記官さんたちや文官さん、兵士の人たちなど、あちこちから悲鳴が聞こえていましたが……こうして聞いてみると深刻化しているのがわかりました。

「わっちの方は傭兵団時代の人間がほとんどでありんすから、まだ不満はそんなに出ていないぇ。それでも、そろそろ人手は増やしてほしいやんな」

「アサギさんは何をしてるんでしたっけ？」

「シュリ……これでもわっちは、ガーンの仲間だった諜報員《ちょうほういん》とわっちの部下を一手に引き受けて、周辺の国や領内の情報を集めてるぇ……あと目利きなので、この城に残ってる骨《こっ》董品《とうひん》やら宝物の区分けもしてるでありんす……」

てっきり遊んでばかりだと思ってたよ。だって僕のところに来てやることなんて、煙草《たばこ》を吸うか食事をつまみ食いするかなんだもん。アサギさんはげんなりして言うけど。

「オイラの方は問題ねぇっス。もともとうちの人間を使ってるっスから」

「ワイもじゃ。ワイとテグは兵士の訓練にパトロール、治安維持や野盗の対処をしとるのじゃがな……ほぼほぼ部下で事足りとるし、スーニティの兵士とも上手くやっとるわ」

「そのしわ寄せを俺様に押しつけるのやめてくんね？　お前らも書類仕事をしろよ、俺様だけにさせるんじゃねぇ。聞いてんのか？」

ギングスさんのジト目に対してテグさんとクウガさんはそっぽを向いて無視してる。

現場では働くけど書類仕事はしないよ、なんて通るわけがないので、ガングレイブさんが滅茶苦茶顔をしかめています。あれは後で怒られるな。

「アタイさぁ……ガングレイブから囚人の管理と処理を任されてるけど、適材適所じゃないと思うのよ……変えてくんない？」

「囚人の処理ってなんですか？」

「シュリ、一応この城の地下牢《ちかろう》の管理もしてるのよアタイ。清潔さを保たないと、囚人たちが悪くなっちゃうもの。レンハには手を焼いたけどね」

僕の質問に答えてない内容を笑顔で言うオルトロスさんですが、なんだろう。処理とか清潔さとか言われると、なんとなく内容を察してしまう僕が怖い。凄《すご》く怖い。

まさかな……と僕はオルトロスさんから目をそらす。直視できなくなったので。

「カグヤさんはどうですか？」

「圧倒的人手不足です。というより、教育不足が深刻ですね」

「教育不足？」

僕がオウム返しに聞くと、カグヤさんは首筋に手を当ててから答えました。

「ワタクシ、これでもこの領地にいる医者と交流して医術の技術を上げたりしているのです。ですが、それをワタクシだけで独占しても仕方がございません。なんせ医療を必要としている人たちは山のようにいますから。問題なのは、その医術の教育が行き届いておらず、目下医術を……医学の知識を編集し直して、本にしております」

「なるほど」

確かに医療も必要ですよね。人はいつどこでどんな怪我《けが》や病気を患うかわかりません。そのときに治療してくれる人がいなければ、その人たちは全員大変なことになる。家族の中で誰が動けなくなっても困るのですから。

本当なら僕が地球の医学を教えることができればいいのでしょうが、僕は料理人なので聞きかじっただけの無責任な知識を披露するわけにもいきません。怪しげな民間療法をばらまくなんて邪悪にもほどがあるでしょう。

僕は料理人なので、その本分から外れるわけにはいきません。

「……まぁその裏で宗教の信者を増やそうとしたり、小説の販路を広げようともしてますけど……」

「何か言いましたかカグヤさん？」

「なんでもありません」

ボソリと呟《つぶや》いた言葉でしたが、僕だけにはハッキリと聞こえたぞ。ガングレイブさんたちは聞こえてないようなので、言おうかとも思いましたがやめました。

ここで「カグヤさんがえっちな小説を売ろうとしてます！」なんて会議中に発言するなんて、テロと変わらん。

「リルはまあ、城の一角で魔工の研究と……時々外に出て街の修繕をしてる。こっちは人手不足はない」

「本当か？」

ガングレイブさんが怪訝《けげん》な顔で聞きますが、リルさんは無表情のままで答えました。

「本当。というより、魔工を使える人間なんてそうそういないんだから人手不足の解消なんて、そんな簡単にできるもんでもない。リルとリルの部下だけで回せてる」

「信じていいんだな？　その言葉」

「問題ない」

あまりにも自信満々にリルさんが発言してるので僕は疑問が浮かびました。

「それだけ人手が不要な状況なんですか？」

「シュリ……もう一度言うけど、魔工は魔法と同じく素養がない人は使えないから。そんなホイホイ魔工師を増やせるなら、そもそも傭兵団《ようへいだん》時代だってもっと簡単に勝ててた戦《いくさ》もあるよ。増やせないから、手持ちでなんとかしないといけないから。

あと、魔工以外の仕事のためにこっちに人員を回されても困る。魔工が使える前提で仕事をしてるから、使えない人が来ても迷惑なだけ」

吐き捨てるように言ったリルさんは、そのままそっぽを向いて黙ってしまいました。

なんだろう、昔嫌な目にでも遭ったことがあるんだろうか。リルさんの様子から僕は想像してみるけど、情報が少なすぎて何がなんだかわからない。

「ああ、そうだな。あれは俺の失態だった。魔工が使えなくても何かできるだろうと頭の良い奴をお前のとこに配置して問題が起きたのは忘れられない。同じ轍《てつ》は踏まないさ」

ガングレイブさんはそれだけ言うと、もう一度書類を手にしました。

どうやら昔、人手不足を補うために魔工が使えない人を魔工師部隊に置いたらしいですね。それが問題になったと。

これはあまり触れない方がいいな。リルさんの不機嫌そうな顔から、掘り返されたくない過去らしいし。

「さて、話が逸《そ》れた。この通り人手不足の部署があり、それで迷惑を被《こうむ》っているからそろそろ行動に移そうと思う」

「具体的には？」

エクレスさんが聞くと、ガングレイブさんは無表情になって答えました。

「辞めさせる」

「ストライキをかい？　ボクたちの説得でも無理だったけど、何か策が？」

「いや、そっちじゃない。辞めさせるんだ」

ガングレイブさんの言葉に、全員何を言ってるのかわかんないって顔をしてました。

その中で僕はガングレイブさんの意図することを察して、慌てます。

「まさか、本当にクビにするつもりですか？　全員？　まとめて？」

「まとめて。全員。クビにする」

言葉を一つ一つ句切りながら、ハッキリと言ったガングレイブさん。

その顔は無表情でありながら、この結論に至ったことにスッキリしてる感じがする。なんというか、こう、目が透き通ってるんだよ。こわっ。

思わず周りを見た僕の目に映ったのは、他のみんなも驚いているところです。そりゃ、全員クビにするって言われたら驚くでしょう。

だけどそれも僅《わず》かな間のこと。すぐに全員がスッキリした顔で安堵《あんど》していました。

「え、ちょ、皆さん？　もしかして……本気でやるおつもりですか？」

「本気でやりゃええやん。もうええやろ、これ以上我慢せんでも」

クウガさんはなぜか居住まいを正し、背筋を伸ばして椅子に座り直してました。

なんだその、肩から荷が下りて楽になりましたみたいな雰囲気。

「あの、面倒事を全て遠い彼方《かなた》に放り捨ててるだけかもしれませんよ、その結論！」

「いや、俺様としてもその案を推したい」

「ギングスさん⁉」

なんてこったギングスさんまでこの案に賛同しているではありませんか！

「ちょ、ちょっと待ってください。人手不足を解消しよう、貴族派をどうにかしようですよね？　全部まとめてクビにして追放したらそれ全部、問題を先送りにしてるだけでしょ」

なぜ僕が貴族派とやらを庇《かば》わなければならないのかわかりませんが、こんな安易で安直な結論をそのまま通していいものか。慌ててみんなに意見を求めて視線を向けますが、全員がスッキリした感じで納得してしまっています。

だけどクビにするという意見をそのまま採用するとなると、後に残るのは人員がスカスカになった組織だけ。

僕はそんな組織のヤバさを、修業時代に先輩の笑い話として聞いたことがある。

あれはとあるレストランでの修業中、ディナータイムの繁忙期を乗り切って夜中にまかないを食べていたときのこと。先輩が笑いながら話してくれた失敗談。

とある料亭で跡目相続の争いが起きたのです。どうやら歴史のある料亭で、料理人の腕も経営陣の能力も素晴らしいという。

その跡目に選ばれようと、店主の息子の兄弟が争ったのです。どちらの支持層も真っ二つに分かれており、それは料理人も経営陣も同様の状態でした。

結局勝ったのは兄の方で、兄は弟を支持していた人間をまとめてクビにしたのです。弟も同様にです。弟はこれ幸いと自分の店を開き、自分を慕ってくれた人たちを拾って新しい店を始めました。

結果どうなったか？　どっちも仲良く店を潰した。

どうしてかというと、人手がないからです。格式ある料亭を取り仕切れる人材が圧倒的に不足していたというのです。もちろん料理人や経営陣の募集は、兄弟ともに行いました。だけど格式と歴史がある料亭の看板を守ることができなかった。募集で来た人たちをキチンと教育するには、日々の仕事が忙しすぎた。なんせ真っ二つに割れたとはいえ、客からしたら店がのれん分けしたようにも見えるので、客はどっちにも行ってみる。

だけど前に比べたらおもてなしも料理の質も、どっちも落ちてる。次第に客は遠ざかる、遠ざかる客を呼び戻すために無理をする、新参の料理人や経営陣は逃げる。この悪循環に陥り、結局潰れた。

先輩曰《いわ》く、その支持層は真っ二つと言っても綺麗《きれい》に半々に分かれていたわけではなく、料理人や経営陣にはそれぞれ偏りがあったようです。その偏りのせいで店の経営にかげりが出たと。

先輩は兄の方を支持して本家？　に残ったけど、料理人の数に比して経営……事務や給仕の人数が少なかったそうです。だからそのままの規模でいつも通り営業していたら、どうしてもちぐはぐな営業になったそうです。

あとから先輩が、弟を支持した友人に聞いたところによると、弟は兄への対抗心で本家と同じ規模で営業していました。経理やら給仕は問題なかったようですが、なんせ料理人がいないのに店の規模が大きいから客の料理の注文に対応しきれない。

そして共倒れ。先輩曰く、『たとえ相続争いがあろうが、よく考えもせず安易に人員を切り捨てたら、組織ってこうやって消えるんだなと思った。かつての偉人とかが対抗派閥を完全に切り捨てられなかった理由を体験するとは思わなかった』だそうです。

僕はそれを思い出して、こうして反対しているのです。なんせ貴族派の影響力は強い！　こっちが人手不足で喘《あえ》ぐほどに影響を受けているのに、その影響を消すために全部クビにしたら今度こそ、こっちが組織として死ぬ。

「新たに雇えばいいっスよ、そんなもん。兵士も文官も」

「簡単に言うべきことじゃありません！」

テグさんのあっけらかんとした物言いに、僕は思わず大声で反論していました。全員が僕の方を見ている。

僕は大きく溜め息をついてから目を伏せて、疲れ切った声で言いました。

「……あのですね、同じ組織内でも対抗勢力だからって全部切り捨てたら、この領地やっていけます？」

僕の言葉に誰も返答しない。顔を上げると、全員がバツが悪そうにしています。

こりゃ内心はわかってても、ガングレイブさんの言葉に乗っかろうとしてたな。それほど疲れてるんだなってのが痛いほどよく伝わります。

だけどあえて言わなければいけません。

「職務放棄する人が多すぎるからその人たちを切り捨てて、新たに募集してやって来た人たちを前の水準まで仕事を教えて、また領内を普通に回せるようになるまでどれくらいかかるかの試算はついてます？　ガングレイブさん」

「まあ……十年後かな」

「それ、十年したらどうにかなるじゃなくて……十年以上かかるっていう意味で言ってますよね？」

正解だったらしく、ガングレイブさんは黙ってしまいました。

だろうな。そうだろうな。いくらなんでもそんな上手い話があるもんか。十年で戻るもんか。僕だってわかるぞ。

「ガングレイブさん、改めて聞きます。全員クビにするって言いましたが、なんというかただクビにするってことじゃないですよね？　僕はそれを安直になんの対策も配慮も考えもないままやって大変になった人、たくさん知ってますからね」

嘘《うそ》である。先輩の話と学校の授業で習った歴史上の偉人の話を、さも身近でたくさん起こっているように語ってるだけである。

「どうです？　ガングレイブさん」

「……シュリ」

「なんでしょうか」

僕が聞き返すと、ガングレイブさんはもう一枚の書類を取り出しました。

「正直、この場にいる全員がお前の言う『安直な』方法を容認したら、本気でやってた」

「今は？」

「お前が冷静に反対してくれたおかげで、俺も冷静になった。だから遠回りしても穏当な方法を取る」

「と言いますと？」

「この書類にはさっきの貴族派の主立った連中ではない、その下で貴族派から呼びかけられたから〝とりあえず〟従っただけの人物をまとめている」

ガングレイブさんはそう言うと、その書類をエクレスさんの前に投げました。

すい、と綺麗《きれい》にエクレスさんの前に滑って止まった書類をエクレスさんが確認します。

一通り目を通してから溜め息をつきました。

「ガングレイブ。もしかして……向こうの陣営を下から崩そうってこと？」

「正解。全部切り捨てれば簡単だしやろうとした。それは認める。だけど、それをしたらシュリの言うとおり大変だ。人手不足すぎて風通りが良すぎるスカスカな組織になってしまう。だから、呼び戻せるというかこれだけ呼び戻せば組織を維持できる、領内の仕事に問題ないほどの人材を複数名、ていうかその書類に名前が書いてある人物だけ全員呼び戻してから、他をクビにする」

なるほど、そういう考えでしたか。てっきり本気で全部のクビをちょんぱするかと思った。僕の早合点でしたが……これは反省。

「その呼び戻しは具体的にどないな方法や、ガングレイブ？」

「クウガ。こういうでかい話で一気に人を動かしても、どこかで不満や反抗心を持つ奴って絶対にいるんだよ。全員が全員、おとなしく従ってるわけじゃない、仕方なく貴族派に従ってる奴だっている。そいつを呼び戻す」

「だからどういう方法や」

「普通に呼んで話せばいいんだよ。そんで貴族派に仕返しはさせないように後ろ盾になる。これだけだ」

「そんなもん通用するかいな！　そんな簡単な話やないやろ」

クウガさんはなおも食いついて反論します。正直僕だって同じ気持ちです。

そんな簡単で美味《おい》しい理想論がそのまま通用するなんて僕は思ってません。もっとこう、手土産だの説得だの交渉だのと難しい話が必要と思っています。

だけどガングレイブさんはなんだか悲しそうな顔をしています。

「簡単な話なんだよ」

「どこがや、ここまで拗《こじ》れたら」

「職務放棄していた料理人が、拗れててもシュリのところにちょっとした罰を受けるだけで戻れた。仕方なく職務放棄した挙げ句給金を得られない人間からすれば、そんな程度で戻れるなら戻ろうとするもんだ。生きていくには金がいる。金を得られる仕事が必要だ。

そうだろ？　エクレス」

ガングレイブさんがエクレスさんにそう言うと、エクレスさんも同じように悲しそうな顔をして書類を置きました。

「ガングレイブがどうやってこの書類に書いてある名前を知ってまとめられたのかは今は聞かないとして、その方法は有効だろう。ボクは支持するよ」

「それはなんでかしら、エクレス」

「オルトロス、彼らは一か月以上も仕事をしていない。その間の給金は、当たり前だけどか月分の給料が払われないなんてことになったら相当大変だと思うよ」

払われるわけがないんだ。普通に城で仕事をしている部下たちの懐具合から考えると、一

の、本当は順序が逆だ。


エクレスさんの静かな答えに、なんでガングレイブさんとエクレスさんが悲しそうな顔をするのかようやく理解した僕は、思わず口を開いていました。

「そうか……料理人さんたちは貴族派の人たちから援助してもらえるって聞いて従ったのに、その援助がなかったたって言ってましたね」

「でしょ？　彼らも限界じゃないかな。貯蓄があれば確かに保つけどさ、援助は嘘《うそ》だし金が入ってくることはないし、そんな絶望的な生活を続けるなんてそろそろ限界なはずさ。だからガングレイブは、そろそろ貴族派を足下から崩せると踏んだわけだね」

「そういうことだ。それは先日、戻ってきた料理人たちから話を聞いてわかったことでもある。そこの名簿の名前も、料理人たちから聞いた名前を列挙してるわけだ」

ああ、あの結婚式の打ち上げのときか。あのときに話を聞いて、今言っている方法でやろうとしているんですね。なるほど、だからクビにすると。

僕は恥ずかしくて顔を手で覆いました。

そうだよな、常に最悪を避けようとするガングレイブさんが、まさかこんなところで最悪の手段に安直に手を出すはずがないもんな。

もう少しガングレイブさんを信じないとな……反省反省。

「そこでギングスとカグヤ、テグとアーリウスの四名で街を回って説得してほしい」

「俺様がっ？」

「エクレスに任せればいいかもしれないけど、エクレスには他にやってもらうことがある。なに、ギングスなら大丈夫だ。お前だって慕われる上司なんだからな。話を聞こうとする人間だって多いさ」

「まあ……そういうことならわかった」

ギングスさんは渋々って感じで了承してましたが、口の端がプルプル震えてる。あれは慕われてるって言葉が嬉《うれ》しいんだけど、必死に笑顔を堪《こら》えてるんだろうなぁ。チョロい。

こういうチョロくて素直なところがあるから、みんなに可愛がられるのかな。

「ワタクシとテグとアーリウスを選んだわけは？」

「ギングスの補佐と護衛。カグヤならギングスの言葉を補ってくれるだろうし、テグとアーリウスなら今回の護衛として十分だ」

「了解っス」

「私はガングレイブと一緒にいたいのですけど」

「わがままは控えてくれ。新妻の仕事の一つだと思ってくれ」

新妻、の言葉に仕方ないなぁって感じの照れ笑いをしながら不満を引っ込めるアーリウスさんを見て、僕はこの人もチョロいなって思いました。敬具。

「それで？　下からから崩すのはわかったけどボクは何をすればいいの？」

「エクレスとクウガ、リルとオルトロス、アサギとシュリ。六人でもう一つの問題に取り掛かってもらいたい」

「おうぅ？」

いきなり話を振られて変な声が出ちゃったよ。ガングレイブさんはさらに別の書類を手に取って僕たちの前に出しました。

「これは、結婚式の前から俺に非協力的な村と町のリストだが、中でも有力な地域とその長の名前、それとその村や町の特産物や領地への貢献内容を書いたものだ」

「そやな。そういや、結婚式にも結局来んかったな」

クウガさんが腕を組んで言ったことに、ガングレイブさんは頷《うなず》きました。

「スーニティは領主と領地という言葉の通り、小さな領土を保有している。それでも周辺の村をいくつか治めている程度には大きい。特に有力な町は一つ、そして村は二つ。後は小さな集落やら街道の関所がいくつかかって感じだ」

「なるほど。しかし、周辺から侵略がなかったんですかね。交通の要所でしょ、ここは」

「シュリくん、うちは周辺の領主とも小競り合いはしているよ。でもギングスがそれを利用して利益を得ていたわけだ。その辺りの調整力は天性のものだね」

ギングスさんは隠しきれずにニヤニヤしながらそっぽを向いています。褒められて持ち上げられて気持ちいいんだろうね。ほんとチョロいわ。

だけど、そんな侵略をものともしなかったギングスさんの実力とスーニティの国力ってのは侮《あなど》れない。

つくづく味方でよかったと思える人ですね、ギングスさんは。

「で、その村と町へ使者というか、まあそんな形で訪れて説得してほしいんだ。こっちはエクレスの方が適任だろう」

「そうだね……わざわざボク個人に、いざとなったら味方になりますという手紙を送ってくるくらいには、慕われてるからね」

ハハハ、と乾いた笑い声をあげるエクレスさんですが、本当に困ってる感じがありありと伝わってくるので可哀想すぎる。よっぽど困ったんだろうな、あの様子だと。

「その人たちのところに行って、協力を取り付けてこいちゅうことか」

「エクレスを連れて行けば誤解もなんとかなるだろう。エクレス本人から説明させて、彼らから協力の確約をもらいたい。いい加減、税も渋られるような関係はごめんだ」

「渋られてたんですか、今まで？」

カグヤさんが半ば驚きながら聞いている。僕だってそうだ。まさか領内に居を構える人たちが税を出し渋るなんて普通は考えられない。

するとガングレイブさんは頭を抱えながらうなだれました。

「あいつら、税を渋ったことを俺が懲罰しようもんなら、周辺の集落やら別の村とか町に、俺の悪評をこれでもかと広げようとしてるんだよ。そんでもってエクレスかギングスの復権を……て考えてるんだろう。それがわかってるから俺も手を出せないし、あいつらも調子にのってるんだ」

「ヤバいでしょそれ。アタイの仕事の案件だわ」

え？　と思ってオルトロスさんを見るけど、その顔は冗談を言ってるそれじゃない。

前に聞いたことがある、傭兵団《ようへいだん》内で規律破りや裏切りをした人を裁く、表向きには存在しない懲罰部隊。オルトロスさんはそういう仕事をしていたと。

いや、今もしているんでしょうね。だから囚人の管理とか処理とか言えちゃうわけで……。

確かにこの状況はオルトロスさんが出向いて、税を出し渋る村長に罰を与えるのが本来のそれなのかもしれませんが……あんまり見たくないなぁ……!!

「最悪の場合は頼む」

ガングレイブさんは短く、それだけ言いました。オルトロスさんも了承したみたいで小さく頷《うなず》きます。やばい、穏便に話を済まさないとオルトロスさんの裏の仕事が牙を剥《む》く。

「そういうことをさせないために、ボクは必死に頑張らせてもらうよ」

「エクレスの頑張りに期待やわぁ」

アサギさんは退屈そうに煙管《きせる》で煙草《たばこ》を吸っています。やめてくれ、部屋の中が結構煙い。

「わっちもできるなら残りたいんやけどな、ガングレイブからの命令ならしゃあないでありんす。部下に仕事の引き継ぎをするけど……うちの役目は情報収集と籠絡《ろうらく》かね、ガングレイブ？」

「……情報収集だ」

「そうかい。ま、わっちはどっちでもええんやけど」

アサギさんは退屈そうに返答する。

籠絡、とはなんだろうか。こう、色気とか美貌でなんとかするのだろうか。

……いや、変な誤魔化しはやめろ東朱里《あずましゅり》。お前はわかっているはずだ。わかっていて純真さを装い、自分は綺麗《きれい》だなんて周りも自分も騙《だま》すような真似はやめろ。

アサギさんの態度とガングレイブさんの唇の端を噛《か》む様子から、すぐに察することができるはずだ。お前はまだこの真実から目を背ける気か。

アーリウスさんを救うためとはいえ、アルトゥーリアであんな内乱を引き起こすために拳を振るった男が今更何を欺くのか。

アサギさんはきっと、使・っ・て・た・ん・だろう。

そんな様子を微塵《みじん》も見せず、悲壮感も感じさせず、強さの裏に弱さがあると思わせず。

笑顔を振りまいてきた。凄《すご》い人だ。だから僕ができるのは。

「まあ、荒っぽいこともあるでしょうけど……僕も頑張りますのでなんとかなりますよ」

遠回しにそんなことをする必要がないくらい僕が頑張るということと、それを行動で実証することだけだ。

僕の決意を感じ取ってくれたのかオルトロスさんとアサギさんが驚いた顔で僕を見ましたが、すぐに苦笑を浮かべました。

「シュリはなんだかんだ言ったって、すぐに誘拐されたり争い事の火種になったりするじゃない。アタイたちに任せときなさい」

「そうそう。専門家のわっちらにまかせときぃ。シュリがあまり動きすぎたら、騒ぎが多きくなるぇ」

「酷《ひど》くないその信頼のなさ?」

僕が思わず言うと、今度こそ二人とも笑っていました。

その顔を見て安心する。最悪の手段はこれで避けられるかも。そんな希望が持てる。

「話は以上だ。近日中に行動を開始する」

ガングレイブさんは立ち上がると、全員の顔を見回しました。

「ギングス組はそっちに方法を一任する」

「わかったぜ」

「エクレス組の方は準備が整い次第出発することになる。各方面に引き継ぎと後任を手配し、数週間戻ってこられなくても大丈夫なようにしておくこと」

「はいはーい」

「では、行動開始。みんな、頼んだ」


「というわけでこっちは『エクレス組』じゃなくて、『クウガ傭兵団《ようへいだん》』ちゅう名前がええと思うんじゃがシュリはどう思う？」

「唐突すぎて返答できない」

ガングレイブさんからの指示のあと、僕は厨房《ちゅうぼう》に戻って他の人たちに当分帰ってこられないことを伝え、仕事の引き継ぎと後任を決めようと思っておりました。

が、なぜか付いてきたクウガさんとリルさんが我が物顔で厨房に居座っているのです。

「とりあえず勝手に食材を食べたり酒を出して飲んだりするのやめてもらえません？」

「かてぇこと言うなや」

「まさにここがくつろげる理想郷」

「だから食べるのやめろ」

いくら注意してもやめやしねぇ。諦めるしかねぇや。

「シュリ、諦めろ」

「ガーンさん」

「そいつら、割と隠れて食べたり飲んだりしてるからな。大丈夫、その分も計算して食材やらを仕入れてる」

それは問題を解決したとは言わんのよ。問題を先送りにしてるって言うんよ。

とガーンさんに言おうとしましたが、彼の疲れてる顔を見て思いとどまりました。多分、僕が気づいてないところで相当な攻防戦が繰り広げられた末の、完敗を避けた敗北。ていうか食材の管理もしている僕が気づかないって、この人たちはどれだけ隠すのが上手なんだ。食い意地が張りすぎてるんだよ。怖いわ。

ガーンさんはそのまま手に持った食器類を棚に収めに行くので、僕も手伝います。ちょうど今の時間は忙しい頃合いから抜けた昼過ぎ。夕方まで休憩ができます。

しかし人数が増えたなぁ。余裕ができた。改めて厨房《ちゅうぼう》を見渡せば、ストライキしていた人たちが戻ってきてローテーションを回してくれているおかげで、仕事にも余裕ができた。

「ちゃんと動くっちお前！」

「うるせぇよそ者が偉そうにすんな！」

「立場も腕も自分の方が上っち。エクレスやギングスも認めてくれてる。悔しかったらキリキリ動いて自分の鼻を明かしてみろっち」

「け、やるよやればいいんだろ！」

……ミナフェとちょっと衝突してるけど、まあ大丈夫だろう。みんな気が強いし、てか単純に人間として強いし。ちょっと衝突したくらいじゃへこたれる人はいないし、空気もそこまで悪くならないだろうと思いたい。

「それで？　クウガさんは傭兵団《ようへいだん》を作りたいんですか？」

「ちゃうわ。今度の使節団？　旅団？　まあどっちでもええわ、その団の名前を『クウガ傭兵団』にすべきじゃ言うとるんや」

「なぜ？」

「ワイが一番やからや」

クウガさんは酒を飲みながら自信満々に言いました。多分これ、一番強いとかそういう意味なんだろうなぁ面倒くせぇ。

「率直に聞きますけど、ガングレイブさんに反目でもしようとしてました？」

「するわけないやろ。でもなぁ、ワイは一番強いから一番上の立場に立ってみたい、てのはあったわ」

なんだ自分の願望を叶《かな》えてみたいだけか。それなら下手に反対しても仕方ねぇ、この人はただごねてわがままを言うだけだわ。

「まあエクレスさんが許可を出すんならいいんじゃないですか」

「リルは反対する」

え?!　ここでリルさんが反対するの?!　リルさんは胸を張って自分の喉元を指さして言いました。ついでに片手には食料庫からかっぱらってきただろう干し肉が握られてる。それ返しておくれよ。

「ここは『リル魔工兵団』が一番」

「やめて、そんな低いところでの争いを勃発させるの」

本気でやめてほしい。リーダーをやりたい二人の子供の喧嘩《けんか》なんて面倒くさいわ。

案の定クウガさんはクワッと目を見開いてリルさんを睨《にら》みました。

「なんやと？　『クウガ傭兵団』が不満かリル」

「クウガは強い。だけどリルは優れてる。強いと優れてるなら、優れてる方がこの団の看板の名前になる方が合理的」

「ちょっと表に出ろや。決着つけたる」

「泣かす」

「本気でやめてほしいの。厨房《ちゅうぼう》でそんな子供の喧嘩するの」

ここで乱入するは、スーニティの領主一族末娘であるフィンツェさんである。

くだらないものを見るような目でリルさんとクウガさんを見下していました。僕もそんな目でクウガさんたちを見たかった。争いがあまりにも幼稚すぎるから。

「名前なんて……このスーニティの名前が変わる……うちの故郷の名前が変わることに比べたら……うぅ……どんな名前で何をしたって……大したことないって思うの……」

「悪かった。ワイが悪かった」

「リルも謝る。ごめん」

「凄《すご》い。この二人が素直に謝罪をするところなんて滅多に見られるもんじゃない」

泣きそうな顔のフィンツェさんに、さすがにこれはマズいと思ったのか謝り倒すクウガさんとリルさん。

まあ、僕もそうだと思うよ。自分たちの領地の名前が変わるって凄いショックだもんね。フィンツェさんの苦悩が少しはわかるつもりだよ。

もし、地球にいた頃に故郷の広島の名前が変わるなんて話が出てたら、僕だって憤慨してただろうさ。反対運動にだって参加してるだろうさ。

それでもフィンツェさんは辛《つら》くとも、こうして泣くだけに留《とど》めてガングレイブさんを非難したり攻撃したりしないので、凄いなとは思うよ。本当にね。油断してたら頭を撫《な》で上げたくなる欲求が出てくる。

「まあそういうことだから、ここでくだ巻いて酒やら食べ物をつまみ食いなんてしてないで、とっとと仕事に戻ったらいいの。厨房《ちゅうぼう》でサボっていても、なんにもなんないから」

それだけ言うとフィンツェさんはさっさと仕事に戻っていきました。暇な時間とはいっても、やることはたくさんある。フィンツェさんはちゃんとその辺りがわかっている人なので安心できる。

それに比べてこの二人は……と思うと、なんだかクウガさんたちへの視線も哀れなものとなってしまいますね。

「それじゃあクウガさん、リルさん。お二人とも旅の支度や仕事をしたらどうですか？　その旅団の名前に関しては、まあそっちで勝手に決めてください」

「どうせ旅に必要なものの選定なんぞエクレスが全部やってくれるし、ワイがやるのは部下に説明するくらいやわ」

「リルも似た感じ」

「そんなふうに油断してたら、本当に必要なものを用意してもらえないかもしれませんよ。エクレスさんとちゃんと打ち合わせしといた方がいいです」

「そういうシュリやって、ちゃんとこの場におる全員に説明したんか？　当分ここを離れることになったっちゅうことを」

「それを説明する前にあなた方がやってきて、ここでサボりだしたのですが？」

この人たちはどうなってるんだ、時間感覚が。あの会議の後で間髪容《かんはつい》れずにやってきてこんな会話をしてんだぞ、そんな時間があるもんか。

と、僕が文句を言おうとしたら、後ろから肩を叩《たた》かれる感触がありました。

「シュリ、それはどういうことだっち」

振り向けば、不穏な雰囲気をまき散らす笑顔のミナフェが。やべ。

「えと、ミナフェ。それはこれから説明することでして」

「はいはーい！　全員作業中断!!　シュリが当分ここを離れるから、その引き継ぎと説明を始めるっち！」

「わかった！」

ミナフェが全員にそう呼びかけると、よく訓練されてるのか、すぐに全員が作業を切りの良いところで中断していきました。

こいつら、僕の知らないところでミナフェとの連携を取ってるな！　後で説明を乞う！

「ということでクウガ、リル。自分らは話し合いを始めるから、さっさと持ち場に帰るっち」

「もうちょっと酒を飲みたい」

「ワイもや」

「黙れ飲んべえども。とっとと帰れ」

クウガさんとリルさんは不満そうな顔をしながら、酒やつまみを持って厨房《ちゅうぼう》から出て行きました。ちょっと待て、それを返せ。

僕が呼び止める前に二人とも厨房から去ってしまったので、あれを取り戻すことを断念。

「で？　シュリ、説明を求めるの」

振り返ったら、全員厨房の椅子を持ってきて座ったりその横に立ったりして、話し合いの場が整っていました。本当に僕が知らないところで、どうやってそんな連携を取れるほど仲を縮めていたんだ。説明を求める。

「わかりました。どこから説明をしたものですかね……」

僕はとりあえず全員の顔を見渡してから、口を開きました。

先刻の会議の内容、未《いま》だに領内にはびこる貴族派のこと、そして結婚式の時に来なかった領内の村や町の有力者たちのこと。

僕が話せる内容を全て話し、僕は一息つきました。

「……ということで、僕はエクレスさんたちと一緒に有力な町や村へ行き、有力者さんたちへの説得を任されました」

「そこでなぜシュリが一緒に行くんだろうな？」

「シュリと一緒ならなんか上手くいくっちゅう確信でもあったんじゃなかかね？」

ガーンさんとアドラさんは不思議そうな顔をしていましたが、まあ僕もそこは疑問だった。僕が付いていく意味があるのか、と。

だけど、ガングレイブさんだってバカじゃない。頭が良い方だ。暴走することもあるけど、そんな人が僕に任せるのは、僕にできることがあるからこそでしょう。

「ガングレイブさんにも何か考えがあるのかもしれません。ともあれ任された以上、僕ができることを全力でやるまでです」

「そこはシュリらしくていいが、問題はあるだろう」

ガーンさんはこの場にいる全員へ向かって親指を突きつける。

「ここにいる全員が、シュリがいない間の仕事を任されるわけだ。ちゃんと引き継ぎするべきことは引き継ぎをしていってくれ。話の重要なところはそこだろう?」

その言葉に全員が納得したような様子を見せました。

僕も頷《うなず》いて、ちょっと思案してから口を開きます。

「はい、もちろんそこを話そうと思います。まず指揮関係はミナフェ、お願いします」

「当然だっち」

ミナフェは自信満々に胸を叩《たた》いて言いました。こういう部分、ミナフェは強い。

性格も気も強いから指示もガンガン出せるし物怖《ものお》じもしない。言うこともきっちり言う人だから連絡も問題なし。僕はミナフェのそういう部分を信頼してる。

「食材の管理はフィンツェさんに任せます」

「問題ないの」

フィンツェさんは問題なさそうに、そして退屈そうに頷きます。彼女はレストランで料理人をしていた経験から食材に関するあれこれの知識は凄《すご》い。管理、発注、仕入れ諸々《もろもろ》を任せて問題ない。

「アドラさんはトラブル対処と厨房《ちゅうぼう》内の道具の管理をお願いします」

「おりゃあがか⁉」

「アドラさんは結婚式のとき、道具や皿、会場の準備といったことを見事にこなしました。あと、アドラさんが作るまかないも上手になってきたので、フィンツェさんとミナフェにもまれながら、もっと積極的にまかないを作ってください」

「わ、わかったじゃ……」

アドラさんは緊張した様子で言いますが、僕はアドラさんを信用している。彼の成長率は著《いちじる》しい、戻ってきたときにはフィンツェさんとミナフェによって料理の腕も上達しているでしょう。

そして、最後にガーンさんを見る。ガーンさんは不安そうに緊張した様子で僕の目を見返す。その目を真っ直ぐ見て、僕は口を開いた。

「ガーンさん」

「ああ」

「ガーンさんには、以上の三名の仕事を統括してもらい、全責任を負って厨房の仕事が回るようにしてください」

僕の言葉に全員が驚く。それはフィンツェさんとミナフェの方が顕著だ。

アドラさんはどこか誇らしく思っている様子で頷《うなず》きながら目を閉じています。彼なりに何か思うところがあるのでしょう。

当のガーンさんは……言葉も出ない様子で口をあんぐりと開けている。想像すらしてなかったって感じですね。

「引き継ぎに関しては以上です」

「ちょっと待つの」

「待ってほしいっち」

僕が話を切り上げようとすると、フィンツェさんとミナフェが僕へ意見しようとしていました。二人はどこか、信じられないって顔をしている。

その顔が気に食わなかった。僕は二人を厳しい目で見る。

「二人とも、何を待ってほしいんだ?」

「ガーンがうちらの上で統括することに関しては何もないの。シュリがそう言った、ガーンは了承した。ならうちはそれに従うの」

「だけど自分は聞かせてほしいっち。ガーンをその地位に任命した理由を。ガーンは確かに料理の腕も上達してる、厨房《ちゅうぼう》の動きも見えてきてる。だからこそ、そこに重圧をかける理由が知りたいっち」

僕は唾を飲み込み、言いたい言葉を整理する。自分の中で言葉が整ってから口を開く。

「ガーンさんは、僕の一番弟子だ。そして、才能がある。ミナフェにも、フィンツェさんにも、アドラさんにもない才能がある」

「それは？」

「先ほどミナフェは『厨房の動きが見えてきてる』と言いましたね。僕たち全員は『厨房、食堂、店、食材が関わる全て』に関する、料理人に必要な目線を持っています。ガーンさんとアドラさんも同様にその目線を得てきてる」

「それだけではないと？」

「ガーンさんはそれ以外が見えてる」

僕の言葉にフィンツェさんは不思議そうな顔をしましたが、ミナフェは何か思い当たったのかハッとした顔をしました。

もう一度ガーンさんを見る。彼はキョトンとした顔をしていた。わかってないなこれ。

「ガーンさんの経歴は特殊だ。元諜報員《ちょうほういん》、裏で元領主候補付きとして活動もしていた」

「それがなんだということなの」

「フィンツェさん。今のこの大陸はどういう状態かおわかりですか？」

僕がフィンツェさんにそう聞くと、なおもフィンツェさんは気づかない様子。

その中でミナフェがポツリと呟《つぶや》きました。

「戦国時代。いつ何が起こってもおかしくない、ガングレイブたちがオリトルの首都を戦場にしたように……」

「あ……それは、すみませんでした……」

ミナフェが落ち込むのを見て、思わず僕も申し訳ない気持ちになり謝罪しました。だけどミナフェは僕が言いたい重要なことを言ってくれました。

そうだ。僕たちはこの領地に引きこもって平和を享受……いや、平和に甘えているから忘れている。結婚式という平和な行事で、すっかり忘れていたのです。

サブラユ大陸は戦国時代真っ只中だ。

こんなところで平和に、料理を作るなどという仕事ができるのは、ガングレイブさんたちが前線で謀略、戦争、他国との折衝《せっしょう》をやってくれているからに他ならない。

その余波がどうして厨房《ちゅうぼう》に来ないと言える？　貴族派の脅《おど》しのせいで料理人さんたちが来なかったし、文官さんや武官さんも来ない人が多いってのに？

「えと、そういうことです。未《いま》だに貴族派がのさばっていて領内を混乱させる、領内の有力者はガングレイブさんに良い感情を持っていないから結婚式に来なかった。そしてレンハの後ろにはグランエンドの影……厨房の外では問題が山積みです。

厨房の中にいながら外の脅威からみんなを守り、かつ厨房の仕事もできるのはガーンさんをおいて他にいません。異論は認めない。それが理由です」

平和は、いつも誰かの頑張りで保たれている。それは戦争だけじゃない。

組織でも、バイト先でも、就職先でも、学校でも、どこでだって平穏に職務や役目に従事して何も考えずに注力できるのは、それだけができるように頑張ってくれている人たちのおかげなんです。

それを忘れて好き勝手やり始めていいわけがない。その頑張りの輪があることを自覚するのが社会人としての始まりで、頑張りの輪の中に入れてようやく社会人として一歩目を歩めていると言えるでしょう。

この前提があることを踏まえて、戦国時代の異世界で抜かりなく厨房を回すために何が必要なのか？　厨房の中での仕事が過不足なくできるのは最低条件だ。そして、この何が起こるかわからない戦乱の世の中を俯瞰《ふかん》することのできる人物。

ガーンさんこそがその答えなのです。

戦国時代の残酷さを知ってる。厨房の外で何が起きているのか把握できる。

厨房の外で起こる不穏なものを、ガーンさんなら対処できる。そんなふうに信頼できるものが、ガーンさんにはあるのです。

「仮にフィンツェさん。あなたは厨房の外で貴族派による謀略が起こったとして、何かできますか？」

「それは……」

「できないでしょう？　僕だってできません。でもガーンさん。あなたなら何が起こったのかを知ることができるし、知った上で厨房《ちゅうぼう》やここにいるみんなを守るためにどう行動するべきか、それがわかるでしょう」

「シュリ……」

ガーンさんは嬉《うれ》しそうな顔をして僕を見る。自然と他のみんなのガーンさんを見る目にも、尊敬の念が宿っていくのがわかりました。

ガーンさんが統括する立場になることに不満を持つ人も、きっと多かったことでしょう。ガーンさんは料理人としては未熟だ、厨房で上の立場に就くにはまだ力不足と思われるだろう。

僕の説明によってようやく、みんながガーンさんが自分たちを守る力のある人間だとわかって、尊敬とか認めるとかの目を向けたのです。

「ガーンさん。フィンツェさんとミナフェとアドラさんがあなたのフォローをしてくれます。だからあなたも三人から学べることを全部吸収してください。僕が戻ってきたときに、立派になった姿を見せてください。それが宿題です」

「ああ、わかった！　立派にやって立派になってみせる！」

意気揚々とガーンさんは言う。やる気になってくれたようでよかったです。

僕は改めて全員の顔を見渡してから聞きました。

「新しい料理長を差し置いて指示を出してしまいましたが、誰か不満はありますか？」

質問に対して返答はなし。文句はなし。どうやら反対意見はないようですね。

そりゃそうだ。僕は少し溜め息をついて呆《あき》れました。この人たち、意外に現状に疎《うと》いところがあるからね。僕が言ったことで、ようやく自分たちもこの戦国時代に無関係じゃないって気づいたんだから。

というかちょっと考えれば、領主の結婚式に有力者が来ないとか貴族派の暗躍とか元正妃レンハの謀反《むほん》とか、近くで戦国時代の足音が聞こえてたはずなんだけどな。

ここら辺の意識の違いの原因はわかる。ガングレイブさんがなんだかんだと上手く、領地を切り盛りしてきたおかげでしょう。エクレスさんやギングスさんのときも同様だったに違いない。そうじゃなければ元々いる料理人さんたちまでガーンさんが上に立つことの意味を理解できないはずがないんだ。料理人さんたち全てを取り仕切り統括するのに、厨房の中だけで話が終わるはずがない。厨房の外との折衝《せっしょう》だってしなきゃいけない。戦国時代だからなおさら血生臭いことだってあるんだから。

僕は傭兵団《ようへいだん》でずっと料理番をしてた。それも何年も、戦場でだ。

死んでいく人を、また、たとえ生き残っても、傷病のせいで傭兵団を去らなければならなくなった人を見た。

今も瞼《まぶた》を閉じれば、血まみれになったあの人たちの姿を写してしまうほどに、目に焼き付いてしまってる。

そんな思いをこの人たちにさせるわけにはいかない。あんなことを経験させるわけにはいかない。

でもガーンさんならきっと、それを防げる。

「ということで、ガーンさんに任せることに誰も反論がないようなので、これで決定としますね。皆さん、よろしくお願いします」

話し合いの締めも誰も反論もせず受け入れてくれて、そのままそれぞれの仕事に戻っていきました。

よし、これで心置きなく僕も準備に取りかかれますね。

「ミナフェ、僕も旅に必要なあれこれの準備に取りかかり、エクレスさんと連携を取らなければいけません。後をお願いします」

「了解だっち。ただ、それはガーンにも言った方がいいっちね。シュリはガーンに任せたのだから、自分だけに言うのは筋が通らんっち」

「そうですね。そうでした。いけないいけない、いつものクセで……」

いつもミナフェに厨房《ちゅうぼう》の運営を相談してたから、その癖が出ましたね。

そうだ、ガーンさんに統括を任せたのだからガーンさんと話さないといけませんでした。

なので、僕はガーンさんの方へ手を上げて、

「ガーンさん、ちょっとこちらへ」

と呼びました。

さて、これから大変だけど……これがガーンさんにとって良い経験になってくれるといいんだけどな。そう思いながら僕はこっちに来たガーンさんに話をするのでした。


厨房の仕事と話が一通り終わり、夜中になった時分。今日は曇りで月は見えず、どことなくどんよりとした空気が城の中にも漂っています。燭台《しょくだい》型の魔工ランプを手に持って足下を照らしつつ、僕は自室に戻る途中でした。

「さて、明日からは本格的にエクレスさんと話をして準備を進めて、徐々にガーンさんに役割を任して、いない間の食材の発注と管理に関する書類を作って……大変だぁ」

僕は疲れた頭で残りの作業を考えつつ、欠伸《あくび》を噛《か》み殺しました。

ここにきて仕事が増えた感じだ。仕方ないのだけどね。ガングレイブさんからの指示では逆らえない。逆らうつもりはないのだけど。

そう思っていたのですが、とある部屋の前を通りがかった時に何やら声が聞こえてきました。

「こりゃあ決着をつけるしか、あらへんなぁ」

「やってやる」

なんだ、不穏な声が部屋の中から聞こえてくるぞ……。喧嘩《けんか》か？　どうやら扉は少しだけ開いていて、中から明かりが漏れています。

こういうときに好奇心で覗《のぞ》いて大変な目にあったんだよな。会ったばかりの頃のオルトロスさんの時のような……。あれはあれで仲良くなるきっかけかもしれないけど、やはり個人のプライバシーを覗くべきではないと思いましたね。

ということで気になるけどここはスルーだ。僕は部屋の前を通り過ぎて自分の部屋へ急ぐことにしました。

「何で勝負する？」

「札で決着つける。有り金をスった方が負けやぇ。おら、あり金全部出せ」

「馬鹿野郎何してんだ!!」

なぜかアサギさんが決着をつけるとか言って、全員から身ぐるみ剥《は》ぐような賭け事を始めるらしいので、僕は慌てて部屋の中に飛び込みました。アサギさん、イカサマをすることがあるからね。ほっといたら大変だ！

で、中に入ってみたらそこにいたのはクウガさん、リルさん、アサギさん、オルトロスさんの四人でした。部屋の床に座ってアサギさんが札を広げている。

唐突に現れた僕に驚いたらしく、全員がこっちを見ています。そんな空気に関係なく、僕は四人の前に広げられた札をまとめ始めました。

「ちょ、シュリ！　なにするぇ！」

「うるせぇ！　アサギさん、何をどさくさに紛れてイカサマで金を巻き上げようとしてるんだ！　見ろ。この札の裏のところに、光に透かしたらなんの札かがわかる細工が施されてるじゃないか！」

「なんやとっ？」

クウガさんが札を一枚だけ指に挟んでよぉく注視していました。

そして僕が言ったことが事実だとわかった瞬間、般若《はんにゃ》のような顔で怒っている。怖！

「おらアサギ、これはどういうことや？」

「はーん！　まだ使ってないし札遊びもしてないから、イカサマじゃないもーん！　意味なし！　勝負してないからイカサマ認定は無効だもーん!!」

「可愛く騒いでも無駄ですから」

僕はアサギさんのぶりっ子を流しつつ札を集めて、アサギさんの方に投げつけました。

こんなイカサマの賭け事で城の中をかき回されてたまるか。始まる前に止めることができてよかったよ本当にな!!。

「それで？『決着をつける』って、四人で何を騒いでたんですか？」

なんとなしに嫌な予感がしますが、喧嘩の原因を知らないと対処できません。僕は四人の輪の中に加わるようにして座ってから聞きました。するとクウガさんがアサギさんを、アサギさんがクウガさんを指さして騒ぎ出しました。

「だってアサギが旅団の名前を『アサギ旅団』て名付けよう言うから！」

「だってクウガが旅団の名前を『クウガ傭兵団《ようへいだん》』なんて言うからやぇ！」

「よっし！　くっだらねぇ喧嘩《けんか》ってのはわかった。解散解散！　はい、みんな部屋に戻って寝ましょうぜ！」

なんて下らない原因なんだ……!!　心配して損をするとはこのことだ！

「ね、下らないでしょ、シュリ」

「オルトロスさん」

オルトロスさんは溜め息をつきながら、なよなよとした動作で頬に手を当てました。こういうところでしとやかなオネェを出されるから反応に困る。

しかしオルトロスさんもこの争いに関しては下らないと思っている派らしいので安心しました。いや、オルトロスさんがこんな争いに参加すると思ってなかったけど。

「名前なんて『フワフワキュート団』でいいじゃないの」

「正気かっ？」

うっそだろオルトロスさん。あなたまでそんなことを言うのか！

まさかオルトロスさんも名前にこだわる派だったとは……！　しかも名前が『フワフワ

キュート』って……滅茶苦茶合わない名前だな⁉　なんだその可愛い名前は？

「冗談でしょ？」

「本気よ」

本気の目だ。オルトロスさん、冗談で言ってないわ。

「リルさん、止めてもらえます？」

「みんな、そんな争いはやめよう。名前なんてどうでもいい」

本当に止めてくれた⁈　ほんの僅《わず》かな希望にかけてリルさんにお願いしましたが、リルさんはなんと真面目な顔でみんなを制してくれたのです。

他のみんなはなんか嫌そうな顔をしていますが、リルさんは構わず続けました。

「いい？　名前なんて旅をしていれば気にならなくなる。それどころか町や村を巡っているときにこの場のノリで決めた名前にしていると、恥ずかしさで死ぬ」

「それは……せやな」

「まぁ……そうでありんすな」

「正論ではあるけど……」

クウガさん、アサギさん、オルトロスさんは渋々といった感じで納得してるようでした。

よかった。深夜テンションで変な名前に決められるところだったよ……これで落ち着いてくれるはずだ。

と思ってました。

「名前は好きにしたらいい。だけど、旅団のリーダーはリル。それは譲らない」

おいマジか!?　と僕が驚いてリルさんを見ると、リルさんは真面目な顔をしていました。真面目な顔をして爆弾を投下しやがりました。

慌てて他のみんなを見ると、みんな驚いた顔から一瞬で強面《こわもて》になり、立ち上がりました。そしておのおのが怒号をあげて主張を始めたのです。

「ここはワイがリーダーやろ!!　ワイが一番強いんやし！」

「はぁ!?　強いだけでリーダーが務まるわけないでしょう！　ここはアタイよ、一番常識人だもの！」

「オネェ言葉の巨漢を常識人で通すのは無理があるぇ！　ここは人間的魅力に溢《あふ》れるわっちやえ！」

喧々囂々《けんけんごうごう》と反論する三名。もう、ここにいたくないなと遠い目をする僕。

三人の様子を上から目線で見ながら、堂々としているリルさん。

なんだか混沌《こんとん》としてきたこの場の空気に付いていけなくなり、僕はもうここにいる必要はないなと結論を出して去ろうとしました。いても仕方ないわ、ここ。

「シュリ」

そのためにドアノブに手を掛けた僕に、リルさんが後ろから話しかけてきました。

振り向けばリルさんは騒ぐ三人をよそに僕に近づいてくる。

「リルもここにいても仕方ないから、夜食でも作って」

「え？　でもリルさんは」

「リーダーとか名前とか、リルはもういいや。三人が騒ぐのを見れて満足」

「性格悪すぎません？」

僕が指摘するとリルさんは愉快そうにカカカ、と笑います。この人こういうところがあるから油断ならねぇんだよなぁ。

「夜食と言いましても、こんな時間に何を食べるんですか」

「こう、簡単に食べられるものならなんでもいいよ」

「なんでもと言われると困るんですけど……仕方ないな」

ここで渋ってもリルさんはわがままを言うだけだろう。ならとっととリルさんを満足させて、僕もとっとと寝るのが一番だ。さて、そういうことならば何を作るべきかな。

僕はそんなことを考えながら苦笑を浮かべ、リルさんと一緒に厨房《ちゅうぼう》へと向かった。

「ということで、こちらを用意しました」

「待ってました」

厨房へ戻り、僕が夜食を用意するのを座って待っているリルさん。すっかり夜も遅くなり、厨房の中でも魔工ランプの明かりを最大にしています。

そんなリルさんの前に、僕は料理と酒の瓶、それと杯を二つ置く。

「これは？」

「まあ夜食にピッタリな……酒のつまみになる肉豆腐という料理です」

僕が用意したのは肉豆腐。材料は豆腐、余った豚肉、タマネギ、醤油《しょうゆ》、みりん、酒、砂糖、油、昆布で取った出汁《だし》。出汁は鰹節《かつおぶし》でも代用可能です。

さて、調理過程になりますが……まず豆腐は水を切っておく。さらに豚肉、豆腐を切り、タマネギも切っておきます。

鍋に油を引いて豚肉を炒めます。色が変わったらタマネギを入れ、これも色が変わるまで炒めておく。全体に火が通ったら調味料と出汁を全部入れ、煮立ったら豆腐を入れる。蓋をして豆腐に味が染み込むまで煮ます。煮汁が適量まで減ればできあがり。

できたものを皿に盛ってリルさんに出したわけです。酒のつまみにゃちょいと重いでしょうが、まぁリルさんなら大丈夫でしょう。

予想通りリルさんは目を輝かせながら匙《さじ》を手にし、料理を食べ始めた。

「うーん、美味《おい》しい。それと」

リルさんは僕が注《つ》いだ杯の酒をぐっとあおり、ぷはーっと息を吐く。

「酒ともよく合う」

「そりゃどうも」

僕も自分で杯に酒を注《つ》ぎ、少しだけ飲む。この世界の酒はワインか、どこで作られてるかわからない米の酒、それと麦酒がある。ほんと、こういうのをどこで作ってどこで販売してるんだろうな。不思議だ。

そうなんだよな、そうなんだよ。結局僕はいろんな謎をほっぽってここにいる。酒も、なぜこの世界に日本酒のような酒があるのかもわからない。

前にエンヴィーさんが言ってた……「ソウイチロウ」に関係があるんだろうなとは思うんだけど、確信を持てるほどの情報が足りなすぎる。もし、ソウイチロウが僕の考えている人ならばいろいろと説明ができるんだけどね……。

説明できたとして、根本的になんであの人の名前がここに残ってるのかが問題なんだが……ダメだ、本当に情報がなさすぎてなんにもわかんねぇや！

「美味《おい》しい。シンプルに肉と豆腐とタマネギを食べてるんだけど、このシンプルな美味しさが酒とよく合うし、食べてて飽きない」

とか悩んでいましたが、リルさんが美味しそうに頬を緩ませてる顔を見て、なんだか悩みが全て吹き飛びました。

難しいことを考えるのはやめておこう。今はこうして、僕の料理を食べて美味しいと言ってくれる人を大切にするのが一番だろうよ、僕。

「うーん、酒が止まらない。少し濃いめの味付けだね、これ？」

「お、よくわかりましたね。いや、夜食に濃いめの料理と酒って体に悪いのはわかってるんですけど……むしろ夜中だから欲しくなるだろうなって思って」

「ありがたい。出汁《だし》とか丁寧に取ったものを使ってるから旨《うま》みも十分にあるし、肉も豆腐もタマネギも味が染みこんでいて噛《か》めば旨みたっぷりの汁があふれ出て、それを酒で流すとスカッとする。チビチビ食べるのもいいしがっつり食べてもいい。

肉とタマネギの味を吸った豆腐も最高。味が染み込んだ豆腐ってのは豪華でいい。アーリウスも食べたいだろうに」

「求められたなら、作るでしょうねー」

あの人は今、ガングレイブさんを支えるためにあれこれと苦労してらっしゃる。仕事のサポート、私生活のサポートはもちろん、妻として、領主夫人としてやることはたくさんあるでしょう。

アーリウスさんは何かと抱え込みがちで、ある一定の線を越えたら暴走するからな。よく見ておかないと後が大変だ。特にフルムベルクの時のように暴走されたら大変だ。

「うま、うま」

「リルさん、落ちついて食べてくださいね」

僕が言ってもリルさんは口に運ぶ手を止めない。なんというか、いつも通りだなぁ。いつも通りだからこそ聞きたい。

「で、リルさん。僕をここに連れてきた本当の理由はなんですか？」

「別に。正直に言えばリルは内心、旅団の名前だのリーダーだのは本当にどうでもいい」

「あえてあそこであんな発言をしたらみんなが騒ぐとわかってて？」

「騒いでるくらいがいい。みんな、内心では不安を持ってるから一時でも忘れればいい」

リルさんは空になった杯を机に置く。コン、と乾いた音が響いた。

「自分がこの城を離れて大丈夫なのか、という不安を」

「そんな不安を？」

「だって、ガングレイブは狙われる立場になった」

狙われる立場。リルさんの口から出た、感情がないと思うほど冷たい調子の言葉。

先ほどまでとの温度差に、僕は背中に冷たい汗が流れる感覚を覚えた。

「狙われる、ですか。一応大国の後ろ盾はありますよね？」

「バレないように害する方法なんていくらでもある。シュリは忘れたの？　ナケクがどうやって殺されかけたのか」

ブワッ、と僕の腕に鳥肌が立つ。そうだ、この世界は魔法でもなんでもあるんだ。バレないようにガングレイブさんを傷つける方法なんていくらでもある。

ガングレイブさんはかなりイレギュラーな方法で領主になった。ニュービスト、オリトル、アズマ連邦、アルトゥーリアの王族や指導者からの支持と後ろ盾を得る形で、スーニティの領主候補からその座を渡された。

円満に引き継ぎが行われたかと聞かれれば、否であろうさ。貴族派の暗躍、有力者たちからの反目と、問題は山積みだ。

そういえば、と僕は気づいた。エクレスさんの方は領地内の有力者との関係改善、ギングスさんの方は貴族派の切り崩しが大きな仕事だ。しかしガングレイブさんは『三つ』問題があると言った。それを同時進行で片付けるとも言っていた。

ならその三つ目の問題とはなんなのか？　結局聞かないまんまだった。

「リルさん、まさかガングレイブさんが言ってた三つ目の問題って」

「さぁ？　シュリが知ることじゃないと思うね」

リルさんはまたふにゃっと顔を緩ませて食事を続けました。

裏にあるのは「リルは知ってるけど言うつもりはない」ってことだろう。あの場ではガングレイブさんは三つ目の問題に関して何も言ってなかった。

つまりリルさんたちには秘密裏に伝えている可能性がある……そして僕に言う必要がないという言葉と、リルさんの取り繕った様子から察すると……。自分を狙ってる人たちへの報復か何かだろう。

血なまぐさい、僕も想像できないような裏の戦場……か。背筋が恐怖で震えるようです。

「ちょっと……怖いですね」

「怖いね。性別によっては領地の未来が変わる」

「そうですね……は？　性別？」

なんだ？　僕が想像してるのとは違う何かだぞ？　話が噛《か》み合っていない。

僕が戸惑っていると、リルさんは豆腐を口に運んでから言いました。

「そうでしょ。アーリウスとガングレイブがさっさと子供をこしらえないと跡継ぎもいないし、これから作る機会がちゃんとあるかもわからない。子供は得られるときにちゃんと得ておかないと。それと教育係の選定もしないと。下手な奴に任せたら大変」

「そっちかぁ……!!」

僕は顔を手で覆って、吐き出すようにして言いました。顔は真っ赤っかだろうな。

恥ずかしい！　何が裏の戦場だ！　開いてみればただの子供の問題か！　そりゃ大事！　落ち着いて考えてみれば、領主となったからにはちゃんと子供に恵まれないといけないよなぁ!!　跡継ぎの問題あるしなぁ！　そりゃそうだよ！

あー、なんかそれがわかったら一気に力が抜けました。バカみたいに悩んでた。バカだ。

「僕はてっきり、その刺客《しかく》やら暗殺者やらの対処が三つ目の問題だと思ってました」

「そんなものはシュリの知らないところでやってる。あまりシュリに言うことじゃないからみんな言わないだけだし、そんなものはギングスが対処する問題と一緒に、ある程度解決できると思う」

「ということは、刺客とかを送ってくるのは貴族派と？」

「一番可能性はある」

なるほど……確かに今の領内でそんなことをしそうなのは貴族派の人たちだろう。ガングレイブさんを害して、その後にエクレスさんかギングスさん、もしくはお二人に無理やりに結婚させた自分たちの縁者をねじ込む可能性があるか。

僕は背筋がぶるりと震える。こういうことを実際に肌で感じるのがこの異世界なんだと思うと、怖く感じてしまう。

「ん、ではごちそうさま」

リルさんは空っぽになった皿と杯を前にして満足そうにしてた。こっちが悶《もだ》えてる間にこれだもんなぁ。

「ええ、お粗末さまでした」

「ん。ところでシュリ」

「なんでしょうか」

リルさんはいつもの無表情に戻って言いました。

「どうせだから、シュリが料理屋台を引きながら旅をするってのは、おもしろそうだと思わない？」

「……おもしろそうですね」

リルさんの提案に、僕は顔から手を離して笑顔で答えました。

料理屋台を引っ張りながら旅する……うーんこのロマンあふれる言葉よ！　キャンプで夜を過ごし、人里では料理屋台で日銭を稼ぐ。そしてまた次の目的地へキャンプをしながら向かう……。

すげえ楽しそう。大変だとかお金の問題とか置いといて、すっげぇ楽しそう。

「エクレスに言ってみたら？　あれのことだからすぐに採用すると思うけど」

「いや、まぁ……エクレスさんもエクレスさんの考えがあって今回の準備をしてると思うので、それに従うだけです。おもしろいだけで予定を崩すのはどうかと思うので」

「そう」

その後もしばらく、僕とリルさんはポツリポツリと話をしながら、チビチビと酒を飲んでいました。

こんな穏やかな日が、これからも続くといいんだけどなぁ。そう思いながら。

数日後。僕とリルさん、エクレスさん、クウガさん、アサギさん、オルトロスさんの六人は城の前に用意させた幌《ほろ》馬車の前に集合していました。僕も含めて全員が旅のために用意した服や外套《がいとう》を着て、おのおのが忘れ物をしてないかを確認し合います。

「シュリ、忘れ物は？」

「確認しましたよリルさん。糧食、調理道具、あと道すがらの猟の道具、どれも問題なしです」

「こっちもいい。そっちは？」

リルさんがクウガさんの方を見ると、何やら難しい顔をしていました。なんだ。

「こっちも準備は万端やぇ……どないしたクウガ？」

「みんな準備できてるわよ？　アタイも含めて」

アサギさんとオルトロスさんが聞いてみますが、難しい顔のままのクウガさん。

どうした？　この土壇場で何か重大な忘れ物でもしていましたか？

「クウガさん、何か忘れてたのですか？」

「いんや何にも。砥石《といし》、鏃《やじり》、剣の整備どれも完璧じゃ」

「では何か？」

クウガさんは腕組みをしながら、目を伏せて言いました。

「なんかのぅ。嫌な予感がするんじゃ」

気味が悪うてな」
「ああ。傭兵団《ようへいだん》時代にも時々感じてた、嫌な予感や。それがワイの背中を這《は》ってるようで
「嫌な予感」

放たれたのは、クウガさんの口から滅多に出ない不安の言葉。僕は先日のリルさんの言葉を思い出す。城を離れることに不安があると。ガングレイブさんを害する危険があるかもしれないと。

だけどアサギさんは煙管《きせる》を取り出すと、煙草《たばこ》の準備をしながらあっけらかんと言いました。クウガさんと違ってこっちは不安というものがなさそう。

「大丈夫やぇ。そのためにテグが残ってるでありんす。あいつならガングレイブの身を守るには十分すぎるほどやんな」

「まぁ……あいつぁ強いかんな……」

テグさんを信頼することで不安を払拭《ふっしょく》しようとしているクウガさんですが、どうにも憂いが消えない。どうやら他にも何かあるようです。

「クウガ。他にも何かあるのかしら？　そんなにクウガが不安を覚えるなんて、戦場でもそうそうなかったじゃないの。アタイまで怖くなるじゃない」

「まぁの。不安ちゅうか、予感？　今回のことでどこかでなんぞ起こる気がしてならんのじゃ。ここまで上手くいった分、どこかで帳尻合わせのように不運が襲ってくるんやない

かってな」

　クウガさんの物言いに、全員が何か思い当たるように顔をしかめました。

「昔何かあったんですか？」

「なに、傭兵団時代からの、なんというか感覚？　みたいなもの。上手くいったときこそ、油断するとしっぺ返しのように不運に見舞われた」

「アタイの感覚で言わせてもらうとね、今にして思えば、幸運に傾いていたものが元に戻るように不運にも振り切ってたみたいなものよ。アタイたちは命を懸けた商売をしてたから、運命みたいなものにも敏感なの」

　こういうところ、本当に命を懸けて戦ってる……文字通りの殺し合いをしている人から出る言葉って、想像以上に重みがありすぎるから怖い。

　一番始めに出会った頃だって、戦場から意気揚々と血まみれで帰ってきてたもんなぁ。あまりのショッキングな場面でぶっ倒れたのは良い思い出だよ。

　そんな感じで不安を感じていた僕たちに、カツカツと靴音を鳴らしながら近づいてくる人物が一人。

「さて、ボクの方は確認が終わったけどみんなはどうだい……どうしたんだい？」

　書類を片手に現れたのはエクレスさんでした。今回のエクレスさんは長旅に耐えられるように、外見はいつもの服に身を包んでいます。とはいえそこは領主一族だったエクレスさん、服も結構上等なものだし脇に抱えた外套《がいとう》も上質な布地のものだ。

エクレスさんは僕たちの様子がおかしいことに気づき、不思議そうにしている。

「シュリくん、どうしたんだい。旅立つ前から変な感じだけど」

「それが……クウガさんたちが城を離れることに不安を覚えまして。ガングレイブさんを残しても大丈夫か、今まで幸運だったからそろそろ不運が来るんじゃないかと」

「なんだいそれは。君たちはいつもそんなことを考えてるのかい」

エクレスさんは呆《あき》れたように言いました。

「これはただの旅団だ。傭兵団《ようへいだん》じゃない。戦闘が……野盗相手とかなら、ないとは言えないけども、基本は平和なものだよ。おかしなことにはならないさ」

「エクレスの言い分はもっとも。理屈ではわかる。けど」

リルさんは目を伏せた。

「理屈じゃないものだってある。戦場では、そんなものがゴロゴロと転がっている」

僕は思わず眉間に皺《しわ》を寄せた。リルさんの言葉はきっと、そんなものに出会ってきたから出た言葉なんだろう。どういう経験をしたらこういうことになるのか、こんなにも目に光がない顔ができるのかわからない。

さらにエクレスさんは溜め息をついてから、僕の後ろ側に回ってきました。

「エクレスさん？」

「そんなに不安ならみんなここに残る？　ボクはシュリくんと二人だけで、ゆっくりと旅して回るから」

悪戯《いたずら》っ子みたいな笑みを浮かべて僕の後ろから腕を回して抱きついてくるエクレスさんに、胸が高鳴りうろたえてしまいました。いきなりの行動に動けません。

背中から感じるエクレスさんの体温に、鼓動が早くなりそうでした。こういう女性経験がない僕にとってはまさに毒よ毒。一歩も動けなくなる麻痺《まひ》毒。

それに対してリルさんはクワッと怒りの表情になると、すぐに僕からエクレスさんを引き剥《は》がしました。どこにそんな力があるのってくらいの怪力でした。

「いちいちくっつかなくてもわかる!!　うっとうしいっ！」

「はいはい。じゃあ、その強気なままで不安も払拭《ふっしょく》してね。これから出発するのに、こんな辛気《しんき》くさい雰囲気じゃあ後が大変だよ」

エクレスさんはケラケラと笑いながらみんなに言った。

正直、僕はエクレスさんの意見に賛成ですよ。だから僕も頷《うなず》きながら言います。

「僕も同感ですよ」

「ボクの思いに応《こた》えてくれるってこと!?」

「それは違います。えとですね、不安な思いもわかりますけど……今までどうにかなってきたのですから、今回もなんとかなりますよ。だから、今は胸を張って行きませんか？」

「その通りだぞお前らー」

と、間の抜けた声で言いながら城から出てきたのはガングレイブさんでした。傍らにはテグさんとアーリウスさんもいる。

どうやら見送りに来てくれたらしいです。その中でテグさんが一歩前に出て、クウガさんの前の立ちました。

「話はなんとなくわかったっス。オイラが残るのがそんなに不安スか？」

「いや、お前なら不安はねぇ。しかしな、こういう不吉な予感ちゅうのは……」

「オイラを信じてとっとと行くっス！」

「いってぇ!?」

なおもゴチャゴチャ言うクウガさんに、テグさんは後ろに回り込んでケツを思い切り叩《たた》きました。飛び上がるようにしてクウガさんが痛がる様子を、テグさんは笑って見ている。

「何しよるんじゃこのバカ！」

「バカはそっちっスよ。そっちはそっちでシュリとエクレスという戦えない人間がいるんスから、こっちを気にしてる余裕はないっしょ」

「そら……そうやが」

クウガさんは釈然としない様子でしたが、無理やり納得しようともしていました。

テグさんの言うことは正しいです。この中で威圧感担当でいうならオルトロスさん、情報収集ならアサギさんとなりましょう。リルさんは野営の設営とかしてくれるかな。

クウガさんの役割なら、絶対に全体の護衛ともなりましょう。この中で一番強いのがクウガさんなのは間違いないのですから、一番頼りになる。

そのクウガさんが別のことを考えてこちらの護衛が杜撰《ずさん》になってしまっては、凄《すご》く困る。本当に困る。いざというときに何か問題が起こってしまうかもしれません。

ガングレイブさんたちの護衛をテグさんとアーリウスさん、残ってる他の傭兵団《ようへいだん》の人たちに任せてこちらに集中してほしいのが正直な感想だなと。

「わかったわ！　わかったわかった！　ここはテグに任せるけぇ、お前もしっかりせぇよ！　ほんまに！」

「それでええっス。任されたっスよ」

テグさんはニマニマしながらクウガさんから離れます。

それにガングレイブさんが納得したように頷《うなず》いてから、僕の前に立ちました。

「じゃあシュリ、後は任せた」

「はい……はい？　僕？」

「お前だよ、お前」

なぜ僕？　と思っていたら、ガングレイブさんは困った顔をしながら、僕に耳打ちしてきます。その声はどこか諦めているような感じで。

「……この中で比較的に、マシな程度には常識があるというか普通なのがお前だからな。お前が暴走しない限り、この集まりも変なことにはならんと信じてる」

「その信頼は瀬戸際ギリギリに向けての諦めの境地のような気がするから、あんまり嬉《うれ》しくない」

なんだその消去法の末に決めたような信頼の仕方は。もっと言い方があるだろ、言い方がよ。もうちょっとやる気が出るような褒め方をしてくれよ。

しかしガングレイブさんは言いたいことを言い切ったような顔をして、僕から離れました。そして僕は見逃さない、ガングレイブさんが僕に耳打ちしてる間、アーリウスさんが剣呑《けんのん》な顔をしてこっちを睨《にら》んでいたことを。

おいおい……僕に対するその嫉妬はなくなったんじゃないのか。誤解はなくなったし仲間になったんじゃないのか。その嫉妬は条件反射か何かか。

「ではエクレスも頼んだ。お前の説得が今回の仕事の鍵だからな」

「頼まれたよ。仕事もするしシュリとの仲も深めてくるから！」

「そっちはやめてくれ。ほら、リルも落ち着けどうどう」

エクレスさんの爛々《らんらん》とした目と笑顔に対して、リルさんの背中に怒りのオーラが見える……こういうところで爆弾を落とすのやめてほしい。見ててハラハラするからさ。

「まぁそのなんだ……全員気をつけて行ってこい。怪我《けが》をせず全員、無事に帰ってくるようにな」

「わかりました。エクレスさん、そろそろ出発しましょうか」

「そうだね。準備はできたことだし、そろそろ出発だ！」

エクレスさんの掛け声にクウガさんたちもやれやれって感じで幌《ほろ》馬車に乗り込んでいきます。エクレスさんは御者席の方に行きます。御者席でいいのかな？　ともかく馬の手綱を取るようです。

さて、僕も乗るか……そう思い振り返って幌馬車へ向かうと、僕の肩を掴《つか》んでくる誰かの手がありました。

なんだ？　と思って首だけで振り返ると、アーリウスさんの心配そうな顔がそこにありました。今まで見たことがないほどの不安顔。

「シュリ、無事に帰ってきてくださいね」

「アーリウスさん……？」

「馬鹿らしいと思われるでしょうが、良いことがあれば悪いこともあるというのは、私たちの人生ではよくあったことです。良いことの揺り返しに起こる不運に、どうかあなたが巻き込まれないように祈ります」

アーリウスさんの言葉と顔で、これは冗談ではないと悟る。

僕は苦笑を浮かべてから振り返りました。

「大丈夫です。クウガさんもいますし、皆さんがいます。きっと無事に帰ってきます。なので、皆さんとまた食堂で会いましょう」

「……約束ですよ」

アーリウスさんは心配そうな顔のままでしたが、そろそろ出発の時間だ。僕も一緒に幌《ほろ》馬車に乗り込むと、エクレスさんがそれを確認して手綱を操る。

馬が嘶《いなな》き、馬車が動き出す。ガラゴロと車輪が音を鳴らし、前へと進んでいく。幌の間から体を乗り出すと、風が吹きつけて髪を揺らす。

視線の先には腕組みをして見送るガングレイブさん、笑顔で手を振るテグさん、そして心配そうな顔のままのアーリウスさんの姿がある。

僕も大きく手を振ってから、大声を張り上げる。

「では！　行ってきます!!」

八十二話　機織《はたお》りの村シュカーハの夢見る青年とスコッチエッグ ～シュリ～

「さて、最初はどこになりますか？」

「最初はガングレイブに対して一番怒りを覚えてるところからだよ、シュリくん」

「おいおい、そんなんが最初で大丈夫なんか？」

スーニティの城を出発した僕たち一行は、朝焼けの空の下を幌馬車で進んでいく。

時々石に乗り上げて揺れるけれども、結構穏やかな行程だなとは思っています。さまざまな人や馬によって踏み固められた道を進むのは結構楽ですねこれ。

幌馬車の御者席に座るエクレスさんのすぐ後ろで、前方を見ている僕の背後から、クウガさんが気怠《けだる》げに言いました。

「いきなり刃傷沙汰《にんじょうざた》とか嫌やでワイ。初対面の人間を斬り殺すの」

「ボクだってそんなの嫌だよ。一応ボクに親身になってくれてた人たちなんだから、やめてよね」

「わからんぇ？　唐突に向こうから襲いかかってきたら、わっちでも反撃してまうわ～」

アサギさんの弾むような声を聞いて、後ろで何やってんだ？　と疑問に思う僕。

振り返ってみればなんと、四人で札遊びをしてるじゃないか！

「なにしてんですか」

「わっちはね、思うでありんす。勝負はキチンとケリつけなあかんなと」

「リルも同感。決着は後腐《あとくさ》れなく一瞬で付けるべき」

「アタイも同感ね。いい加減、この旅団の名前とリーダーを決めないとスッキリしないわ」

嘘《うそ》だろその話をまだ引っ張ってたのか!?　と驚いた僕ですが、四人とも本気です。本気の目をしています。

どういうルールの札遊びをしているか知りませんが、勝負は佳境《かきょう》らしく全員の目が笑っていない。体や態度では遊んでるように見せかけて眼光は鋭い。

「いいんですかエクレスさん？　後ろであんなことをしてますけど」

「好きにすればいいと思うよ？　ああやって別のことで騒いでる間は、僕の方に面倒事が来ないんだもん。ちょうど良い意識逸《そ》らしさ、ほっとけほっとけ」

エクレスさんの能面のような乾いた笑みを見て、僕はこれ以上エクレスさんに負担をかけないようにしようと心に決めた。この人の心を癒やしたい。

「じゃ、これでアタイの勝ちね。終わり」

「おま！　こんな場面でそんな札は出んやろ！　イカサマか！」

「卑怯《ひきょう》なり！　卑怯なり！」

「何よクウガにリル！　アサギなんかよりマシよ、アタイのは純粋な運なんだから！」

「さりげなくわっちの悪口言うのやめるぇ」

どうやら勝負はオルトロスさんの勝ちらしい、後ろの騒ぎが大きくなりました。

それを聞いてもエクレスさんは笑顔が固まったままです。現実逃避かこれ。

聞くべきことは聞かないと。その決意のままにエクレスさんに尋ねる。

「名前とリーダー、オルトロスさんが決めていいんですか？」

「好きにすればいいと思うよ」

ごめん。辛《つら》そうな顔をさせてごめん。泣きそうな顔にさせてごめんエクレスさん。

どうすればその涙を引っ込ませることができるのか、申し訳なさにそんなことを考えていた僕ですが、エクレスさんは唐突に馬車を停めました。

ガクン、と幌《ほろ》馬車が揺れてなんだなんだと全員がエクレスさんを見る。エクレスさんは手綱を離すと僕に向かって手を広げました。なんだ？

「エクレスさん？」

「どないしたエクレス」

クウガさんも訝《いぶか》しんで聞きますが、エクレスさんは無表情のまま僕に向かって手を広げ、何かを待っている様子。

なんだろう、と考えていた僕の肩を引いてきたのはアサギさんでした。

「なんやぇ、シュリに抱きしめて慰めてほしいでありんすか？」

「正解」

やんねぇよ。

エクレスさんを宥《なだ》めて再び出発した僕たちは、昼過ぎになって休憩を挟み、再び出発。午後遅くなって目的地であるシュカーハの村に着いたのです。

山の麓《ふもと》にあるこの村は結構大きな規模で、山の法面《のりめん》を利用して結構な数の段々畑を作り、村の中央には何やら工場のような大きな建物が二つ。

村を囲む柵を越え、その中に入った僕たちは幌《ほろ》馬車から降りる。全員が村を見渡してから、思わず息を呑《の》んだ。

「ここまで敵意をもたれると、いっそ清々《すがすが》しいわ」

クウガさんは獰猛《どうもう》な笑みを浮かべてから、腰の剣に手を掛ける。

オルトロスさんも幌馬車から愛用の大斧《おおおの》を取り出し、アサギさんは屈伸運動をしながら体勢を整える。リルさんはいつも通りで欠伸《あくび》なんかして余裕の表情でした。

僕は足が震えそうになって逃げ出したいのをこらえ、エクレスさんは警戒した目つきで周りを見渡していました。

村に入って幌馬車から降りた瞬間、村中の男たちがおのおのの手に武器を持って取り囲んできたのです。武器がぶつかり合う金属音が、ガチャガチャと僕の耳を打つ。

男たちは怒気に満ちた顔で、こっちを睨《にら》んできます。その包囲網の外側では女たちが、これまた同じように睨んでいるのです。

「死にたい奴から掛かってくるといいぇ」

「アタイも手加減はしないわよ」

アサギさんとオルトロスさんからもやる気が感じられる。このままだといきなり武力衝突か？　そのど真ん中にエクレスさんと僕がいるってのにか？

これだけの敵意と殺気を向けられて平気でいられるほど、僕はまだ胆力が育っていない。逃げたいし吐きたいし蹲《うずくま》って頭を抱えたい。

それをギリギリのところで踏みとどまってやらないでいられるのは、僕のすぐ傍《そば》にリルさんが来て余裕の無表情でいつも通りでいるからだ。リルさんがいなかったらきっと情けない姿を見せていたのは間違いない。

そのまま時間にして十数秒、僕の体感時間では数十分も過ぎたような錯覚を覚えた頃に、ずらっと並ぶ男たちの間を割って出てくる老人が一人。皺《しわ》だらけの顔とハゲた頭、曲がった腰で杖《つえ》を突きながら歩いてきた。

上等で利便性の高そうなカーキ色の作業服を着ている老人は、長い髭《ひげ》をさすりながらこちらを見ています。

「お久しぶりですな、エクレス様」

「久しぶり、シュカーハのミルトレ村長」

「儂《わし》ごときの名前を覚えてくださっていること、まことに光栄でございます」

「君だけじゃなくてもここにいる全員の顔と名前は記憶している。君たちには世話になった」

エクレスさんは笑顔でシュカーハの村長……ミルトレさんと話す。

ミルトレさんは朗《ほが》らかに笑ってから言いました。

「して、今日はなんの御用ですかな？　とうとうガングレイブに反旗を翻すために仲間を探しておりますのかな？」

「そんなことはないさ。君たちの説得と、説明をしたくて来た」

「それは聞き届けられませんな。ガングレイブはスーニティに長年貢献してきたシュカーハの村に不義理を働きました。エクレス様から権力を奪っただけでなく、我らへの配慮もできていない。そんな男に手を貸す謂《いわ》れはない」

みるみるうちに語気が荒くなっていくミルトレさんの言動に、エクレスさん以外の僕たちに疑問が浮かぶ。

だけどエクレスさんはすでに察しているらしく、難しい顔をしています。

「やっぱり、結婚式の衣装はここから取り寄せたものじゃなかったんだね」

「要請はありませんでしたからなぁ」

「嘘《うそ》つけ。ボクがガングレイブにこのことを言いそびれると思ったか？　ガングレイブが要請を忘れると思ったか？　ボクに対する虚偽は侮辱と判断する。そちらの考えは？」

エクレスさんとミルトレさんとの間に濃密なまでの探り合いが行われています。視線から、態度から、呼吸から、相手の動揺や考えを見抜こうとする思考の戦い。

クウガさんたちが周りの男たちを抑え、エクレスさんがミルトレさんを抑えているからこそ生まれる緊張感ある拮抗《きっこう》状態。僕は傍《そば》にいるリルさんを支えに呼吸を通常のものにしておくので精一杯で、足が震えるのを抑えられませんでした。

するとミルトレさんは唐突に、それこそ快活に笑い出しました。

「フアハハハハ！　いやぁ、あなた様は権力から遠ざかってますます老獪《ろうかい》になられましたな！　いや、若者に老獪などと言うのは失礼ですかな？」

「全くだよ。これでもボクは恋する少女でね。おばさん呼ばわりは勘弁してよ」

エクレスさんも苦笑しながら口の端より笑いが漏れている。どうやら二人の間の緊張感はなくなったらしく、ミルトレさんは少し驚いてから、手を軽く上げて言う。

「少女？　性別を偽っていて……その必要はなくなった、と？　話を聞きましょう」

「けど村長！　他の奴らは」

「エクレス様が仲間にした、いやエクレス様が仲間になった者たちよ。儂らではどうする

 こともできん。特に、そこにおる剣士には誰も勝てんじゃろうよ」

ミルトレさんはそう言うと、踵《きびす》を返して歩き出しました。

「ではエクレス様、いつも通り工場の休憩室でお茶でも飲みながら話しましょう。それとも儂《わし》の家とどちらがよいですかな？」

「そりゃ工場の方がいいな。また、みんなの糸繰りの腕を見ながらお茶を飲んで話したい」

「エクレス様らしい。みなは武器を納めて仕事に戻れぃ。これは村長命令じゃ。エクレス様と一緒に来た者を無下《むげ》に扱うことも許さん」

ミルトレさんの言葉に、村人たちは釈然としないまま武器を納めて散っていきます。

それを確認してからクウガさんたちは戦闘体勢を解除しました。剣呑《けんのん》な雰囲気が去って、僕は安心して思いっきり息を吐きました。

怖かった。あれだけの敵意を向けられて、腰が抜けそうなほどに。

この世界に来てずいぶん長くなったけど、こういう臆病なところはいつまで経《た》っても直りません。

……確かに僕は度胸のある行動を取ることはある。かつてオリトルでヒリュウさんの前に立ってクウガさんを庇《かば》ったときのように。

しかし、なんの心構えもないままで、目の前の武器を構えた人間が一瞬後には襲いかかってくるような状況なんて、怖いに決まってる。

「あ、ありがとう、ございます、リルさん」

だからこそ、僕を守れる位置にさりげなく立っていたリルさんには、本当に感謝しかありません。僕が頬をピクピクさせながら礼を言うと、リルさんはもう一度欠伸《あくび》をしました。

「なんのことかわかんない。リルはただなんとなく突っ立ってただけだし」

リルさんはそれだけ言うとそっぽを向いてしまう。だけど耳は赤い。礼を言われて照れくさいのかな。リルさんらしい。

「じゃあみんな、幌《ほろ》馬車を厩《うまや》に入れたら村長から……ミルトレから話を聞こうか」

「ワイらも同席してええんか？」

「話は聞いた方がいいし、知っといた方がいいことも多いよ。この村のことも含めてね」

クウガさんはエクレスさんの言葉に納得したらしく、幌馬車の御者台に座って手綱を握ります。

「そういうことなら、ワイが馬と馬車を片付けとくわ」

「じゃあわっちはクウガと一緒に行って手伝うぇ」

「ちょっと待って」

なんだ？　作業をしようとしたクウガさんとアサギさんに向かって、オルトロスさんが手で制してきました。

そしてオルトロスさんは神妙な顔をして口を開く。

「ここはアタイの指示で動くのが筋じゃない？」

「マジでリーダーになるつもりだったんですか!?」

さて、オルトロスさんを宥《なだ》めて馬を厩《うまや》に繋《つな》いだ僕たちは、エクレスさんの案内で工場と呼ばれる大きい建物の中に入りました。

するとものすごい熱気と、何か機械が動く音が轟音《ごうおん》となって耳にぶち込まれる。

「うわぁ……凄《すご》いな！」

僕は思わず口を開いて好奇心を露《あら》わにしました。かつて学生時代、授業で聞いたりネットで見たことがある製糸工場のような光景が、目の前に広がっているのです。

何十基もの繰糸機《そうしき》が並び、そこでは女性たちが繰糸作業をしている。釜の中には繭《まゆ》のような塊《かたまり》が入れられて煮られ、そこから糸を引き出す作業を行っている。

なので必然的に工場の中は熱気と湿気で満ちており、窓を開けていても蒸し暑い。服をパタパタと扇《あお》いでも汗が噴き出してきそうです。

僕はこういう製糸工場の細かいところはわからない。だけど、ここにある繰糸機が現代地球とは違う、魔工技術によって最適化されたものだってのはわかる。

「なるほど……機械そのものに複数の魔字《マギ・スペル》を刻むのでなく、部品それぞれに魔字が刻んである。これによって複数の部品の魔字の効力が統合され、バランスが保たれて作用してる

「……少し前に超高級魔工道具で使われていた技法だ、しかもこれだけ繰糸機を多く揃《そろ》えて管理しているのは凄い」

リルさんは繰糸機を観察しながら呟《つぶや》いています。僕はリルさんに耳打ちするようにして聞きました。

「それってどれくらい凄いんです？」

「一介の村の工場が揃えられるものじゃない。具体的には……うちの傭兵団《ようへいだん》を一年中雇って働かせるだけの金額で、繰糸機が一つ買えるかどうかってくらい。この技法は当時最先端の技術だったけど、あまりに経費がかかるんだよ。部品一つを製造する経費と魔晶石を用意する経費、部品に魔字を刻むための魔工師を雇う経費に整備費。莫大《ばくだい》な金がいる」

「ひぇ」

思わず僕の口から悲鳴に近い息が吐かれる。

かつてのガングレイブ傭兵団は、雇われるときにはかなりの金額がやりとりされていました。僕が当時ちらりと聞いたときには目ん玉が飛び出るんじゃないかってくらいです。

普通の商人ではもはや雇えない、大商人でも難しいくらいの金額です。それだけ傭兵団の規模が大きくなって維持費がかかっていたと思うと仕方ないかもしれませんが。

そんな傭兵団を一年間雇う金でやっと一基買えるかどうか。それを考えると目の前の機械に触りたくなくなる。

「うん、相変わらず見事な繰糸機《そうしき》の数と女性たちの繰糸技術。どうやら腕を上げた？」

「無論ですじゃ。女性たちの腕を細かく階級で分けて競争心をもたせておりますので」

「そうだったね。いやぁ、技術は継承されてこそ価値がある。この村の未来は明るい」

エクレスさんとミルトレさんは満足そうにしています。

確かに素人《しろうと》の僕が見ても作業の速度は速いし正確だ。何をしてるのかはよくわからないんだけど、学生時代に授業で習い教科書で見たことがあるようなことをしてる。

繭《まゆ》を釜で煮てから糸口を出し、それを機械に繋《つな》いでる……のか？　ダメだ、素人目にはそれしかわからない。

「川の水は大丈夫？」

「ええ。給水問題も排水問題も大丈夫です。うちのバカ孫がそこら辺、解決してくれましたから」

「へぇ！　ジュドゥくんがか！　繰糸機の整備も見事だし、腕を上げてるんだね」

エクレスさんとミルトレさんが何か話してるけど、なんのことかさっぱりわからない。

とうとうしびれを切らしたクウガさんが、貧乏揺すりしながら言いました。

「おい、話はええけどそろそろ足を進めようや。ここで話をするんはちょっとキツい」

「そうですな。ではこちらですじゃ」

ミルトレさんは工場の端を歩いて奥へと向かう。僕たちもそれについていくと、階段に差しかかる。それを上ると工場の中を一望できる高さの所に、プレハブ小屋のような事務所らしきスペースがありました。

　中に入れば工場の熱気が少しはマシになりました。台所にあるような作業台に水甕《みずがめ》と杯が置かれ、机と椅子が数十個。結構広い空間です。

「ではこちらへ」

　僕たちはミルトレさんに促されるままに椅子に座ってくつろぎます。ミルトレさんは僕たちの向かいに座ると、中にいた女性に声を掛けます。

「すまんが客人にお茶を頼む」

「わかりました」

　女性が離れるのを見てから、ミルトレさんは顎の髭《ひげ》をさすってから口を開きました。

「さてエクレス様。改めてようこそ、シュカーハの村へ。儂《わし》をはじめとした村人全員が歓迎いたしますぞ」

「それはどうも。で？　ボクが来た目的はわかってるはずだ。それでもこちらも改めて言わせてもらおう。ガングレイブに協力してほしい」

　エクレスさんが真摯《しんし》にそう言うと、ミルトレさんは優しく微笑《ほほえ》みながら言いました。

「それはできませんな」

　当然とばかりに躊躇《ちゅうちょ》も何もなく、決まりきったような口調で言ったのです。

エクレスさんは困ったような顔をして額を手で押さえ、首を振る。

「……それは、自惚《うぬぼ》れなく言わせてもらえば、ボクへの忠誠心だか忠義心からかい？　それともガングレイブが結婚式を行ったことかい？」

「どっちもですじゃ」

またもやミルトレさんは淀みなく答える。

これにはオルトロスさんは顔を苦々しく歪《ゆが》ませてから口を開きます。

「エクレスへの忠義はわかるけど、ガングレイブが結婚式を行ったからってのはどういうことなの？　こちらには招待状だかなんだかは送ってるはずよね？　決して除《の》け者《もの》にしたわけではないはずよ。アタイも手紙が送られるの見てたし」

「順番が逆ですな。儂《わし》は結婚式が行われるから断ったのではなく、断ったら結婚式を強行された方なのですじゃ」

「？　どういうことなんぇ？」

アサギさんも僕も、クウガさんも疑問を浮かべている。何を言ってるのかよくわからない。ミルトレさんの言うことこそ、逆ではないのでしょうかね？

アサギさんの問いにミルトレさんは溜め息をついてから答える。

「この村はスーニティの中でも特に製糸産業に力を入れている村ですじゃ。工場を見たでしょう？　最新の魔工機械を導入し、生産量と質の向上に努めておりますじゃ」

「リルが見たら旧式の魔工機械だったけどね!!」

「リルさん、今はそれはおいておきましょう。ミルトレさん。あなたの言うことは、この工場を見れば誰だってわかります。それとガングレイブさんへの憤りとどう関係が？」

僕がリルさんを軽く宥《なだ》めてから聞くと、ミルトレさんはさらに失望したように溜め息を深くつきました。

この小馬鹿にした態度にはさすがのクウガさんも我慢ができなくなったらしく、しきりに剣の柄を握ったり離したりを繰り返している。これは危険信号だ。

だけどミルトレさんは何も言わない。言わなくてもわかるだろ、と言わんばかりの態度です。どうやら答えは僕たちがすでに目にしているからだと思われる。

こういう態度を取る人、修業時代にもいたなぁ。やることを教わろうとしたら、すでにやることとなんて見りゃわかるだろ的な態度を取るんだわ。

そこで僕は思い出す。最初のミルトレさんとエクレスさんの会話を。

「もしかしてエクレスさん。こちらの村は、領主の一族の服を手がけるとかそういう伝統があったりします？」

「正解。そういうこと」

「そういうこと……断ったらガングレイブさんが結婚式をした……あ、なるほど」

さすがにここまで言われたら他のみんなも答えに行き当たったらしい。クウガさんは剣の柄から手を離し、下らないと言いたそうな態度で後ろ頭に手を組んで気怠《けだる》げに言いました。

「なるほどのぅ。この村にガングレイブの結婚式の衣装を用意してほしいと依頼したら断られた。説得する時間がなかったから別のところで用意した。それを怒っとるちゅうわけか。くだらん、最初に断ったこの村の方が悪いやんけ。それとも、すべてはエクレスへの義理立てのための拒否か？」

「それは断じて違う!!」

ミルトレさんは拳を机に叩《たた》きつけ、怒りを露《あら》わにして言いました。

「エクレス様への義理立てを考えれば確かに断ることではあった!!　だが我らとて技能にて日々の糧《かて》を得る者だ、適正な値段と誠意ある手紙で依頼されたのなら、儂《わし》らだって断りはせん！　悔しいことではあるがな!!」

「それならなんで断ったんです？　ガングレイブさんのことだから、お金をケチることなんてしなかったでしょ？」

「確かに金額はよかった！　手紙の内容も問題はない、だが!!」

ミルトレさんはこちらを、それはもう怒りに満ちた目で睨《にら》んできました。滅茶苦茶怒っているらしく、その理由がものすごく気になってくる。

「時間が！　あまりにもなかった!!」

「あー……」

　僕はそれを聞いて思わず納得してしまいました。他のみんなも、クウガさんでさえバツが悪そうに顔を背けてしまいました。

　そうなんだよ、テビス姫たちが帰る前に来賓《らいひん》として結婚式に出席してもらうために日にちを調整したり、領内で次から次に起こる問題を片付けたり対処したり、日程がそりゃもうなかった。というかハッキリ決定した日程があまりにも酷《ひど》い。

　ここでこんなことを言うのはなんだけど、ミルトレさんの怒りはもっともだよ。金払いは良くても納得できる作品、もといドレスを作る時間がなかったら、というか物理的に時間がなかったらそりゃ断るかもっと日程をどうにかできないかって交渉するわな。

「失礼ですが、ミルトレさんはもう少し時間が必要とかガングレイブさんにお伝えを……その……したのでは、ないのでしょうかぁ……？」

　僕が口を開くと、ミルトレさんは地獄の鬼のような怒り顔で僕を見てくるもんだから、あまりにも怖すぎて尻すぼみになってしまった。

　考えてみてほしい。穏やかに話をしていた人が、自分の仕事で無茶を言われてコケにされたと思って怒りだしたら、そりゃあビビる。めっちゃビビる。怖いもん。逃げたい。

　だけど逃げるわけにいかないので堪《こら》えていたら、ミルトレさんは机に握り拳を押しつけだしました。ギリギリ、と机から異音が鳴る。やめろ、怖い。

「当たり前じゃったわそんなもん……!! そしたらガングレイブは、行商に依頼してそれはそれは立派なドレスを用意してもらったそうな……!?」

「確かにあのドレス、金がかかっとったわ、と、すまん爺《じい》さんワイも言葉が過ぎた。だから睨《にら》むのやめてくれぇや」

なんとクウガさんまでミルトレさんの怒りにちょっと引いてしまっていました。あのクウガさんが、自分の失言を謝っている!!

その事実に僕たち全員が驚いてクウガさんを見ました。クウガさん自身は平気そうな顔をしていましたが、自然と剣に手が伸びているので危機感は感じてるみたいです。

「全く!! 新しい領主は金勘定や礼儀はできても敬意がない!! 伝統がなぜ伝統なのか考えもしないでコケにしやがる!! 時間があったら儂《わし》らだって怒りはありつつも最高のドレスを用意したわ!! なのに別のところから仕入れやがって! ふざけんじゃねぇ!!」

もうこうなったらダメだ。ミルトレさんはありとあらゆる語彙《ごい》を絞り出して、ガングレイブさんへの罵倒の言葉を並べ連ねて叫んでいる。

僕が修業時代に修業先のレストランに向かう途中の工事現場でこういう光景を見たことがある。仕事に誇りを持っている大工と若いサラリーマンかなんかの兄ちゃんが口論してる場面だ。詳しく見てなかったけど、若いサラリーマン……若い兄ちゃんは大工さんをバカにしてる態度をとって相手を怒らせてたよ。

どうなったかって？　次の日もその工事現場の前を通りがかったら、若い兄ちゃんが泣きそうな顔をして、誰もいない工事現場で携帯を片手になんか謝り倒してたな。多分、大工さんが全員ボイコットかストライキかわかんないけどしたんだろうなぁってのは一発でわかった。

こういう感じで、自分の仕事に誇りと自信を持ってやってる人に対してコケにした態度を取ったら、そりゃもう後が怖い。

なんで怖いかって、単純にその人への助力が求められなくなるだけじゃないんですよ。

そういう人って縦の繋《つな》がりだけじゃなくて横の繋がりも滅茶苦茶凄《すご》い。あの会社のあのクソがけったいなことをしやがった、と業界で広がったら後が悲惨だ。誰もその会社からの仕事を受けてくれなくなる。

そうなったら確実に仕事の質に影響が出る。そういうことをする会社ってレッテルを貼られたら、それを払拭《ふっしょく》するのが大変なんだ。失った信頼ってなかなか戻ってこないぜ？

ちなみにその工事現場の後日談としては、一週間後には大工さんたちが戻ってきてたけど、その現場に来てるサラリーマンはその兄ちゃんじゃなかったってことかな。経験豊富に見える初老の男性がいたよ。

それと兄ちゃんは……修業先のレストランの近くのコンビニでレジをしてたって言ったら、怖さがわかるかな？

ミルトレさんはそれと同じ感じがする。自分の仕事を、誇りを、存在理由を、生きがいを、村の歴史を、ミルトレさんの歴史を蔑《ないがし》ろにされたと思って怒り狂ってらっしゃる。

さっきからエクレスさんが何を言っても、ミルトレさんは叫びまくって怒るばかりだ。

「だから、ガングレイブもわざと日数を足りなくしたんじゃなくて……」

「エクレス様のお言葉でも納得できませぬ!! 我らは我らの今までを、これからを、全てドブに捨てたガングレイブを許すわけにいかぬのです!!」

ダメだ、このままだとミルトレさんが高血圧で死にそうだ。顔が赤から紫に変わりつつある。

「こりゃあかんわ。逃げた方がいいんやないか?」

「リルもそう思う。もう怖い」

「わっちも同感。話が通じなくなったらお手上げやぇ」

「アタイとしても、ここで時間を取られるのはもう限界だと思う」

クウガさんたちまで説得を諦めている。エクレスさんの顔にも疲労が出てきた。

ここは僕が出張らねばなるまい。我が身を犠牲にしてでも!!

「ミルトレさん」

「なんじゃクソガキ」

思わずガングレイブさんをも苦しめた鉄拳を繰り出そうかと思ったが、やめた。ギリギリで止めた。

「まだ、エクレスさんとギングスさんの婚礼衣装の制作が残ってます」

僕の言葉にミルトレさんの目が見開かれた。さっきまでの怒りはどこへやら、すっかり穏やかな顔になった。

んでクウガさんとアサギさんとオルトロスさんは、僕を変人を見る目で見てる。

リルさんは僕の考えが読めたらしく呆《あき》れた表情になる。理解してくれるのキミだけよ。

んでエクレスさんはというと、

「しゅ、シュリくん!!」

何かを期待するような喜色満面の笑みで、横から僕に抱きついてきました。

女性の良い匂いというかフェロモンというか、簡単に言うと恋人がいたことのなかった僕の心に凄《すさ》まじい衝撃が来たのだけど、それは無視する。理性で無視する。

「あなたがエクレスさんへの忠誠心というか、忠義心というか、恩義があるというのなら、エクレスさんが着る婚礼衣装は作ってもらえるのでしょうか?」

「まさか小僧……お前?」

「どうなんですか?」

この人はどうやら、エクレスさんの相手が僕だと思っている。僕はそんなつもりは全くないし一言も言ってねぇけどな。

だけどこのまま話を進めた方がスムーズだと思うので、黒い決意で黙っておく。

「もちろんじゃ、相応の時間と金を用意してくれるのなら、最高のものを用意しよう！最高の糸、最高の布、最高の染料、最高の職人であたらせてもらう」

「ガングレイブさんへの怒りは、まぁ、その、本当に僕からも謝ります。ごめんなさい」

僕は一度頭を下げ、顔を上げてから言いました。

「ガングレイブさんにはこのこと、余すことなく伝えて謝罪させます。なんなら本人に頭を下げさせます」

「シュリ」

静かな声が僕の耳を打つ。だけど、静かな中に燃え上がる怒りを感じさせた。

隣を見れば、クウガさんが僕を冷たい目で見ていました。

「クウガさんが言いたいことは、わかるつもりです」

「なら話は早《はえ》ぇ。そんなもんは」

「傭兵団《ようへいだん》での経験によると、謝罪をきちんとできない依頼主は信頼に値しない。違いますか？」

僕の言葉にクウガさんは言葉を詰まらせた。

「高慢ちきで気位ばかり高い、能力も人望もない依頼主が何か失敗して傭兵団全体に不利益をもたらしたとき、その相手が謝らなかったら僕たちはどうしてましたか？」

続けて問う。だけどクウガさんは何も答えられない。当然だ。

「その相手のことを後で罵倒して、二度と仕事を受けないつもりになる。そうでしょう？　ミルトレさんたちがまさにそうです。自分たちへの無礼失礼を憤ってる。もうガングレイブさんが謝るしかない。僕たちも、自分の失敗を認めて謝罪ができて、その分を補填《ほてん》できる依頼主は信用できると思った。なら、今度は僕たちがするべきです」

とうとう何も言い返す言葉がなくなった、というか何も言えないし何も言えなかったことで、クウガさんはそっぽを向きました。

クウガさんの気持ちもわかる。なんといったってガングレイブさんは僕たちの旗頭で看板だ。そこに泥なんて塗りたくない。

だけど必要な泥だってこの世にはある。綺麗事《きれいごと》だけじゃ世の中が回らないという気に食わない事実があるように、時として頭を下げて非を認める必要だってあるでしょう。

「失礼しました、ミルトレさん。それで、エクレスさんとギングスさんの話なんですけど」

「うむ。本当に婚礼を挙げるならば、先ほど言ったとおりだ。こっちはいくらでも仕事をさせてもらおう」

「その仕事の独占と十二分な報酬をガングレイブさんに約束させます。そのうえでガングレイブさんに正式な謝罪としてこっちに来てもらいます。それで……怒りの矛《ほこ》を収めていただくことはできませんか？」

勝手に僕が話を進めていいのだろうか、と誰にも聞こえないように呟《つぶや》くのだけど、肝心のエクレスさんはすっかり夢見る少女のような顔で僕の胸に顔を埋めて上目遣いで僕を見ているので役に立たない。困ったもんだ。

後でエクレスさんへの説明はどうしたものか、と思うと頭が痛くてたまらないよ。

「本当にガングレイブに、頭を下げさせることができるのか？　失礼だがキミは何者なのじゃ？」

「僕はガングレイブさん付き……城に勤める料理人です。ガングレイブさん以外にも、重要な役職に就いている人へ料理をお出しする立場でもあります」

それを聞いてミルトレさんは少し考えるように顎に手を添えて目を伏せる。

「それは本当と考えてもいいのかな」

「本当です。そうですよね、エクレスさん」

「本当だよ！」

頭の中がお花畑になりつつあるエクレスさんを胸から剥《は》がしつつ……結構強い力で抱きついてくるなこの人。なかなか剥がれねぇ……。

そんな僕の様子を見たリルさんが、唾を吐くような動作をして吐き捨てるように言いました。

「ケッ！　女の子に抱きつかれて鼻の下伸ばしてるっ」

「仕方ないぇリル。男なんてそんなもんやし、シュリなんて恋人もいたことないから平気そうなそぶりをしながら心の中ではウッキウキになるもんやぇ」

「そこ、僕に関してそんな奴に認定するな」

リルさんとアサギさんへ突っ込みを入れつつ、ミルトレさんの言葉を待つ。

少ししてミルトレさんは、眉間に皺《しわ》を寄せつつも穏やかな様子を見せました。

「シュリ、といったかね」

「はい」

「やはりそう簡単に許すわけにはいかない。ガングレイブは、エクレス様から領主の座を奪ったのには変わりないからの」

「それはっ。誤解だ、何度も言うがボクたちがガングレイブに押しつけたんだ。テビス姫や他の国からの後ろ盾があることを利用して、責任ある立場から逃げたのはボクたちだ」

エクレスさんが元に戻ったみたいに理路整然と、だけど早口で弁明する。

その隣でリルさんが顎に手を添えて天井を見上げながら言いました。

「アレは押しつけたと言うより、あのまま領主になってたら混乱が大きすぎて無理だったってのも大きい。ナケクがレンハのやることを黙認して、エンヴィーさんを追い出して、領地をグランエンドに売ろうとして混乱させたから、領主一族がそのまま統治を行うのは筋が通らないっていう」

「リルの言うとおりだ。それを利用して、責任を取りつつ権力の薄汚さから解放されたんだよ、ボクたちは。あれから好き勝手やらせてもらってるんだ、ミルトレが義理立てを考えることなんて何も」

「ですがあなたはこうして、責任をもって仕事をしていらっしゃる。それを好ましく思う支持者もいて、儂《わし》自身もそうである。それなら、筋とやらを通せば領主になれたのではございませぬか」

一切の感情を感じさせない、静かな指摘。ミルトレさんの口から出た言葉に、エクレスさんは言葉を詰まらせた。

初めて見た。エクレスさんがこうして論破されたように言葉を詰まらせるところ。

さらにミルトレさんは大きく溜め息をついてから言った。

「確かにあなた様自身が言うのなら、ガングレイブは領主の座を不本意ながら受け継ぎ、日々の業務に勤《いそ》しんでいるのでしょう。あなた様とガングレイブとの間に不和もないのなら、儂がとやかく言う権利はございません。

ですが、あなたを慕い、あなたを支持した周りの人間はどう思うか考えたことはございませぬか？　自分からその支持も何もかも投げ捨てたと言うあなたを見て、自分たちが慕った相手はなんだったのかと怒りを感じることについて何も思わなかったのですか？」

「それは……」

ミルトレさんの指摘に、エクレスさんは泣きそうな顔のまま何も言えなくなっていました。エクレスさん自身が、その指摘に思うところがあったのだろうと思います。

それに、指摘の内容は正しい。結果だけ見ればエクレスさんもギングスさんも、領主ではないしそこまで責任を負っている様子はないものの、領地の運営に携わる仕事には就いたままです。それが領主一族としての仕事ではなくなった、というだけで。

端《はた》からは責任を投げ出して楽をしてるように見えるかもしれない。外側から見たら人々の期待を裏切っているのかもしれない。

だからこそ、僕は机の下で拳を握りしめていた。拳が青くなって骨が軋《きし》むんじゃないかと思うほどの力を込めて、ギリギリと握りしめる。

「それは正しいよミルトレさん」

僕は必死に怒りを堪《こら》えながら、なんとか口に出した。

「そりゃ、何も知らなきゃそう見えるだろうし、結果論で言えばそうなるでしょうよ」

「何が言いたいのかの？」

「本人がそれまでにどれだけ苦労して悩んで、苦しんで辛《つら》い思いをしてここにいるのか全く考えない発言が気に食わないんですよ」

でも、その過程に何があったかを知らないままで正論だけ口にするのは、卑怯《ひきょう》以外の何ものでもないからこそ、僕は言わなきゃいけない。

「逆に聞きますが、あなたはレンハがスーニティを裏切って好き勝手をして、エクレスさんとギングスさんが苦労していた頃に何をしていましたか？」

「それは……」

「エクレスさんを支持していると言うのなら、エクレスさんのために何かをしてもよかったんじゃないですか？　領内が荒れる前に、あなたの何かがあればエクレスさんはここまで思い悩まなかったのでは？」

「それこそ結果論じゃろう」

「あなたが言ってるのも結果論でしかないんですよ」

僕とミルトレさんとの間に、剣呑《けんのん》な雰囲気が漂う。クウガさんとアサギさん、オルトロスさんは平気なふりをしながら様子見をしてくれている。

エクレスさんは僕とミルトレさんを交互に見ながら、少し不安そうでした。

数秒か、数十秒か。どれほど経《た》ったか知らないけども……ミルトレさんは唐突に大きな溜め息をつきました。

「なかなかに強情というか、頑固な御仁《ごじん》であられる」

「お互いさまかと」

「そうか。エクレス様は、そういう方に思いを寄せられたか。なるほど」

ミルトレさんは一人で何かを納得するように頷《うなず》いていました。

「エクレス様。儂《わし》が思っていることとは、他の村や町の長《おさ》たちも少なからず同じように思っていることとです」

「え？」

「今は幸せでそこそこの地位で満足されている。五体満足で、です。それならば、もしかしたら……何かあったのならば、あなた様が領主に就ける未来もあったのではないかと思う者も、少なくないのです」

それは、そうかもだけど、と僕が言おうとする前にミルトレさんは言った。

「儂のこの怒りも、儂らの思いをエクレス様がお忘れになっているのではないかと、憤ったものにございます。あなた様は今でも、領主の座に未練はございませぬか？」

「全くない。もう、そんな未来はない。これからは、ガングレイブの下でよりよい領地を目指して頑張るだけさ」

「ならば、儂らもその時代の流れに……乗るしかないのかのぅ」

ミルトレさんは心底残念そうに呟《つぶや》いてから、頭を下げました。

「重ね重ねの無礼、まことに申し訳ございません」

「それで済むような簡単な話やあらへんのは、お前が一番自覚しちょるよな？」

ミルトレさんの謝罪に、クウガさんは突然椅子から立ち上がって机を回り込む。

ミルトレさんの背後に回ったクウガさんはそのまま鞘《さや》から剣を抜き放ち、その首に刃を当てる。刃の重みで肌にめり込み、あとは引くか押しつけるかすれば切れるようなギリギリの力加減で止まっている。

唐突な暴挙に、僕は慌てて立ち上がりました。

「クウガさん！」

「黙っとれシュリ。これはこっちの体裁の問題でもあるからのぅ」

「それでも！」

「シュリ」

僕がクウガさんへ駆け寄ろうとしたとき、僕の腕を掴《つか》んでリルさんが止めてくる。

その腕を振りほどいて行こうとしても振りほどけない。リルさんの外見からは想像もできないほどの力で掴まれていて、全然動かないのです。

「黙って見てる」

リルさんはたった一言。たった一言だけでしたが、雄弁に言いたいことを語っている。

なにをするつもりなのか、どうするつもりなのか。それを見届けろとリルさんは言っている。黙って見ていろと。

だから僕は、おとなしく座ることにしました。リルさんが何を見させたいのか、クウガさんは何をしたいのか、アサギさんとオルトロスさんが何も言わず何もせずにいるのはどういうことなのか。

でも僕は何もわからないまま、目を逸《そ》らさずにそれを見届けることにしたのです。

「こっちの大将が頭を下げるんじゃ。それがどういう意味で、ワイが剣を突きつけるには十分なものだとわかるよな」

「もちろんじゃ」

ミルトレさんは顔を上げると、クウガさんの方を見ずに言葉を投げかけます。

「そちらからガングレイブ殿が謝罪をすると言った。そしてシュリ殿はそれを実現させられる立場だというのはわかった。そちらこそ、それが嘘《うそ》ではないのじゃな？」

「……シュリが言い出したことを、ワイがガングレイブに強要することはできんわ。だがうちの大将はそんじょそこらの輩《やから》のように頭を下げるときに下げられんアホとちゃう」

二人の間に少しの間沈黙が流れる。僕はそれを緊張した面持ちで眺めていました。

どういう話の内容で、どういう意図が含まれているのか。僕にはその全てがわかるわけではないので、どう話が転がるのかさっぱりわかりません。

沈黙を破ったのは、ミルトレさんだ。

「その剣に免じてそちらの謝罪を受け入れる。ガングレイブ殿との邂逅《かいこう》を楽しみにしておこう。そうしないとそちらの体裁が潰れるじゃろう」

「ケッ、わかっとったかこのジジイ。そっちこそ、ワイが後ろに回って剣を突きつける前からこうなるとわかっとったやろ。じゃけぇそんな冷静やったんやな」

「ご想像にお任せする」

ミルトレさんは剣を突きつけられてもなお、冷静なままなのが凄《すご》い。

クウガさんは舌打ちをしてから剣を鞘《さや》に収めて、椅子にどっかと座りました。

これはどういうことだったのだろうか。後で誰かに解説を求めよう。

「してシュリ殿よ。エクレス様の衣装合わせの際は君もいるのかの？」

「え？」

「もちろんだよぉ。一緒にいないと困るからねぇ」

エクレスさんがにちゃり、と笑って答えた。ミルトレさんはエクレスさんと僕の関係を誤解してそこに僕が一緒にいるものと思っている。

「ねぇシュリくん。似合ってるかどうか、見てくれるよねぇ……？」

「え？　あ、そういうことなら」

「じいちゃん!!　エクレス様が来てんかい!?」

僕が返事をしきる前に、休憩室のドアを蹴り開けて入ってくる若者がいました。

頭に幾何学模様が描かれた小豆《あずき》色のバンダナを巻いた、褐色肌の男性です。タンクトップのような服と作業服のようなカーゴ色のズボンと、ごついブーツを履いている。

頑丈そうな手袋を油まみれにしている青年はこっちに近づいてくると、エクレス様の顔を見てくしゃっと顔を笑顔に染めました。

「お久しぶりですエクレス様！　このジュドゥ、エクレス様のご期待に応えるべく、日々努力してきました!!」

「お久しぶりだねジュドゥ。相変わらずの熱血さんだ」

「はい!!　工場がうるさいもんですから声が大きいままです！」

エクレスさんが微笑《ほほえ》んでいる。その笑顔を向けられた青年……ジュドゥさんは嬉《うれ》しそうに後ろ頭を掻《か》いていました。

ジュドゥ……ジュドゥ……さっき名前を聞いたな。確か、

「お前があの魔工機械を管理してるのか」

そうだ、ここの工場の魔工機械を整備管理している人で、ちらっと名前が出てきてた。

リルさんはゆらりと立ち上がるとジュドゥさんを睨《にら》みます。

「そうだ！　俺はジュドゥ、シュカーハ村一番の魔工師にして魔工技師を自負している！」

「リルはリルだ。大陸一の魔工師を自負している。お前が作った魔工機械、見させてもらったぞ」

リルさんはジュドゥさんへ指を突きつけながら言いました。

「部品一つ一つに魔字《マギ・スペル》を刻むことで複合効果を生み出しながら安定させる技法、一時アルトゥーリアで流行《はや》った超高級魔工機械に使う技術だ」

「おう！　よく知ってるな！　俺はアルトゥーリアに留学してたことがあってな、そのときに学んだんだ‼」

「あれがとんでもなく金がかかる技術だって知ってて使ってるのか」

　リルさんの言葉にジュドゥさんはキョトンとした顔をしました。

「普通の村であんな超高級魔工機械を買う金なんてあるはずがない。自分で作るにしたって限度がある。どういう手腕で揃《そろ》えた？」

「……ははぁ！　なるほど、気になってるのはそこか！　簡単さ！」

　ジュドゥさんはご機嫌な顔をしてから窓に近づきます。その窓からは、階下の魔工機械と働く女性たちの様子が一望できます。

「無駄を省いたのさ！」

「無駄？」

「そう、無駄だ！　リルさん、でしたっけ⁉　リルさんの言う金がかかるってのは、全部の部品に魔字《マギ・スペル》を刻んだ場合のことだよ！」

　リルさんはジュドゥさんの言葉に何かを気づいたのか、さらに鋭い目つきをしました。

「そうか。最適化か。あれはアルトゥーリアの研究でも発展途上だったはず」

「いやぁ話が早くて助かる！　そう、最適化だ！　必要な部品に必要な魔字を刻む！　重要な部位に理論上、最小限で最大限の効果を生み出す魔字を刻めば経費は少なくでき

る！」

「それは理論上の話だし理想論だ。現実的じゃない、できるはずがない」

困ったな、話についていけなくなってきたな。

……そういえばそろそろお腹《なか》が減ってきたしなぁ。ここに来るまでも疲れたしここに来ても疲れたし、何も食べないままだったからお腹が減って仕方ないよ。

「クウガさん、アサギさん、オルトロスさん。そろそろ食事にしません？　お腹空《す》いたでしょ」

「賛成や。話は終わったしの」

「あ、やっと移動かぇ？　わっちも退屈でありんした」

「アタイも口を挟めなくて眠かったわ」

三人とも疲れていたらしく、口々にそんなことを言いながら椅子から立ち上がります。

「エクレスさんは？」

「仕事の話があるから後で追いつくね！」

なんかご機嫌なままミルトレさんと話をしている。作ってもらうドレスに関してだろうな、邪魔はするまい。僕が見る必要もあるまい。

リルさんの方を見ると、リルさんは未《いま》だに何やら言い合っている。リルさんの指摘にジユドゥさんが明るく返している感じだ。楽しそう、ほっとくか。

「じゃ、行きますか」

僕の一言にクウガさんとアサギさんとオルトロスさんが移動を開始したので、その後ろを付いていきます。まぁ、この場はなんとか話が終息したと思うことにしましょう。


で、村の中を回ってみたのですが。

「どの酒場も宿屋も、食事を提供してくれませんねー」

「性格が悪いにもほどがありんす」

村の中央で不貞腐《ふてくさ》れながら煙草《たばこ》を吸っているアサギさんの言葉が、僕たち全員の気持ちを代弁してくれています。

僕たちは疲れてたしお腹が減ってたんで宿屋や酒場を訪ねたんですよ。一応この村は作った糸や布を売って外貨を得ている村なので、遠方から来る行商人や商隊を相手にした宿泊施設や食事処はあるのです。

そりゃ、それがないと商人はここに来られないよなぁ。泊まるところと食べるところがないと困るでしょうからね。

工場の規模や山間の段々畑の数を見ると、結構そういった食材や糸、布の生産力が高い村だってのはわかる。となればこの村に来る商人も結構な数なんでしょうね。その人たち相手の商売のために食材がないともてなせないし。

だけど、そんな外から来る人相手にも商売をする宿屋と酒場で、僕たちは入店拒否を食らったわけです。嘘《うそ》みたいだろ？　本当なんだぜ、この扱い。

食事も取れず休憩もできず、炎天下で途方に暮れる僕たち。それを遠巻きに、憎々しげに見てくる村民たち……。

「オルトロス団長。この状況をどうにかしてください」

「今だけアタイは団長じゃないわ」

「そんな無責任な」

うんざりとした様子で答えるオルトロスさんに、うんざりとした様子でうなだれる僕。

でも気持ちはわかる。こんな状況で団長としての責任なんて問われたくない。ジリジリと太陽で肌を焼かれて汗が流れる現状、頭を使うことなんてしたくない。

この状況にいい加減しびれを切らしたのは、アサギさんでした。

「だぁー!!　わっちはもう、こんな陰険な村にいるの嫌でありんす！」

唐突に叫んで立ち上がり、煙管《きせる》の煙草《たばこ》を乱暴に捨てました。

「どっかの屋根の下で食事を取るくらい、許してくれてもええでありんしょう！」

「だよねー」

アサギさんの文句に、僕は力なく答えるしかできませんでした。正直お腹空《なかす》いたし暑いし疲れた。

どうしたもんかと考えていたら、クウガさんが僕の肩を叩《たた》いてきました。

「シュリ」

「なんでしょうか」

「こんな暑さだと、幌《ほろ》馬車に積んでる保存食料やら保存庫に入れてる食材やら、早くダメにならんか？」

「もっともですね」

暑さで忘れてましたが、確かにあの食料は早めに食べて消費した方がいいですね。

リルさんに作ってもらったクーラーボックスに、アーリウスさんに作ってもらった氷をこれでもかとぶち込んで保存してるものもありますが、それでも賞味期限は早いでしょう。

元々、村や町を巡りながら仕事を行い、食料を買い込んで次に行くという計画でもありましたから、長期の保存が利くものは少ない。

「使っといた方がいいですね。まだまだ保つように冷蔵保存はしてますが、ダメになる前に使っちゃいましょうか」

「そやそや。食べもんはムダにしちゃあかんわ」

「せやねぇ。わっちも賛成やぇ」

「アタイも賛成。ここにいても辛気《しんき》くさいだけよ」

オルトロスさんは苦々しい顔をして、周りから遠巻きに嫌な目で見てくる村人さんたちを睨《にら》みました。

さすがに村人さんたちも、外見が厳《いか》つくて滅茶苦茶怖いオルトロスさんに睨まれては遠巻きでいることにも不安を覚えたらしく、そそくさと去って行きます。

さて、人もいなくなってきましたし移動しましょうかね。誰が言うでもなく立ち上がって幌《ほろ》馬車に向かって歩き出しました。

厩《うまや》に戻ってみると、自分たちの幌馬車と馬の周りに子供たちがいる。

悪戯《いたずら》でもしてるのかと警戒しましたが、どうやら本当に周りで見ているだけで、何かをしている様子はありません。

外から来た人が興味深いのでしょう。他の村人さんたちのような悪感情でそこにいるようには見えない。好奇心だけで行動してる感じ。

幌馬車の中を覗《のぞ》いてみたり、馬のストレスにならない程度に近づいて観察したりとさまざまです。

「なんやあのガキども、物盗《ものと》りかなんかか？　ワイが」

「クウガさん、ちょっと待っててくださいね」

クウガさんが嫌そうな顔をして子供たちに何かを言おうとしたので、僕はそれを止めてから子供たちに近づきました。

こう言ってはなんだけど、この中で子供たちに過剰な警戒心をもたれないのは僕だと思うんだよなぁ。オルトロスさんは外見だけは怖いし、アサギさんは姿格好が艶美な感じがして子供たちを戸惑わせるだろうしね。

　事実、子供に近づこうとしたオルトロスさんを、アサギさんが無言で止めていました。ナイス判断だ。

　子供たちの近くに立った僕は膝立ちになって、子供たちと視線の高さを合わせてから、笑みを浮かべて言いました。

「こんにちは。どうしたの？　僕たちの馬車に何か用事かな？」

　僕がそう尋ねると子供たちは振り向いて僕を見る。子供たちは全員で七人おり、好奇心いっぱいでまだまだ警戒心が足りない年齢だと思われる。

　子供の一人が幌馬車を指さして言った。

「おかあさんたちが、外から怖い人が来たから近づいちゃダメって言ったんだ。でもぼくたち、どんな人が来たのか気になって来たの。おにいさんがこの馬車で来た人？」

「そうだよ。スーニティの城下町から、この村へお仕事に来たんだ。村長さんと話があったからね」

「外から来たんだ、ほんとうに！」

「そうだよ。他にも北の果ての雪山や、東の山を抜けたところの海、南の水上都市や西の深い森の中にある国にも行ったことがあるんだ」

「すごい！　どんなところなの!?」

「そうか、じゃあ話をしてあげよう。幌《ほろ》馬車から離れて、こっちにおいで」

「うん！」

よし、こういう子供たちは別のものに興味をもたせて、離れさせるのが一番だ。

この村しか世界を知らない子供たちだから、外の国のことを話したら一発で興味が移ると思ったからね。成功だよ。

「ああ、その前に君たちの親御《おやご》さんから、お兄さんの話を聞く許可をもらってくるといいよ。今頃君たちのお母さんは、君たちがいなくなって心配してるかもよ？」

「え？　そうなの？」

「そうだよ。君たちのお母さんお父さんにとって、君たちは宝物なんだ。目に入れても痛くないし、何かあったら体を張って守るほどにね。だから君たちの家族が心配する前に、戻るといいさ。僕たちはまた村の広場に行くから、許可をもらったら話を聞きにおいで。待ってるよ」

「わかった！」

わーっと賑《にぎ》やかに、子供たちが家に向かって走っていきました。よし、これで幌馬車に悪戯《いたずら》されることはない。

と安心している僕を、アサギさんが苦々しそうに見て言いました。

「シュリ……時代が時代なら、子供を攫《さら》う才能のある奴隷商人になっていたかもしれないぇ」

「失礼だぞ」

まっこと失礼なことを言う人だなこの人は!?

「いや、ワイの目から見ても見事な誘導術やったわ」

「そうね。アタイから見ても天性の子供だましの使い手ね」

「勘弁してもらえませんかねぇ？」

クウガさんとオルトロスさんまでそんな目で見てくるのかよ！　みんなして僕を危険なものを見る目してるんだよな。

「それより、これで子供たちに悪戯される危険はなくなったので、食事をしましょう」

「まあ……そやな」

「なんだよまだ言いたいことがあるのか」

僕が幌馬車の後ろに回ってクーラーボックスの中身の食材を確認していると、クウガさんが何か言いづらそうにしていました。

「いやな。もしガングレイブの子供がシュリの話術や雰囲気から安心して懐いたらと思うと……アーリウスが後で怖いなと思うてな」

「これから気をつけます」

それは確かに怖い。アーリウスさんのことだからガングレイブさんだけでなく、子供にも愛情をいっぱい注ぐだろう。その子供に何かあったら……きっと彼女は鬼になる。

フルムベルクの時だってガングレイブさんが捕まったことで、僕を責めてきたことがありましたし。あのときは怖かった。

どれくらい先の話になるかわかんないけど、そういう誤解は招かないようにしとこう。

さて、くだらない話はここまでだ。いい加減空腹も限界だから食事を作らないとね。

作るのはスコッチエッグにしようか。卵は……一応冷蔵保存してるからまだ保《も》つけど、卵は腐ったら後が大変すぎる。

僕はテキパキと魔工式コンロの他に折りたたみの調理台、水、調理道具、食材を用意して作業ができる環境を整えてしまいます。

外で料理を作るの久しぶりだなぁ。スーニティに来てからは厨房《ちゅうぼう》でやることがほとんどだったもんな。傭兵団《ようへいだん》時代以来かもしれない。

「よっしゃ、気合いを入れて作るか」

スコッチエッグってのはイギリスの料理だったっけ？　まああっちの方の料理だったはず。茹《ゆ》で卵を挽《ひ》き肉《にく》で包んでパン粉を付けて油で揚げるか焼くかして作るもんです。

材料は卵、溶き卵、タマネギ、挽き肉、塩、胡椒《こしょう》、パン粉、ナツメグ、オイスターソースってところかな。ああ、あと小麦粉と油もいるわ。

さて、調理開始。タマネギをみじん切りにしておき、卵を茹でて冷水で冷やす。

挽き肉に溶き卵、塩、胡椒、パン粉、ナツメグ、オイスターソース、タマネギを入れてよく捏《こ》ねておく。茹で卵の殻を剥《む》いて水気を取り、小麦粉を表面に付けよう。そして挽き肉のタネで卵が見えなくなるように包む。これに小麦粉、溶き卵、パン粉を付けます。

あとは油で揚げちゃいましょう。よく言うのはきつね色が目安ってことだな。

揚げ終わったら油をきり、皿に盛る。半分に切っておくのもありだぞ。

ということで、出来上がり。卵をたくさん使いたかったから、結構な数ができた。

「できましたよー」

「お、もうできたんかぇ」

アサギさんは煙管《きせる》に詰めようとしていた煙草《たばこ》を懐にしまって、スコッチエッグを覗《のぞ》き込みます。

できたてだからパチパチと油が弾《はじ》ける音が微《かす》かに聞こえます。

「ふーん、美味《おい》しそうやんな」

「ええ、美味しさは保証しますよ」

僕は笑顔のまま、スコッチエッグを山盛りにした皿を持ち上げました。

「じゃあ机を用意しますので、それまでこれを持っててください」

「味見は？」

「なしで」

アサギさんが冗談抜きで食べ尽くしそうな顔をしてたので、ピシャリと言っておく。そうじゃないとアサギさんは多めに食べそうですからね。

さてさて、幌《ほろ》馬車から机を出すか。リルさんが作った折りたたみの机があるし、椅子もある。それで食事の準備をするか。

「あー！　美味《おい》しそうなものを食べようとしてるー！」

と、幌馬車に足を向けた瞬間に後ろから声が。

振り返るとさっきの子供たちが全員、こっちをキラキラとした目で見ているのです。

……もっと正確に言うなら、アサギさんが持っているスコッチエッグを見てる。

子供たちがアサギさんの周りに近づいてきて、皿に盛られた料理を興味深そうに見ていました。

「何これ？　美味しいもの？」

「これはわっちらの飯でありんすぇ。分けるほどないぇ」

「えー！　ずるい！　こんないい匂いがするのにー！」

「こぉらガキども。それはワイらの飯じゃ。お前らも自分とこで飯を食うてこんかい」

そこにクウガさんが子供たちを遮るように立ち、しっしと手を振って追い払おうとしました。ちょっと大人げないが、こっちも飯がかかってるので仕方ないかもしれない。

さらに子供たちの後ろからオルトロスさんが現れて、上から子供たちへ言葉を投げかけます。

「そうよぉ。ご飯の恨みは凄《すご》いんだから。あなたたちだって、美味しいものを取られたらいやでしょぉ？」

わざとなのか、オルトロスさんはおっかない声を出しました。子供たちを追い払おうって魂胆がよくわかる。

だけどなぁ。元々のオネエ言葉にその口調だと、絵本に出てくる悪い魔女みたいな感じだ。別種の怖さがある。

子供たちもオルトロスさんの姿を見て少し怯《おび》えているようです。

……そこで僕は閃《ひらめ》いた。

「ごめんねみんな。お話をするって言ったからここに来たんだね？」

「……うん」

僕が子供たちの前で膝立ちになり目線を合わせて問いかける。

すると子供の一人がしどろもどろになりながら答えてくれた。やはりか、想像以上に早く戻ってきた。

「これは僕たちのご飯なんだ。分けてあげられない」

「……」

子供たちはとても残念そうな顔をしていました。まあ、美味《おい》しそうなものを食べられない悔しさはよくわかる。

だから、僕は言った。

「みんなの分も用意してから、約束したお話をしようと思うんだ。待っててもらえるかな？　行儀良く待てたら、みんなも美味しいものが食べられるよ」

「ほんとう⁉」

「嘘《うそ》は吐《つ》かない。すぐに用意するよ」

子供たちが嬉《うれ》しそうな声を上げるので、僕は笑顔で立ち上がり調理台へと向かう。

その僕の手首を掴《つか》んで、クウガさんが止めてきた。笑みがない、無表情で。

「お前、子供たちに食わせるほどワイらに余裕があると思うんか？」

「そんなに甘い世の中じゃないのはわかりますが、ここは必要なことだと思います」

クウガさんはおそらくこの仕事の旅路を考えて、保存して長持ちさせられる食材や調味料を、ちゃんと取っておくべきだと言いたいのでしょう。

傭兵団《ようへいだん》時代のクセなのでしょうね。食えなければ死ぬ、だから分け与える余裕はない。

気持ちはわかる。だから、僕も一歩も引かずに言うべきだと判断。

「子供たちが抱く警戒心は、親へと簡単に伝播《でんぱ》する。逆もしかり。……子供たちにご飯をあげる理由の一つです」

僕は短く、そして簡潔に明瞭に伝える。

伝えたいことがわかったのかクウガさんは驚いた顔をしましたが、すぐに呆《あき》れた笑みを浮かべて手を離してくれました。

「ワイの負けや。お前のやりたいようにやれ。ケツは持つ。ここは、お前の案が最適や」

「ありがとうございます」

僕は笑顔で言って調理台の前に立ち、残りの食材を確認します。

そこにクウガさんが再び調理台越しに僕に聞いてくる。

「理由の一つがそれなら、別の理由もあるんやろ？」

ニヤニヤと楽しそうに聞いてくるクウガさん。

僕ももう一度笑みを浮かべてから答えました。

「美味しいものは、みんなで食べたいじゃないですか。料理人の矜持《きょうじ》ってやつですよ」

「そこでクウガさんは剣を鞘《さや》に収めて構え、かの有名な魔剣騎士団最強の男ヒリュウに向き合ったのです！」

「一太刀で、終わらせたるわ」

「かっこいい！」

「それで？　それで!?」

スコッチエッグを大量に作った僕たちは、食べる場所を村の中央の広場に移しました。

そこで僕やアサギさんが、かつて旅した思い出を子供たちに演劇のように語る。

クウガさんもノリノリで、剣を鞘《さや》に収めて構えてかっこいいポーズをとっている。

「ワイの剣が瞬時に閃《ひらめ》き、ヒリュウの剣がワイに届く前に切り伏せたんや……！　あ、殺してはいないからの」

「すごーい！」

ピュン、と剣を振るうクウガさんに、子供たちはスコッチエッグを食べながら目を輝かせて聞いている。楽しそうでよかった。

クウガさんも子供たちからかっこいいとか言われて嬉《うれ》しいのか、口の端がピクピク動いて笑みを浮かべそうになるのを必死に堪《こら》えている。

そこにオルトロスさんが立ち上がり、クウガさんの横に並びました。

「クウガはそこで力尽きてしまってね……アタイもそこで、シュリを抱えて走ったのよ！　クウガはガングレイブが抱えてね！　アタイはみんなを守るためにヒリュウの弟、魔剣騎士団随一の使い手ブリッツと戦ったわ！」

「どうなったの？」

「渾身《こんしん》の一撃を防いで、建物を崩落させて追いかけられないようにしたわ……！　ブリッツを倒すことが目的じゃなくて、みんなを守るのが、アタイの役目だからね……！」

おおー！　と子供たちが歓声を上げる。オルトロスさんは気を良くし、スコッチエッグをまるごと口に放り込みました。

その姿を見ながら、僕は用意した大皿に盛ったスコッチエッグを食べます。

炎天下の広場でこんな大騒ぎをしながらみんなでスコッチエッグを食べ、楽しそうにクウガさんやアサギさんたちの話を聞いている。青空の下で、まるで野外劇のよう。

最初は数人しかいなかった子供たちがいつの間にかあれよあれよと増えて、今では村の子供たちのほとんどがここにいるんじゃないか、と思うくらいの大人数になっています。

スコッチエッグ足りるかなぁ……？　結構数は作ったつもりだが、食べ盛りの子供の胃袋を舐《な》めていた。これはまだまだ食べるぞぅ。

ちなみに他の村人はどうしてるのかが疑問です。なのでそっちに目を向けると、どうやらお母さん方は子供たちの集まりの外の外、野次馬になる位置でこっちを窺《うかが》っている。何かあればすぐに子供を助けられる位置にだ。

なぜ今来ないのか？　それは、

「子供たちに悪影響が出ないかしら……」

「でも見て、あの大柄の男性……あの人に暴れられたらどうしようもないわ……」

「あと露出の多い女性もなんとかしたいけど……」

と、オルトロスさんの影響で近寄れない様子。オルトロスさんが癇癪《かんしゃく》を起こして暴れるのが怖いらしい。絶対にそんなことはないんだけどな。

オルトロスさんの影響もあるけど、何より現状では子供たちに危険などなく、楽しそうに話を聞いていることも、僕たちから引き離せない理由の一つかもしれません。

子供が危ないことをしてるわけじゃない、ただ外の話を聞いて盛り上がって楽しんでいるだけ。娯楽が少ないこの世界で、外の国のことや武勇伝、笑い話なんかは最大の娯楽だ。子供が楽しそうにしてるんだから、無理に引き離すのも……って思ってくれてるのかもしれませんね。

あと知らんぷりしてる様子だけど、興味のありそうな大人もちらほらいる。子供を気に掛けるフリをしながら、僕たちの話に耳を傾けているのがバレバレだ。

僕はそれを見ないフリをしておく。あーだこーだと指摘する理由はない。

「シュリ、これは何？」

バカ騒ぎをしながらこれまでの話をしている僕たちの前に、リルさんとジュドゥさん、エクレスさんとミルトレさんが現れる。

賑《にぎ》やかに子供たちと戯れる僕たちを見て、四人とも目を丸くしておりました。

「ああ、子供たちにせがまれて今まで旅をした外の国の話をしているんですよ」

「ほう。外の国とな！」

僕の言葉に好奇心を隠さないジュドゥさん。

「俺はアルトゥーリアとスーニティ以外は知らないからなぁ！　そりゃ聞いてみたいし子供たちが楽しそうにしてるのも無理はない！」

「外の話を聞いて、ここを出たいと思う子供たちも増えるじゃろう……儂《わし》はそれが心配だ」

納得するジュドゥさんの横でミルトレさんが心配そうな顔をする。

「外は危険が一杯だ。戦《いくさ》、自然災害、盗賊に山賊に海賊、凶暴な獣に悪巧みが得意な人間……この村で製糸産業を受け継いでくれるといいがのぅ」

「心配するほどのことでもないんじゃないですかね？」

僕はスコッチエッグの皿を手に取り、四人の前に出しました。

「この村が好きなら、どこに行っても最後には帰ってきますよ。故郷ってそういうもんです。ああ、好きだから帰るってだけでもないな。気づいたら帰ってるってのもありますね」

「気づいたら帰ってる？」

ジュドゥさんが不思議そうに聞いてくる。何やら彼の内面に触れた感じがします。

「ええ。気づいたら帰ってます。土地の縁とか、待つ人がいるとか……思い出があるとか」

「思い出……か」

「過去は捨てられない。いつまでも自分の後ろに付いてくる。それを重荷に感じるか、後ろで自分を守ってると感じるか。本人次第かと」

僕だって日本に帰れると聞いたなら、こっちにまた来られるというのなら、一度は帰ってるでしょう。故郷の実家で親に会い、墓参りをする。そして休むし親に甘えてるかもしれませんね。

そして英気を養ったら……また世界へ向かって足を進める。人生の道を、自分の足で歩く。また帰ってこられる場所があるからこそ、人はどこかへ行ける。

僕はこの世界に来て、それを強く実感している。

「まあそれはいいので、これでも食べてください」

「お。シュリくんはご飯を作ってくれてたんだね。いただくよ」

エクレスさんは僕の横にわざわざ立ってから、皿に盛られたスコッチエッグを一つ取って口へ運びます。

半分のところに齧《かじ》りつき、咀嚼《そしゃく》。

「うーん、美味《おい》しいっ。あ、これゆで卵を挽《ひ》き肉《にく》で包んでる料理なんだね」

「そうです。味付けした挽き肉で包んでるんです。卵も半熟……にできるだけしています。どうでしょう?」

「さっきも言ったとおり美味しいよこれ! 外はサクッと衣に歯を立て、次には美味しい挽き肉が口の中に広がって、最後に卵の白身の淡泊さと黄身のコクが舌の上を転がる! たまらんね!」

「うん、確かに美味《うま》いな！」

なぜかこれもエクレスさんの隣に立ったジュドゥさんが、嬉《うれ》しそうにスコッチエッグを食べています。

子供たちに振る舞った分だけ数が減ったけど、足りるかな。

「外にも中にも旨《うま》みが詰まってる感じだな！　俺は何より、この中身の半熟具合がいいと思う！　この黄身が挽き肉と衣と一緒になって、また違う味わいになる！」

ジュドゥさんはそのままもう一つスコッチエッグを手にしてから、僕の肩を嬉しそうにバンバンと叩《たた》いてきます。

「あんた結構いい料理人なんだな！　変わった料理だけど、どこで習ったんだこれ!?」

「僕の修業先で作られてた料理です。久しぶりに作ったんですけど」

「久しぶり!?　大丈夫、美味いよこれ！　シュリといったな、大したもんだ！」

僕は乾いた笑みを浮かべながら、叩かれる肩の痛みを堪《こら》えてる。なぜかこの世界の人たちは結構な腕力があるんだ。いや、生きるためには必然だな、腕力の強さというか筋力は。

「シュリ、リルもいただくよ」

「あ、どうぞ」

リルさんは静かに皿からスコッチエッグを取って食べ始めます。

ちなみにエクレスさんとは反対側の僕の隣に立って、です。何このわけわかんない状況。

「うん、美味《おい》しい。挽《ひ》き肉《にく》の味付けも衣の揚げ具合も、卵の半熟具合全てがちょうどよくて美味しい。リルはこういうの、好きだな」

「ありがとうございます」

「この挽き肉でハンバーグを作ってくれても好きだな」

「また今度ね」

くそ、最終的に話はそっちに行ってしまうのか。ちょっと嬉《うれ》しく思った僕だったけど、とんだ肩透かしじゃねえか。

と、広場の方へ目を向けると話はさらに盛り上がっていて、子供たちも大喜びしている。

あちらも話が上手くいっているようですね。安心した。

「そしてアルトゥーリアの最終決戦で、この領地の領主となったガングレイブが宿敵とガチと書いて本気で殴り合ったがじゃ！」

「愛する女を守るため……!!　自分が夢見た理想を同じくする敵に勝つため!!　ガングレイブは拳を振り上げる!!」

「というところで今回は終わりよ！　次回をお楽しみにね！」

「「ええええー!?」」

なんというか上手な幕引きを作ったクウガさんたちの演劇じみた話は終わり、子供たちは残念そうに声を出していました。凄《すご》いな、あれは続きを聞きたくなるぞ。

あっちに行って、空になった皿を片付けるか。そう考えた僕が足を踏み出すと、僕の隣を一緒に歩いて付いてくるジュドゥさんが言いました。

「いやぁ、君たちは上手《うわて》だねぇ」

「はい？」

「子供たちが警戒心を解けば大人も警戒心が緩む。俺もそうさぁ。君たちは話に聞くような、領地を簒奪《さんだつ》した悪人じゃないと思ってしまう」

バッとジュドゥさんの方を見れば、彼は笑っている。笑ったままだ。

裏表のない笑みで、僕らがやっていることに対して悪感情が見えない。

怖い。この裏表のない称賛というか褒め言葉が、ただ怖かった。何を考えてるのかが全く見えなかったからです。

「子供ってのは素直だ。悪い者には悪いと、善い者には善いと心のままに判断する。隠すことはしない、正面から小細工も何もなく感じたことを口にして体で示す。

今の子供たちは警戒心が解かれている。あのデカい御仁《ごじん》が大仰に動きながら話をしていても、おもしろい話をして楽しませてくれてると心から思ってる。だから怖がる様子がない。すぐ傍《そば》には帯刀した人間がいるってのにね。

子供たちが警戒しない相手を、親も警戒し続けるのは難しい。子供に向ける人間の感情ってのはだいたい二通りある。完全に己《おのれ》を隠しきった仮面の顔か、隠しきれない本性の二つに一つ。あそこにいる三人は本性を隠していない。隠さない本性が子供たちの警戒心を解いた。子供越しに相手を見る親も、警戒心が緩んでも仕方ないね。

ここでとどめに、エクレス様がこの村に婚礼衣装を依頼したことと、自分がガングレイブに領主の座を簒奪《さんだつ》されたのではなく、正式に譲り渡したことを宣言すれば、完璧だ。村民の感情を完全に宥《なだ》めることができる。

料理で腹を膨らませて余裕を持たせ、楽しい話で警戒心を緩ませ、慕った相手からの説得で反抗心を消失させる。君の料理は一役、いや二役も三役も買ったわけだ。素晴らしい」

早口で語られる内容に僕は何も言えなくなった。同時に足も止めてしまう。

僕は無表情のままジュドゥさんに聞いた。

「僕を軽蔑しますか？　子供を利用したことに」

僕の質問にジュドゥさんは目を丸くしました。まるで予想外のことを聞かれたような態度です。

だけどすぐにジュドゥさんは笑いました。笑って、裏表なく敵意のない笑みを僕に向けて言いました。

「まさか！　俺はただ上手いやり方をしたと言っただけだ！　正直、俺は誰が領主の座に座っても関係ないし！」

「え？　エクレスさんが領主になるのを支持していたのでは？」

「それは爺《じい》さんたち長老衆の考えだな！　俺は……」

ジュドゥさんは振り返って、リルさんと何かを話すエクレスさんを見ました。

その目はどこまでも優しい、穏やかな目つき。

「あの人がただ幸せでいてくれれば、それでよかったんだよ」

「……ジュドゥさんはエクレスさんのことを……」

「俺はエクレス様が男だと思ってたからな。恋愛の感情じゃないさ。女だってのもついさっき知ったんだぜ!?」

てっきり女性だと密《ひそ》かに気づいていたから恋をしてたんだと思ってたけど、慌てた様子のジュドゥさんから、それは違うってのがよくわかりました。

「ただ、昔……褒められたんだ」

「褒められた？」

「俺は魔工の才がある。昔はこの才で成り上がるのを夢見た。だけど、この村で使われてた魔工機械を直したらさ、あの人が笑顔で俺のことを褒めてくれたんだ。きっと将来、この村に欠かせない人間になれるとも言ってくれた。

それだけで十分だった。だから俺はアルトゥーリアに留学して本格的に魔工を学んで、こうしてこの村のあれこれの仕事を頑張ってる。

俺の人生を決めた、俺の人生を認めてくれたあの人に恩返ししたかった。そして、エクレス様は幸せになろうとしてる。俺は、それでいいんだ。それで十分なんだ」

穏やかな口調で語られるそれは、ジュドゥさんの誇りそのもの。

全身から立ち上る自信と誇りと気位のオーラに気圧《けお》されるようでした。人生を使って恩返しをする、その人のために力を使う、そのために技術を、腕を磨く。

この人は気高い、気高すぎるまでの職人だと、僕は心で理解できた。

「だから、君とエクレス様の婚礼衣装は気合いを入れて作らせてもらうぞ!!」

「あ、僕はエクレスさんと結婚する予定ないっす」

「はぁ!?」


結局この誤解を解くのに一晩かかり、僕たちがこの村を出発するのに二日かかった。

八十三話　機織《はたお》りの村シュカーハの夢見る青年とスコッチエッグ ～ジュドゥ～

「じいちゃん！　二番繰糸機《そうしき》の整備完了だ。次は、七番から十二番までの点検を明日行うぞ！」

「ご苦労！　魔晶石の消費は?!」

「計画通り！　消費量は予定の範囲内！　魔力を充填《じゅうてん》した魔工機械にも異常なし！　また明日の早朝に確認で大丈夫だ！」

　俺は騒がしい製糸工場の中で、じいちゃんと話をしていた。シュカーハ村の製糸工場の中はとにかくうるさくて熱い。俺は涼しい格好で大声を出しながら村長……ミルトレじいちゃんと話をする。

　腕や頬には魔工機械を整備するために使われた油や魔晶石を使った顔料が付いているが、気にすることはない。いつものことだからな！

「わかった！　では」

「段々畑の整備だろ！　行ってくる！　晩飯までには家に帰る！」

「頼んだ！」

じいちゃんに予定を告げた俺は整備書類をじいちゃんに渡し、工場の外に出る。

工場の中で使われている湯は、いくら換気をしていても熱気と湿気を工場内に籠《こ》もらせる。

だから今日のような雲一つない青空の下、太陽の下で風に吹かれるとまた違った涼しさを感じるんだ。俺はこれが好きだ。

「今日もいい天気だぁ……」

風を感じながら目を閉じて、日の光と安らぎを全身に感じる。これを他人に見られるのは恥ずかしいので、すぐに真顔になって歩き出した。

「さて、今日も頑張るかぁ!!」


俺の名前はジュドゥ。シュカーハ村で製糸工場の繰糸機《そうしき》の整備と村内の土壌の管理や道路補修を仕事にする、村一番で村唯一の魔工師だ。

小さい頃はこの才能を鼻にかけたクソガキだったことも明言しとく。誰だってそういうときはあるんだ、温かい目で見てほしい。

で、そんなクソガキだった俺は「いつかこの力で大きな国に召し上げられて名を上げるんだ！　こんな小さな村で終わってたまるかよ！」と本気で考えてたバカガキだった。どうか温かい目で見てほしい、誰だったそういうときはあるはずだ!!

だけど、そんな俺の人生が全く別のものに変わったのは……ある時、村に視察に来たエクレス様と出会ったからだ。

年は俺と近く、だけど凛《りん》として堂々としていて、男のようで女のような可憐さと、女のようで男のような格好良さがあったエクレス様に、目を奪われたもんだ。

シュカーハ村は、昔から質の良い糸と布を作っている。スーニティにおいて大きな商売ができる品であり、領主一族の大事な場面でのさまざまな衣装を手がけてきた実績もある。実際、この村の男も女も上等な布で作った服を着てるぞ。破れにくく動きやすい。

俺はじいちゃんに叱られながら、この村に昔からあった繰糸機を修理していた。

もっと大きな男になりたいと思っていた幼かった俺にとって、この機械を直す作業は苦痛でしかなかった。手先が器用だったのも災いして、いつもこの仕事を押しつけられてたんだよ。

そんなことをしていた俺に、エクレス様は声を掛けてくれた。あのときのことは、昨日のことのように思い出せる。

「これは君が直しているのかい？」

「ああ、そうですよエクレス様」

あのときの俺は不貞腐《ふてくさ》れながら答えた。とっととこんな仕事を終わらせてやる、早く大人になってこんな村を捨てて出て行ってやる。そんな思いが強かった。

だけど、エクレス様は俺が直した機械に触れて笑顔になった。

あの花が咲いたような笑みを、未《いま》だに忘れられない。

「見事なものだな！　動きに支障なく無駄がなく、必要最小限で経費の無駄もない！　君ほどの才能がいることは、とても嬉《うれ》しい」

エクレス様の微笑《ほほえ》みと褒め言葉に、俺は言葉を失って呆《ほう》けたように口を開けていた。

じいちゃんや父ちゃん、母ちゃんに褒められたのとは違う昂揚感《こうようかん》、喜びが胸一杯に広がる。その心地よさに、俺は言葉が出なかった。

だけどエクレス様は俺の肩をポンと叩《たた》いて言ってくれたんだ。

「君はきっとこの村にとって欠かせない人間になるよ。これからも頑張ってくれるかな？」

エクレス様の言葉に、俺は姿勢を正して堂々と答えた。

「はい！　もっともっと腕を磨いて、もっともっと凄《すご》い魔工師になります！　そしてこの村の、エクレス様のお役に立ちます‼」

「それは嬉しいな。よろしく頼むよ」

それだけ言ってエクレス様は去って行った。その後ろ姿もまた格好よくて、俺は痺《しび》れたようにその場を動けなかったんだ。

翻るエクレス様の銀髪が見えなくなるまで見送り、完全に見えなくなってから俺は胸を右手で押さえた。昂《たか》ぶる心臓の鼓動を、少しでも抑えるように。

自分でもわかるほど頬に熱を持った俺が動けたのは、しばらくしてからだった。

家に帰った俺は、その足で父ちゃんと母ちゃんに言ったんだ。

「父ちゃん、母ちゃん！　俺、アルトゥーリアに行きたい!!」

「はぁ!?」

昼飯の時間でじいちゃんも揃《そろ》っていたその場で、俺はみんなに言った。

父ちゃんも母ちゃんも滅茶苦茶驚いてたな。無理もねぇよ。年端《としは》もいかない子供が、いきなり外国に行きたがるなんて誰も思わない。

しかもここからだと行くだけで一か月もかかるような旅路で、目的地が雪国ときたもんだ。誰だって驚く。親ならなおさら驚く。

「どうしてそんな国に行きたいんだ？」

父ちゃんが俺に優しく聞いてくる。確か俺は、元気いっぱいに答えたはずだ。

「俺、ちゃんと魔工を学びたいんだ！」

「魔工を学びたいならスーニティの城下町でもいいでしょ？　あそこなら工房を持ってる人もいるから」

母ちゃんは昼飯の準備をしながら答えた。こっちを振り向くことなく答えたから、多分いつもの俺のわがままだと思ったんだろうな。

だけど俺は本気だった。本気で言った。

「もっともっと魔工の腕を磨いて、勉強して、この村の役に立ちたいんだ！　そんでエクレス様のために働きたいんだよ！」

俺の言葉に母ちゃんは驚いて振り向く。竈《かまど》にかけていた鍋が噴きこぼれてたような記憶があったが、記憶の中の母ちゃんは気にすることはなかったと思う。

父ちゃんも驚いて俺を見てた。母ちゃんと同じで、いつもの俺のわがままだと思ってたんだろうな。

だけど俺が口にしたのは、エクレス様の役に立ちたいから魔工を勉強したいって言葉だったから、予想外すぎて口が止まっちまったんだろう。誰も何も言わない無言の時間がそこにあった。

そんな中で、今よりずっと若いじいちゃんが椅子から立って俺の前に膝立ちになる。

俺の両肩を掴《つか》み、真剣な眼差《まなざ》しで俺の目を見る。じいちゃんの目におふざけは一切なかった。本気しかない。未《いま》だにあの目を忘れることはできない。

「エクレス様に会ったのか」

「うん！　俺が魔工で直した機械を見て、この村に欠かせない人になるって言われたんだ！」

「そして本当に欠かせない人間になるために、アルトゥーリアに行って本格的に頑張りたいんだな？」

「うん！」

「嘘《うそ》じゃないな？」

「本気だよ！」

「そうか……」

じいちゃんは俺の両肩から手を離すと、再び椅子に座った。腕を組んで難しい顔をしていたと思う。

そんでじいちゃんは母ちゃんの方を見てから言った。

「とりあえず昼飯にしよう。ちゃんとした話を夜にまとめる。鍋、噴きこぼれてるぞ」

「え？　あ！　ごめんなさい！」

母ちゃんはじいちゃんの言葉でようやく鍋が噴きこぼれていることに気づき、慌てて火から鍋を下ろす。

最後にじいちゃんは真っ直ぐに俺の顔を見た。孫をあやすような目ではなかったのを覚えてるぞ。

「ジュドゥも昼飯を食べよう。お前をどうするかは、明日の朝話すからな」

「わかった！」

その日、俺は興奮したまま手伝いをして、へとへとのまま寝たんだ。

かすかに記憶にあるのは、寝ている俺の耳にじいちゃんたちの声が聞こえたこと。何を話し合ったのかは知らない。今になってもじいちゃんは何を話したのか俺に教えてくれないから。

だが……次の日の朝、食卓についたらじいちゃんが俺に、

「まだ、昨日言ったことに嘘《うそ》偽りはないと言えるか？」

と聞いたんだ。寝ぼけてた俺だが、なんとか頭を回転させて答えた。

「うん！」

その言葉に、じいちゃんは微笑を浮かべる。

「そうか、そうか」

じいちゃんは嬉《うれ》しそうだったけど、父ちゃんと母ちゃんは複雑そうな顔をしてたな。嬉しそうな、だけど悲しそうな寂しそうな、そんな顔だ。

「なら、お前のアルトゥーリアへの留学を認めよう」

「ほんとう!?」

「ただし」

喜ぶ俺に、じいちゃんは笑みを消して冷たい目をしていた。怖かったな、あの目。

「辛《つら》い旅になる。辛い修業にもなる。辛い何かがあるかもしれない。だから、それを耐えられる……そうだな、十二歳の誕生日を迎えたらアルトゥーリアへ送ろう」

「十二歳に……」

「まだ熱が冷めておらず、真剣で、嘘がなく、覚悟が決まっていると十二歳になった日に判断できたら、だ。その日まで、自分なりに頑張ることじゃな」

「わかった!!」

その日から俺は精力的に村の手伝いをした。機械を直し、道路を直し、田畑を整え、家の補修の手伝いをした。

魔工を使えるったって、まだガキのことだ。できることなんて限られてる。それでも俺は、俺を褒めてくれたエクレス様の助けになるんだと必死に頑張った。

そして十二歳になった日に、俺は旅に出た。スーニティからアルトゥーリアへ向かう商隊……ニュービストの商隊が通りがかったときに、商隊の人にお願いして旅に同行させてもらったんだ。商隊の人は心よく受け入れてくれて、助かったな。

当然だが、旅路における食事や寝床は自分でなんとかしなきゃいけなかったがな。

俺はこのとき、多額の金をじいちゃんから受け取っていた。それまでしていた手伝いの給金だという名目で、結構な額の金を懐にしていた。

無駄遣いはできない。これはじいちゃんたちからの手向けの金で、自分が必死に働いて稼いだ金なんだ。その意識が、俺の金銭感覚をまともにしてくれた。

魔工があったから途中で獣を狩ったり寝床を作って、商隊の人に付いていくことができた。もし少しでも足を引っ張れば置いて行かれる。そんな確信があったんだよな。最終的に俺の魔工が役に立つと思ってくれたのか、商隊の手伝いをしたら食料を分けてくれたり、寝床を見張ってくれたりしたな。

そしてアルトゥーリアに着いて、商隊の人と別れた俺はその足でアルトゥーリアの工房の門を叩《たた》いた。いきなりアルトゥーリアの研究機関に行っても子供じゃ相手にされないのは当たり前だから、まずは町の工房へ弟子入りして知識と腕を磨いて、それから研究施設への足がかりを掴《つか》めとじいちゃんから教わったんだよ。

最初の二年は滅茶苦茶大変だった。下働きしかさせてもらえず、魔工を教わるどころじゃなかった。それでも歯を食いしばり、魔工工房で行われている仕事や研究を必死に見て盗んだよ。

二年後にはそれなりに魔工の腕も上がり、もっと大きな魔工工房へ入れた。

運が良かったのはその魔工工房はアルトゥーリアの町の中でも結構大きな工房で、そこで働きながら研究施設にも出向している人がいたことだ。

優しくて腕が良い人だった。研究施設で、誰でも閲覧できる論文や行われている研究について、結構な話を聞けたんだ。

結局俺は研究施設に入ることはできなかったが、その人のおかげで留学した意味があるほどに魔工の腕を磨いて知識も得て、研究論文の話も聞けた。

これ以上いても研究施設には入れないしシュカーハ村のみんなも心配だったからな。

故郷を出てから六年。帰った俺をみんなが出迎えて歓迎してくれた。暖かい地方の故郷に帰れて本当に安心したよ。

それからまた数年。俺はアルトゥーリアで学んだことを全て使ってシュカーハ村で働いた。じいちゃんは俺が立派になったと喜んでくれたが、結局研究施設に入れなかったことは悔いが残ったな。

そして、今に至るわけだ。

「さて、今日の仕事も一段落だ……」

俺の仕事が一通り終わった頃、自宅へ向けて歩いていた。

畑の整備が予想よりも早く終わったために、昼飯前には家に帰れそうだ。

……村も随分と大きくなって、村の子供たちも大きくなっている。最近生まれたばかりの赤ん坊だっている。

俺もそろそろ結婚をせっつかれているんだが、どうにも結婚する気が起きねぇんだよな。

日々の仕事の忙しさと充実具合から、なんかもう結婚しなくていいかななんて思うくらいには満足してる。

だけどそれもダメなんだよなぁと、俺は帰り道で困った顔をしたまま、両手を頭の後ろで組んで歩き続ける。

「一応、俺は村長のじいちゃんの孫だから……父ちゃんの跡は俺が継ぐことになるんだろうし……」

父ちゃんも母ちゃんもまだ健在だ。今日も元気に製糸工場で働いたり畑を耕したりしてるころだろう。いや、昼飯前だから家に帰って、ご飯の用意をしてるかもね。

昼飯は何になるかな。畑で取れた野菜と、前にもらったイノシシ肉とかを豪勢に使ってもらいたいもんだ。

そんなことを考えながら村の中央に差し掛かると、村人たちが集まって何かを話しているようだった。全員が困惑した顔をしている。

なにか、よくないことでも起こったのかもしれない。そう思った俺はその集まりへ足を向けた。近くにいた同年代の男に声を掛けてみる。

「どうしたんだみんな！　こんなところに全員集合なんかして⁉」

「おわ、ジュドゥか。声がでけぇから驚いたわ」

「すまんな！　ずっと工場で働いているから、自然と声が大きくなるんだわ！　それで？みんなしてどうしたんだよ！」

「それが、大変なことが起こったんだよ！」

そいつは慌てたように言い出した。

「なんでも領主様が代わったんだってよ！」

「へぇ！　てことは……とうとうエクレス様が領主に就任なされたのか！　そりゃめでたい！」

「違うんだよ！」

違う？　その言葉を聞いて、俺は一瞬で笑顔から剣呑《けんのん》な顔へと変わった。

エクレス様じゃない奴が領主になったってことは……考えられるのは一人しかいない。

嫌な予感というか、考えたくない未来だ。

「まさか……ギングス様が領主になったってのか!?」

ギングス様はエクレス様の弟だ。腹違いのな。

エクレス様と違ってギングス様は、文官としての才能はなく武官としての才能に溢《あふ》れている御仁《ごじん》だ。戦《いくさ》が起こったときは、大概この人が戦線へ向かっている。

そしてちゃんと、領地に利益をもたらしている。あえて被害を少なくして負けて、いらない鉱山や不毛な土地を相手に押しつけたり、逆に勝つべき場面では勝っているって話を聞いたことがあった。

だけどなぁ。俺は魔工を学ぶために勉強をしてきたから、領地のように規模の大きな政治で、戦をどう転がしてどうやって利益をもたらしてるのかって、畑違いだからよくわからないんだよな。

　負けや勝ちを操って領地を富ませるってのは凄《すご》いんだが、それなら最初から全部勝てばよくない？　と思ったこともある。

　じいちゃんに言わせると「エクレス様も天才と呼ぶにふさわしい方ではあるが、ギングス様だって天才と呼ばれてもおかしくない方だ。二人の才能が一つであったなら、スーニティはこの先何十年と栄えていただろうに」とのことだ。

　だけど、俺としてはエクレス様に領主になっていただきたかった。あの後、魔工の腕を磨いた自分の働きを見てもらい、お言葉をいただいたことだって何度もある。

　俺の仕事に理解を示し、ちゃんと言葉をかけてくれるお偉いさんは、こっちとしてはありがたい。特に内政をちゃんとしてくれる人ってのは、俺たちのような立場の人間の仕事にも配慮してくれるからな。

　それに……幼い頃にもらった言葉が、今も俺の心を優しく灼《や》いている。あの言葉に報いるために頑張ってきた。

　なのにエクレス様は領主にはならなかった。なることができなかった。

　戦乱の世だから、仕方ないのかもしれない。戦《いくさ》で勝たねば、領地をどこの馬の骨とも知らない奴に乗っ取られるかもしれないんだからな。ギングス様が選ばれたのは、そういう理由かもしれない。

感情では、どうしても納得できないんだけどな！

そう考えていた俺に、そいつは慌てたように言い直してきた。

「違うんだよジュドゥ！　エクレス様でもギングス様でもない奴が領主になったんだ！」

「……どういうことだよそりゃあ!?」

余りにも予想外すぎる言葉。思わず叫んでしまったが、そいつが説明してくれる内容を全て頭に叩《たた》き込むべく、話に集中する。

なんでもスーニティの城で、何か事件が起こったらしい。

詳しくはわからないが、ギングス様の母親である王妃が別の国と結託してスーニティを乗っ取ろうとしただとか。それで領主様が殺されかけたんだと。

だけど領主様も他の国に乗っ取られるのに協力して……ここはよくわからん。殺されかけてなんで協力したんだ？　バカか？

んで、エクレス様とギングス様が秘密裏に協力して、その動きを阻止しようとしたと。さすがエクレス様だ。ギングス様もやるじゃないか。

ここから話がおかしくなる。

スーニティで前に戦が起こったときに、傭兵団《ようへいだん》を雇った。その傭兵団はこんな田舎の村にも噂《うわさ》が伝わってくるほどの有名なガングレイブ傭兵団だ。

常勝無敗、行く先々での戦いを乗り越えてきた一騎当千の集まりだとかなんとか。

傭兵団《ようへいだん》に所属している人間が戦勝祝いの宴《うたげ》に参加したとき、毒が盛られてたっていう領主様の杯をたたき落として、それをギングス様の母に不敬として捕らえられて処刑されそうになったと。

それを傭兵団の仲間が助け、ついでに領主やギングス様の母親の企みをくじき、この領地が他の国に乗っ取られるのを防いだと。

そしたら他の国の王族がやってきて、後ろ盾になるからガングレイブに領主になれと言って、これをエクレス様とギングス様が了承したってわけだ。

もうこの時点で俺の頭が痛くなっちまったよ！　そこは改めて他の国の王族を後ろ盾にしてエクレス様が領主になればよかっただろうが！

ガングレイブ傭兵団がどんだけ活躍したのか知らないが、そこは一歩引いて雇われる程度の謙虚さを見せればいいだろうに！

俺はそんな怒りをわき上がらせていたが、もはや話は全てが終わった後だ。今から俺一人……この村一つが何かしたところでどうにかなることはない。歯を食いしばるほどに悔しくてたまらなかった。

「……じいちゃんは？　村長はどう考えてんだ？」

「わかんねぇ、この話を聞いてすぐに家に引っ込んじまったから……村長も悔しそうな顔をしてたよ、お前とおんなじ顔だった」

「そうか。心配だから、俺も帰るよ……」

俺はそいつの言葉に納得して、家へと足を向けた。

じいちゃんもそのまたじいちゃんの時代も、うちは代々スーニティの領地の村として存在してきた。エクレス様が仕事をするようになってからは、あのお方の手腕で助けられたこともある。

俺もそうだがじいちゃんはエクレス様派閥だからな。内政の手腕に秀でたあのお方なら、きっとこの領地をもっと豊かにしてくれると思ってたし、実際そうなると予想できたんだ。

ギングス様の武官としての手腕も凄《すご》いんだろうけど……戦争よりも、俺たちは目の前の生活を安定させたいんだよ。

いや、戦争で勝たなきゃ安定も何もないんだが、それでも領地や領主の座はエクレス様が担当して、ギングス様はエクレス様の部下として武官を取りまとめて戦《いくさ》を乗り切ってもらえれば、と思う領民だって少なくないはずだ。

だけどギングス様派閥というか支持層もいて、そいつらが言うには戦乱の世の中なんだから、ギングス様を領主にして戦に勝利し、エクレス様は部下として領民を取りまとめればいいとか言うし……結局どっちがいいんだよ？

と言いたいのだがそこは結局好みでしかないんだろうな。もっというと、どっちの領主が自分にとって良い未来を作ってくれるか、という期待なんだろう。

俺としては断然エクレス様だ。戦乱の世の中でも変わらない。

とか考えながら帰宅すると、家族全員が椅子に座って机に肘を突き、沈痛な面持ちをしている。全員同じ姿でいるため、入った瞬間ちょっと驚いた。

「どうしたみんなよ!?」

「お前も聞いたじゃろ」

俺の言葉に答えたのはじいちゃんだけだった。じいちゃんが一番衝撃を受けてるんだろうな、村長としてこの村を引っ張ってきてエクレス様を支持していた身としては、この結果は納得できるものじゃないし望んでいなかったはずだ。

じいちゃんだけが顔を上げ、俺を見る。

「エクレス様たちのことを」

「ああ。聞いた。それで!?　じいちゃんはどうするんだ!?」

「儂《わし》は今、何も考えられんわ」

「俺もだ」

「ごめんなさい、私も……」

じいちゃんだけでなく、父ちゃんと母ちゃんまで悲しみのあまり何もできない様子だ。

「……俺はあくまで、エクレス様を支持するからな！」

「それで新しい領主となったガングレイブが、凶悪な手段に出たらどうするんじゃ？」

「俺の屍《しかばね》を越えて反乱でも起こせ！　そんだけ！　母ちゃん、飯は!?」

「ごめんなさい、何もしてないわ……」

　仕方ねぇから自分で作って食べた。


　結局悲しみはどれだけあれども、腹が減ったり時間が流れれば日常になって慣れちまうんだよな。知らせが来た当初は荒れて悲しみに包まれてた村だったけど、元に戻った。

　というか、ガングレイブが予想よりも遥《はる》かにまともな領主だったからだな。

　こっちに無理難題を言うことはない。むしろ半分放任してる。とりあえず手紙で領主になったみたいなのを知らせてきたけど、今まで通りみたいな内容だったらしい。

　だけど、許せないこともあった。

「じいちゃん!!」

　俺はそれを聞いて、家のドアを蹴っ飛ばして開けて入る。

　そこにはじいちゃんが、手紙を片手に怒りに震えて立っていた。その理由はすでに知っていた。

「聞いたぞ！　ガングレイブが、この村にドレスを無茶な日程で頼んできたって!!」

　村で噂《うわさ》になってた。ガングレイブが結婚式を執り行うと。

当然、この村にドレスの注文が来るだろうと予想はしていた。だから糸や布、染料はもちろん、採寸、仕立てまで、あらゆる準備を整えてきた。

なのに、これだ!!

「確かに俺たちはエクレス様への支持を覆《くつがえ》さなかった! そのことに反感を持たれても仕方ないと思ってた! だけどガングレイブはそこを含めて俺たちを説得してたし、エクレス様からも手紙が来てた! 徐々にでいいからこっちを理解してほしい、と! それを見て、俺もガングレイブへの考えを改めるべきかと悩んでたのに! ふざけてる!!」

「うるさいぞ、ジュドゥ」

俺が騒ぐのを、じいちゃんは静かな声で止めた。

「お前の言うとおり。儂《わし》らはエクレス様を支持しておった。別の村ではエクレス様が行動を起こす際は従うとまで手紙を出しておったらしい。

だけどガングレイブは、それを含めてできる限り穏便に話をしようとしておった。儂もその気概と根気を評価すべきだと思っておったよ。それがなんじゃこの手紙は!?」

じいちゃんは手紙を壁に投げつけて、怒りを露《あら》わにしていた。

「なぁにがドレスを二週間後の結婚式に間に合うように仕上げろじゃ!! できるわけなかろうが!! あいつら、ドレスを作るのに布を切って糸で縫うだけとでも思ってるのか!!」

そう、これが俺たちの怒りの理由だ。じいちゃんが手紙で知ったことを、なぜ村人全員がすでに知っているのか？　なんて野暮なことは聞くな。そんなもん、手紙を確認した父ちゃんと母ちゃんが怒りのあまり出て行ってぶちまけただけだぃ！

　だけど……ガングレイブは何を考えてるんだ。さすがにあいつだってバカじゃないはずだ。自分だって傭兵団《ようへいだん》を率いていた経験から、鎧《よろい》にしろ服にしろ良いものを作るには時間がかかるって知ってるはずだ。

　俺はできるだけ頭を冷静にさせて、腕を組む。

「しかしじいちゃんよ、ガングレイブはなんでこんな無茶な日程で結婚式を？」

　できるだけ冷静に言うと、じいちゃんも思うところがあったのだろうか落ち着く。

　椅子にもたれかかって、大きく溜め息をついた。ヤバい、あれは本当に冷静に怒ってるときのクセだ。俺が子供の頃、バカをやって怒られたやつとおんなじだ。

　思わず背筋に力が入り、腕には冷や汗と鳥肌が。トラウマが呼び起こされてるぞ。

「予想はできんでもない。しかし確証がないわ」

「というと？」

「テビス姫がそんなことを考慮にも入れず、日程の調整をするとは思えん。別の理由でテビス姫たちの予定が合わなかったか、それで慌てたか。そんなところじゃろうよ」

　じいちゃんが愚痴をこぼすように教えてくれたが、内容が全然わからない。

　なんでここでニュービストのお姫様であるテビス姫の名前が出てくるのか？　まず俺に

はそこがわからず天井を見上げることしかできなかった。

「ごめん！　わからん！」

「この判断に至るきっかけなぞ、ずいぶん前にしておったわ！　お前も村長の一族なのじゃから、魔工の腕だけでなく知恵を回さんか」

「魔工の腕で十分に村の役に立ってるから許してほしいんだけど⁉」

「儂《わし》はお前にもう少しだけ記憶したものを応用する器用さを求めとるだけじゃ。さぁて……一応日程を延ばせんか、問うてみるかのぅ……」

結局じいちゃんは教えてくれなかった。疲れた顔のまま自室に戻ってしまい、俺はどうすることもできなかった。

父ちゃんと母ちゃんも落ち着いたのか帰ってきて、一日が終わる。家族全員が不機嫌なままだったのだが、ガングレイブへの文句で盛り上がってしまったよ。けっ。

だけど数日後、今度はドレスが無理なのはわかったから既製のものを買うという連絡が来てじいちゃんの堪忍袋《かんにんぶくろ》の緒《お》が切れちまったけどな。腹が立ったから結婚式への出席を断ったわ!!

そしてさらに日にちが流れ、怒りも日常のこととなった今日この頃。

俺は今日も畑と道の整備に精を出していた。汗を布で拭い、空を見上げる。

「終わったから帰るわー!!」

「お疲れさーん、ありがとうなー」

空を見上げたまま叫んだ俺に、一緒に作業してたおっちゃんが機嫌良く返してくれた。

今日だけでも結構な仕事量だ。太陽も燦々《さんさん》と輝いている日だ、汗も結構出てくる。さっさと帰って水が飲みてぇな。

「またな！」

で、おっちゃんたちと別れた俺は帰路に就いていた。

怒りも日常になってしまって、今日も普通に過ごしたと思いたい。

思いたいが、どうしても新たに怒りが出てきて地面を蹴っ飛ばす。

「……くそが」

俺は呟《つぶや》き、結局沸き上がる怒りを抑えながら歩く。

ガングレイブはあれから文の一つも寄越さない。謝罪もない。言葉もない。

どうでもいいと思われてるのか放っとかれてるのか。わからないが、イライラする。

やはりエクレス様が領主になってくださった方がよかった。心底思うようになってしまったぞ。

そして……俺は誰にともなく呟く。

「……エクレス様が領主になってくれたら、領主として結婚されるなら……そのときは、俺が全身全霊をささげて婚礼衣装を作りたかったたな。きっと素晴らしい結婚式になるだろうから、尽力したかった。

こんなことになってようやくその夢を自覚するとは思わなかった……」

俺は、エクレス様を敬愛している。あの日のあの言葉があったからこそ今の俺がある。その恩返しに、婚礼衣装を手がけたかった。正確に言うなら婚礼衣装の製作に関わりたかったんだ。

でも、それもどうにもならない。もう叶《かな》わない夢だ。

もう一度大きく溜め息をつきながら村に足を踏み入れた俺は、そのまま広場を突っ切って進もうとしたときに、いつぞやのように広場に集まる人たちを見た。

うんざりとしながらその集まりに近づく。今度はどんな大事件が起こったのか、もうなんというか疲れてくるから勘弁してほしい。

「どうしたみんな⁉　またこんなふうに集まって、何かあったのか⁉」

俺が聞くと、その中の一人のおばちゃんが慌てたように言った。

「あ、ジュドゥ！　その、大変なことが起こったのよ‼」

「今度は何が起きたんだよ？」

「エクレス様が村に来たの！」

……一瞬、俺の頭の中が真っ白になった。何を言われたのか頭で理解できなかった。

だけどすぐに、わかったことがある。それはエクレス様が無事であられるということだ。

俺はおばちゃんの両肩を掴《つか》み、目を見開いて聞いた。

「どういうことだ!?　エクレス様がとうとうこの村に、領主の座を取り戻すための協力でも取り付けに来たのか!?　供は連れてるのか!?　怪我《けが》はされてないよな!?」

「大丈夫よ！　怪我されてる様子はなかった……けど」

「けどなんだ!?」

俺が聞くと、おばちゃんは答えにくそうにしていた。他のみんなも同じだった。

いったいエクレス様に何があったのか。何があるのか、それを誰も言わなくてモヤモヤする。

するると、集まりの中になんとなくいただけだろう子供が、俺を見上げながら言った。

「なんかね、人を連れてきてたの」

「人を？　供回りと来られたか……！」

「うん。ガングレイブの仲間と一緒だって」

「は？」

ガングレイブの仲間と一緒に、無事にここに来てる？　どういう意味だ？

「エクレス様、綺麗《きれい》だった。幸せそうだったよ。村長と一緒に工場に行ったよ」

「っ!!」

俺はその言葉に体を跳ね上がらせ、すぐに走り出した。

エクレス様がここにいる。この村に来ている。ガングレイブの仲間と一緒に来ている。

その事実が、俺の胸をどうしようもなくかき乱す。

走った。走った。工場に向かってひたすらに走った。

会いたかった。ただ、もう一度会ってそのお姿を見たかった。

工場に着いた俺は扉を開け、辺りを見渡す。繰糸機《そうしき》が順調に動き、轟々《ごうごう》と音をたてる。

そして見上げてみれば、二階にある休憩所に人影が見えた。

一人はじいちゃん。そのほかに数人。

間違いなく、あそこにいる。

俺は階段を駆け上がり、休憩所の扉を開けた。

「じいちゃん!!　エクレス様が来てんかい!?」

中に飛び込んでみれば、そこにはじいちゃんと机を挟んで座っている六人の男女。

その中の一人を見て、俺は心が華やいだ。

エクレス様がそこにいた。お元気そうだ、無事であられた。その事実だけで俺は十分だ。内心安堵《あんど》の息を吐く。

他の奴らは見覚えがないけど、おそらくこいつらがガングレイブ傭兵団《ようへいだん》の連中なのだろう。

今はこいつらのことはどうでもいい。俺はエクレス様に近づくと、嬉《うれ》しさでくしゃっと笑顔になる。

「お久しぶりですエクレス様！　このジュドゥ、エクレス様のご期待に応えるべく、日々努力してきました!!」

「お久しぶりだねジュドゥ。相変わらずの熱血さんだ」

「はい!!　工場がうるさいもんですから声が大きいままです！」

エクレス様が微笑《ほほえ》んでくれた。俺は照れくさくて後ろ頭を掻《か》く。

何を話そうか。何から言おうか。

以前会ったときよりも綺麗《きれい》になられて、なぜか髪を切っておられる。そのことを触れるべきか否か。それとも別の何かか？

そう考えていると、椅子に座っていた少女がゆらりと立ち上がった。

「お前があの魔工機械を管理してるのか」

少女は俺を睨《にら》んで言った。ここは胸を張って答えるべきだろう。

「そうだ！　俺はジュドゥ、シュカーハ村一番の魔工師にして魔工技師を自負している！」

「リルはリルだ。大陸一の魔工師を自負している。お前が作った魔工機械、見させてもらったぞ」

　リルと名乗った少女は俺へ指を突きつけながら言った。

「部品一つ一つに魔字《マギ・スペル》を刻むことで複合効果を生み出しながら安定させる技法、一時アルトゥーリアで流行《はや》った超高級魔工機械に使う技術だ」

「おう！　よく知ってるな！　俺はアルトゥーリアに留学してたことがあってな、そのときに学んだんだ!!」

「あれがとんでもなく金がかかる技術だって知ってて使ってるのか」

　リルの言葉に俺は呆《ほう》けた顔をした。

「普通の村であんな超高級魔工機械を買う金なんてあるはずがない。自分で作るにしたって限度がある。どういう手腕で揃《そろ》えた？」

「……はははぁ！　なるほど、気になってるのはそこか！　簡単さ！　無駄を省いたのさ！」

「無駄？」

　なるほど、聞きたいのはそこか、確かにそこを聞きたいよな！　俺はご機嫌で答えた。

「そう、無駄だ！　リルさん、でしたっけ!?　リルさんの言う金がかかるってのは、全部の部品に魔字を刻んだ場合のことだよ！」

「そうか。最適化か。あれはアルトゥーリアの研究でも発展途上だったはず」

「いやぁ話が早くて助かる！　そう、最適化だ！　必要な部品に必要な魔字を刻む！　重要な部位に理論上、最小限で最大限の効果を生み出す魔字を刻めば経費は少なくできる！」

「それは理論上の話だし理想論だ。現実的じゃない、できるはずがない」

フハハハ！　こんなに魔工談義ができるのは何年ぶりだろうか。この村に帰ってきてからは魔工の研究よりも魔工作業が多かったから、こんな専門的な会話ができるのが久しぶりすぎて楽しい。

俺はそのまま窓の外の階下、繰糸機《そうしき》たちを指さした。

「では聞くが。繰糸機を魔工道具化させる場合、どこをいじる？」

「……まず湯沸かし。次に糸繰りの機械」

「そうだ！　繰糸機は複雑な機構をしているが、その作業は実に単純。繭《まゆ》を茹《ゆ》で、糸を取り出してまとめる。これだけできればいい」

実のところ、もっと職人技として人の技術が必要なものがあるし、別の大切な機構がたくさんあるがそこは割愛する。外の人間にそこまで詳しく村の技術を開示するつもりはない。

俺はリルの方を振り向いてから続ける。

「つまりだ。茹でる、まとめる。この二つを操作する機構に魔字を刻めばすむ」

「……そうか。魔工機械として自動化できる、しなければならない部分だけに魔字《マギ・スペル》と魔晶石を使ってるのか。あとの部分は自動化した際の運動を使って、歯車とかで機構を連動させて動かせばいい、必ずしも全部を自動で動かすようにしなくていい」

「そういうこと！」

さすが大陸一を自負する魔工師リルだ！　俺だってこの少女の噂《うわさ》はずいぶん聞いていたから、俺の思考を見抜くだろうなとは思ってたけどな！

その通り。魔工道具といえども、複雑な機構を持つ機械であるならば、その全てに魔字を刻む必要はない。

例えばの話だが、水車を回すとしよう。歯車から力が伝わり粉挽《こなび》きに繋《つな》がっているとすると、歯車一つ一つ全てに水をぶっかけて力を加える必要があるか？　という話だ。

もちろん、その必要はない。大元の水車に大きな水力がかかっていればいい。そして、その力を歯車がちゃんと伝えていればいいんだ。繰糸機《そうしき》も同様に、必要となる部分に魔晶石からの力が伝わって動くようにすればいいだけだ。

無論、他の部分の摩耗や損傷が大きくなるため、日々の整備は欠かせない。部品の確認、油差し、魔晶石の残量確認などやることは多岐にわたるけどな。

しっかし……このリルという名を有名にしたのは、それまで誰にもできなかった複数の魔字を連動発動させることで複雑な効果を発揮する魔工道具を開発したからだ。

この程度のことならすぐに考えが及ぶんだろうな。彼女の研究成果、ぜひともこの目で拝んでみたい。そんな気持ちもあった。

「リルさんよ、あんたならこの繰糸機にどう手を加える？　あんたならもっと良くできると思ってるから言ってるんだろう⁉」

だから、半ば挑発するように聞いてみる。この言葉にどう返してくるか。

ムキになって言い返すか技術を見せるのか、それとも冷静に鼻で笑って挑発に乗らないのか。さてどうくる？

と、俺が警戒しているとリルは優しく微笑《ほほえ》んだ。

「なんだ、繰糸機の改良余地を教わりたいのか。とりあえず実物を見ないとわかんないから、案内してくれる？」

「え？　あ、おう」

リルは繰糸機の方を指さして穏やかに言うもんだから、俺も毒気を抜かれてしまう。

もっとこう、思い上がっているというか自分の技術と知識以外信用してないというか、そういう感じを想像してたので予想外のことに困る。

するとエクレス様が立ち上がりながら言った。こっちはこっちで愉快そうに笑いを堪《こら》えている。

「クフフ……！　いや、失礼。ミルトレも一緒にどうだい？　リルが繰糸機にどう手を加えるのか見てみたくない？」

「ほう。それはぜひとも」

じいちゃんまで乗り気になってる。リルがどんな手法を用いるのかを見てみたいって感じが強い。

かくいう俺も落ち着いて考えてみたら、噂《うわさ》の魔工師が自分の技術を遠慮なく披露するというので損はない。簡単に手を加えられたら落ち込むが、繰糸機《そうしき》の運転効率や作業効率が上がるなら儲《もう》けもんだ。

「じゃあこっちだ」

俺はリルにそう言って休憩室を出て案内する。その後ろをエクレス様とじいちゃんが付いてくる。さて、まずはどう出るか。

と考えていると、リルが天井を指さした。

「まずこの工場の熱気と湿度は、作業員の健康を害するのは間違いない。天井に換気扇を付ける」

「換気扇？」

「窓を開けるだけじゃダメ。足りない。天井、天井付近の各所に換気扇……外の空気を取り込んだり中の湿気を外に逃がす工夫がいる。このままだと熱中症で作業員が倒れる。今まで倒れなかったのは……ちゃんと休憩してたからかな」

「熱中症？」

「人間の体には、体温を逃がすために汗をかき、風を受けて体表を冷やすことで過剰に体温が上がらないようにする仕組みがある。だけど外の気温と体温が同じくらいになって体温を逃がせなくなったら、体温が高くなって体調を崩す。具体的には脳が体温で茹《ゆ》で上がる。こうなったらもう二度と元に戻らない。そうならないための工夫がいる」

いきなり工場そのものの欠点を指摘され、俺は顔を赤くした。てっきり繰糸機だけ指摘されると思っていたのだが、みんなの健康を気遣うリルの視野の広さに、自分の未熟さを恥じた。

「そうか……その、換気扇というもんを付ければいいのか」

「それだけじゃ足りない。除湿機も付けよう。湿気を取る機械もいる。高すぎる湿度は、実際の気温よりも体感温度が高く感じるようになる。それと汗をかきにくくなる。

寒い季節になれば結露の問題もある。そうなればせっかくの繰糸機にだって不調が出るかもしれない。……換気扇だけじゃ足りないな、シュリから教わったシーリングファンも付けるか。熱中症予防になる。改めて聞くけど、今まで休憩とかどうしてた？」

「ふむ、こまめに交代してたわ。こういう言い方もなんじゃが、うちの村はこれが主力商品だから従業員も多い。交代要員には事欠かん」

「でもその分、繰糸機の整備や魔工師としてできる仕事の全てが、ジュドゥの負担になってたはず。作業員を減らす……までしなくとも、おのおので簡単にできる整備方法と交代数を減らすことができればジュドゥの負担だって減る」

「ぐうの音《ね》も出ないのぅ……。ジュドゥにしかできん仕事が多すぎるから」

「他の人ができない仕事も最低限手間を減らすことはできるはず。それをしないのはジュドゥに対して失礼すぎる、身内だからって甘えるにもほどがある」

「うむ……お主《ぬし》の言うとおりじゃ。すまない」

リルがじいちゃんにそう指摘するが、俺の仕事にまで気を回してくれるとは思っていなかったから再び驚いた。俺を気遣ってくれるなんて想像していなかった。

俺は繰糸機《そうしき》だけに目を向け、俺自身の負担や工場そのものに対して改善を行っていなかった。

ここまで言われてしまっては恥を通り越して感心するほどだ。

さらにリルは繰糸機に触れながら周囲を見る。ようやく繰糸機に関しての言葉か、と身構えてみたがリルは大きく溜め息をつくばかり。

「繰糸機と繰糸機、他の機械との間が狭い。これでは移動の際に動線がぶつかって面倒なことになる。移動した方がいい」

「そ、それをそう簡単に動かすことは」

「大きく移動させる必要はない。ここことあそこ、一本道で真っ直ぐに連なるように動かせばいい。そうすれば中央に大きくすれ違える空間ができて、移動が楽。ぶつかることもない」

今度は設置場所に関しての言葉だった。なんというか、そこまで言うかってほどだ。

だが確かにリルが指さした先と、移動するべき繰糸機や他の機械の位置を見てみれば、少し移動させれば大きく真っ直ぐな一本道ができることがわかった。しかもそれは、できた糸を別の作業場へ持って行くに最適な道筋。

なぜ俺はこのことに気づかなかったのか？　と思うほどに当たり前で、やればよかったと思える小さな、だけど大きな意味を持つ気づきだ。

「いやぁ、その案は素晴らしいね！　ボクから見ても、一本道の動線を作るってだけでも素晴らしい発案だよ。だけどリル、繰糸機に関して言うことはないの？」

エクレス様がそう聞くと、リルは改めて触っている繰糸機をつぶさに観察し始めた。

魔力を流して内部構造を確認し、目でも確認し、触って確認をしている。

それからリルは俺の方を見た。

「繰糸機の方は特に言うことはない。整備は完璧、リルが言うべき所はない」

「はっ!?」

ここでもてっきり、自分の研究成果を元にした何かを言われると思っていたが、何も言われなかったことに驚いた。

しかし、同時に怒りも湧いてくる。こいつはさっきから工場そのものには意見を言うが、繰糸機《そうしき》に関して具体的な改良案を出さない。

まるで自分の研究成果を隠すような態度だと感じて、俺は思わずつっかかりながら言った。

「は!! 天下の天才魔工師様は、田舎の魔工師風情《ふぜい》には自分の研究成果や技術や知識を見せないって算段か！」

「そんなことはない。実際に見せてもらったけど、言うことはほぼない。整備は完璧だ、口を挟む余地はない」

「だから！」

「それに」

リルは繰糸機を優しく撫《な》でながら笑みを浮かべた。

とても優しい、子供を見るような笑み。

「とても大切に使われてるのがわかった。日々の整備、掃除、作業で、一度もぞんざいに扱われたことがない。リルにはわかる。それを抜きにしても、言うことはない」

「それは……そうだ」

怒りが萎《しぼ》んでいく。言いたいことが口に出せなくなっていく。

この少女は、俺や工員のみんなが大切に繰糸機を使っていることを一目で見抜き、その上で感情や感想や主観をなくして客観的に見ても何もないと言ってくれる。

この繰糸機は俺の人生そのものだ。村のみんなを楽にさせるため、あの日エクレス様からもらった言葉が正しかったと証明するために心血を注いだ。

それを否定することなく、魔工師として認めてくれたリルが俺の目に眩《まぶ》しく映った。その称賛が、俺は正直言って嬉《うれ》しかったんだ。

「だからリルが言えるのは、繰糸機のような道具そのものではなく、道具を収めるハコもの……工場そのものの改善やらそれくらいしかない。それでもいいなら続けるけど、どう？」

「ぜひともお願いしますじゃ。少しでも工場での仕事が楽になるのなら、それにこしたことはありませんからのぉ」

「じゃあシーリングファンと換気扇、天窓の開閉装置と除湿機の設計図とか、動線確保のための機械の移動案をパパッとまとめる。ジュドゥ、それでいい？」

リルがじいちゃんと話してる途中で、俺を見てそう言った。じいちゃんだけと話をして実行すれば済む話だが、工場での機械の整備などを担当している俺を除け者《のけもの》にしないようにちゃんと気にも掛けてくれる。

負けた。ここまで魔工師として視野の広さや改善案の素早い提案をされたら、もう負けを認めるしかねぇよ。

そんな俺に、エクレス様は肩を叩《たた》いて優しく言った。

「ここは受けておくといいよ。大丈夫、リルは魔工師としては一流だ。ここで村に不利益になるようなことは一切しないよ」

「エクレス様……」

「君の努力は素晴らしい。繰糸機《そうしき》の出来は文句ない。だからここらで一度、外からの意見を聞いてみるのもいいだろうさ。一歩引いたところから出る意見だって貴重だよ」

そうだ……エクレス様の言うとおりだ。俺は工場では繰糸機しか見ていなかった。村では道や畑しか見ていなかった。

当事者の視点だけでは見えないことを、当事者ではない外の人間から指摘される。それは時として腹立たしい時だってある。実際にやってるわけじゃないのに偉そうに言うなってわけだ。

だけどリルは外の人間だが専門知識があり、ちゃんと改善案を出してくれる。その内容だってこっちには一切文句を挟む余地はない。むしろ歓迎できるもんだ。

なら、それをおとなしく受け入れる度量を見せることが、俺のやること!!

「じゃあ頼む！　俺にもできることがあったら言ってくれ、最大限やる！」

「なら、まずは工場を止める日程を考えて。機械を動かすからその間仕事はできない。それと工場を端から端まで案内して。除湿機、シーリングファンを最低限の数だけ置きたいから効果的な位置を算出したい。あとで外から屋根に上るから手を貸して。天窓を付けて開閉装置を付けるって言ったって、適当に付けて設置した所から雨漏りしたら大変だ。屋根の素材や経年劣化も確認したい」

「やること多いな!?」

リルから早口で出る内容に、思わず俺はのけぞった。

「頑張ってジュドゥ！　これもボクがシュリと結婚式をするために必要な改善だよ！」

「はい！　……ん？　結婚？　シュリというと、さっきじいちゃんと話をしていたときにいた……女？」

「シュリくんは黒髪の男性だよ」

「え？　ん？　エクレス様、が？　男同士で？」

「ボク、女なんだけど」

さらにエクレス様から告げられた内容に、情報過多になった俺の脳は一時停止を余儀なくされてしまった。

リルの魔工師としての仕事っぷりには、俺は脱帽するしかなかった。

というのも改善案や移動の指示、他の作業を全て速攻で終わらせてしまったからだ。なんというか、人間てここまで効率的にかつ素早く動けるものかと思ったからだ。

付けるべき除湿機なる機械の設計図も、パパッとわかりやすく描いて俺に手渡してきたからな。しかも、作るのにそんなに難しいものじゃないように工夫までされている。

そういう仕事が終わってから、どこかに行ったシュリたちを探しに村の広場に来た俺たちだったが――――。

「クウガはそこで力尽きてしまってね……アタイもそこで、シュリを抱えて走ったのよ！　クウガはガングレイブが抱えてね！　アタイはみんなを守るためにヒリュウの弟、魔剣騎士団随一の使い手ブリッツと戦ったわ！」

「どうなったの？」

「渾身《こんしん》の一撃を防いで、建物を崩落させて追いかけられないようにしたわ……！　ブリッツを倒すことが目的じゃなくて、みんなを守るのが、アタイの役目だからね……！」

おおー！　と子供たちが楽しそうに歓声を上げる。村中の子供が広場に集まり、クウガとアサギとオルトロスの話を楽しそうに聞いていたんだ。

ちなみに彼らの名前は、探す途中にリルから教わった。

その様子を見て呆気《あっけ》に取られていた俺たちだったが、冷静な様子でリルがシュリに近づいて聞く。

「シュリ、これは何？」

「ああ、子供たちにせがまれて今まで旅をした外の国の話をしているんですよ」

「ほう。外の国とな！」

シュリの言葉に好奇心が出てくる俺だった。外の国の話は滅多に聞けるもんじゃない。

「俺はアルトゥーリアとスーニティ以外は知らないからなぁ！　そりゃ聞いてみたいし子供たちが楽しそうにしてるのも無理はない！」

俺も外の世界に出るときは、不安と使命感だけじゃなく、湧き上がる冒険心や好奇心もあったもんだ。あの興奮は、これから先の人生で二度と味わうことはないだろうと思うくらいに凄《すご》かった。

「外の話を聞いて、ここを出たいと思う子供たちも増えるじゃろう……儂《わし》はそれが心配だ。外は危険が一杯だ。戦《いくさ》、自然災害、盗賊に山賊に海賊、凶暴な獣に悪巧みが得意な人間……この村で製糸産業を受け継いでくれるといいがのぅ」

俺とは対照的に、じいちゃんは心配そうに子供たちを見る。

確かに外の話を聞いた子供たちってのは、心のどこかで村を出ようと思うものだ。

それが幼心から来るものなら、時と共に風化する。だけど中には情熱と好奇心を燃やし続けて、ある日突然村を出て行くことだってある。

実際、俺の知ってる奴だって、そうやって村から出たのがいる。どこぞで生きてるのか死んでるのかもわからないが、最後の知らせだとどこぞの傭兵団《ようへいだん》に入って、戦働きでいつか出世するという手紙が数年前に来ただけだ。

親御《おやご》さんは可哀想だったな。その手紙を最後に、消息不明なんだから。生きていてほしいが傭兵団《ようへいだん》で戦働《いくさ》きをしているなら、死んでいる可能性が高い。

どこの傭兵団だったかな？　ガングレイブ傭兵団ではなかったと思うんだが……？

「心配するほどのことでもないんじゃないですかね？」

シュリは何やら茶色い卵形の物を載せた皿を手に取り、俺たちの前に出してきた。

「この村が好きなら、どこに行っても最後には帰ってきますよ。故郷ってそういうもんです。ああ、好きだから帰るってだけでもないな。気づいたら帰ってるってのもありますね」

「気づいたら帰ってる？」

俺は思わず呆《ほう》けた感じで聞いた。

「ええ。気づいたら帰ってます。土地の縁とか、待つ人がいるとか……思い出があるとか」

「思い出……か」

「過去は捨てられない。いつまでも自分の後ろに付いてくる。それを重荷に感じるか、後ろで自分を守ってると感じるか。本人次第かと」

過去は捨てられない。

その言葉を発したシュリという男は、どこか陰のある笑みを浮かべていた。

この男は見たことのない黒髪をして、見たことのない服装をしている。となれば、俺も知らない国か村が故郷だったんだろう。そして、何かの理由があってそれを失ったのかもしれないと思わせられる。そんな雰囲気が感じられた。

重荷と感じるか。自らを守ると感じるか。

それを失って、もう取り戻せないから出た言葉なのか？

「まあそれはいいので、これでも食べてください」

シュリはすぐに陰を引っ込めて笑顔で料理を勧めてくる。ちょうど仕事をしてきたところで腹が減っていて嬉《うれ》しいものだ。よく考えたら俺は、飯を食べるために帰ってきたらエクレス様が来てることを聞いて、急いで会いに行ったんだったよ。

そう考えると気を抜けば腹が鳴りそうだ。

「お。シュリくんご飯を作ってくれてたんだね。いただくよ」

エクレス様はシュリの横にわざわざ立ってから、皿に盛られた茶色い卵形の料理を一つ取って口へ運んだ。勢いよく食べ始めたので、毒味がどうだのと言う暇がない。

だけどエクレス様は美味《おい》しそうに食べておられて、笑みを浮かべた。

「うーん、美味しいっ。あ、これゆで卵を挽《ひ》き肉《にく》で包んでる料理なんだね」

「そうです。味付けした挽き肉で包んでるもんです。卵も半熟……にできるだけしています。どうでしょう？」

「さっきも言ったとおり美味しいよこれ！　外はサクッと衣に歯を立て、次には美味しい挽《ひ》き肉《にく》が口の中に広がって、最後に卵の白身の淡泊さと黄身のコクが舌の上を転がる！　たまらんね！」

なるほど、卵を茹《ゆ》でて挽き肉で包んだ料理なのか。ふむ、エクレス様が美味《おい》しいと言うのなら相当美味《おい》しいものなんだろう。

領主一族として良いものを食べてきたエクレス様が言うんだ。間違いない。俺も一つ手に取って口に入れる。どんな感じなんだろうと噛《か》んだ瞬間のことだった。

衝撃だった。

エクレス様が食べたとはいえ、俺は食べたことのない料理だったからどこか不安もあった。だけどそんな不安も消し飛ぶような美味《うま》さだった。

「うん、確かに美味いな！」

俺も思わず笑顔になっていた。それだけこの料理は美味かった。

「外にも中にも旨《うま》みが詰まってる感じだな！　俺は何より、この中身の半熟具合がいいと思う！　この黄身が挽き肉と衣と一緒になって、また違う味わいになる！」

俺はそのままもう一つ料理を手に取ってから、美味い料理が食えたから嬉《うれ》しくて、シュリの肩をバンバンと叩《たた》く。

美味い料理だ。その一言に尽きる。

外側の衣、これがサクッとパリッと噛み砕ける。そこから出るのは挽き肉の脂と旨みだ。

挽き肉には丁寧に下処理と味付けが施されており、それが挽き肉の旨みを増大させている。

その挽き肉の濃い味付けと脂を、卵の白身の淡泊な味がちょうどよい味わいにしてくれる。卵も良いものを使っているらしい、臭みも何もない。

最後に半熟でとろりとした黄身が、俺の舌の上で挽き肉の味と白身の淡泊さをまとめて、一つの美味さとして口の中を占領してくるんだ。

これはたまらん料理だな！

「あんた結構いい料理人なんだな！　変わった料理だけど、どこで習ったんだこれ⁉」

「僕の修業先で作られてた料理です。久しぶりに作ったんですけど」

「久しぶり⁉　大丈夫、美味いよこれ！　シュリといったな、大したもんだ！」

シュリは乾いた笑みを浮かべている。なぜだ。

「シュリ、リルもいただくよ」

「あ、どうぞ」

リルは静かに皿から料理を取って食べ始める。

「うん、美味しい。挽き肉の味付けも衣の揚げ具合も、卵の半熟具合全てがちょうどよくて美味しい。リルはこういうの、好きだな」

「ありがとうございます」

「この挽《ひ》き肉《にく》でハンバーグを作ってくれても好きだな」

「また今度ね」

俺は夢中で料理を食べていたが、ふとリルの方を見ればシュリを見る目がどこか優しい。

二人の様子も仲睦まじいものに見える。その様子を見て、俺は思わず内心で首を傾《かし》げた。

はて？　この男はエクレス様と恋仲とかそういう仲ではなかったのか？　なのに別の女といい雰囲気なんだけど……？

「そしてアルトゥーリアの最終決戦で、この領地の領主となったガングレイブが宿敵とガチと書いて本気で殴り合ったがじゃ！」

「愛する女を守るため……!!　自分が夢見た理想を同じくする敵に勝つため!!　ガングレイブは拳を振り上げる!!」

「というところで今回は終わりよ！　次回をお楽しみにね！」

「「「ええええー!?」」」

どうやらクウガたちの話も終わったらしい、区切りを付けると子供たちから不満の声が上がる。アルトゥーリアで何があったのか？　気になる幕の引き方だ。次回も聞きたくなるじゃないか。

　シュリが苦笑しながらクウガたちのほうへ行くので、俺はそれに付いて隣を歩く。

「いやぁ、君たちは上手《うわて》だねぇ」

「はい？」

「子供たちが警戒心を解けば大人も警戒心が緩む。俺もそうさぁ。君たちは話に聞くような、領地を簒奪《さんだつ》した悪人じゃないと思ってしまう」

　シュリはバッと俺の方を見る。当たり、か。

「子供ってのは素直だ。悪い者には悪いと、善い者には善いと心のままに判断する。隠すことはしない、正面から小細工も何もなく感じたことを口にして体で示す。

　今の子供たちは警戒心が解かれている。あのデカい御仁《ごじん》が大仰に動きながら話をしても、おもしろい話をして楽しませてくれてると心から思ってる。だから怖がる様子がない。すぐ傍《そば》には帯刀した人間がいるってのにね。

　子供たちが警戒しない相手を、親も警戒し続けるのは難しい。子供に向ける人間の感情ってのはだいたい二通りある。完全に己《おのれ》を隠しきった仮面の顔か、隠しきれない本性の二つに一つ。あそこにいる三人は本性を隠していない。隠さない本性が子供たちの警戒心を解いた。子供越しに相手を見る親も、警戒心が緩んでも仕方ないね。

　ここでとどめに、エクレス様がこの村に婚礼衣装を依頼したことと、自分がガングレイブに領主の座を簒奪《さんだつ》されたのではなく、正式に譲り渡したことを宣言すれば、完璧だ。村民の感情を完全に宥《なだ》めることができる。

料理で腹を膨らませて余裕を持たせ、楽しい話で警戒心を緩ませ、慕った相手からの説得で反抗心を消失させる。君の料理は一役、いや二役も三役も買ったわけだ。素晴らしい」

俺が早口で語る内容にシュリは何も答えない。同時に足も止めてる。

シュリは無表情のまま俺に聞く。

「僕を軽蔑しますか？　子供を利用したことに」

シュリの質問に俺は目を丸くした。

しかし次に瞬間には笑ってしまっていたんだ。

「まさか！　俺はただ上手いやり方をしたと言っただけだ！　正直、俺は誰が領主の座に座っても関係ないし！」

「え？　エクレスさんが領主になるのを支持していたのでは？」

「それは爺《じい》さんたち長老衆の考えだな！　俺は……あの人がただ幸せでいてくれれば、それでよかったんだよ」

そう。俺はエクレス様が領主になることを確かに望んではいた。事実だ。

でもその根幹にあるのはエクレス様の幸せ。あのお方が幸せで穏やかに暮らしていられれば、それでよかった。

そのために領主になってくれれば一番手っ取り早いと思ってたんだけど、どうやら本人は別の道で幸せになってる。好きな人もできたようだし。

俺は嬉《うれ》しかった。全ての重荷から解放されて、のびのびと生きているエクレス様を見ることができて。普通に恋をする女性になれて。

ただその事実が、嬉しかったんだ。領主としての仕事と使命に縛られてきた尊敬する人が、自由になれたことが。

「……ジュドゥさんはエクレスさんのことを……」

「俺はエクレス様が男だと思ってたからな。恋愛の感情じゃないさ。女だってのもついさっき知ったんだぜ⁉」

シュリが言いたいのは多分、俺に恋慕の情があったのかということなので必死に否定した。そんな気持ちは微塵《みじん》もない！

相手を男だと思ってたし、女だとさっき知ったばかりで恋もへったくれもねぇからな。

これで恋をしてたら、俺は本当に男に恋する男なのかと本気で悩んでるわ‼

ちゃんと説明をしておいた方がいいか……そう思って、俺はエクレス様を見た。

クウガたちに何か言ってるようで、その顔には笑みが浮かんでいる。

普通に人生を楽しんでいるエクレス様の顔を見て、俺も頬が緩んでしまう。

「ただ、昔……褒められたんだ」

「褒められた？」

「俺は魔工の才がある。昔はこの才で成り上がるのを夢見た。だけど、この村で使われてた魔工機械を直したらさ、あの人が笑顔で俺のことを褒めてくれたんだ。きっと将来、この村に欠かせない人間になれるとも言ってくれた。

それだけで十分だった。だから俺はアルトゥーリアに留学して本格的に魔工を学んで、こうしてこの村のあれこれの仕事を頑張ってる。

俺の人生を決めた、俺の人生を認めてくれたあの人に恩返ししたかった。そして、エクレス様は幸せになろうとしてる。俺は、それでいいんだ。それで十分なんだ」

俺自身の口から出たこれが、俺の全てだった。

あの日、あのときもらった言葉があったから今の俺がある。誰か一人、誰でもいいから自分を認めてくれて、信じてくれる人がいる。それでどんなに救われることか。

エクレス様に領主になってほしかった。嘘《うそ》じゃない、そう思った。

領主にならなくても幸せになってくださった。それなら、もう、それでいいと思ったんだ。

だからこの話は、これで終わりなんだよ。

次の目標に向かって頑張らないとな！

「だから、君とエクレス様の婚礼衣装は気合いを入れて作らせてもらうぞ!!」

「あ、僕はエクレスさんと結婚する予定ないっす」

「はぁ!?　どういうことだよ！　エクレス様がそんなこと言ってたんじゃないのか!?」

「あの人の妄想と言いますか……その……」

シュリは目を逸《そ》らしながら、気まずそうに言ってくる。

ま、まさか……あれだけの雰囲気を出しておきながら……いや、まさかそんな……！

「まさか……エクレス様の片思いなだけ……?!」

「はい」

その言葉を信じられず、俺は思わず叫んでいたよ。

結局、その言葉が真実だと納得できたのは二日後、彼らが村を去ったあとだった。


「いやぁ……嵐のような人たちだったな」

俺は彼らが村を去ったさらに数日後、一人呟《つぶや》きながら畑仕事から帰路に就いていた。

結局彼らは好き勝手に広場で武勇伝を語ったり、工場での仕事を手伝ってくれたりした後に次の村へと旅立っていった。

彼らが遺していったものは多い。まず工場だが……。

「調子はどう?」

「おおジュドゥ！　いやぁ、働きやすくなっていいなぁ！」

工場に足を踏み入れた俺が近くの作業員に話しかけると、そいつは嬉《うれ》しそうに言った。

「今までは茹《う》だるように暑かった工場が涼しくなったし、風が工場内を回るから湿気た空気が前より格段になくなった！　それと繰糸機《そうしき》や他の機械がちょうどいい位置になってくれたから、工場内を移動しやすくなって助かったよ！」

そいつの言葉に俺は頷《うなず》いて、工場を見回す。

前と比べたら機械が移動されて大分位置が変わっていた。

俺からしたらこんなに移動させて他の奴らが困らないか？　と思ったんだが、どうも実際に働く者にとっては大助かりだそうだ。

移動しやすい、働きやすい……これだけでも人の士気は高まるもんだ。

「あのシーリングファンとやらと除湿機？　と換気扇？　と天窓の開閉装置、だったか？

あれができて工場の空気が凄《すご》く良くなったよ！」

「そっか。あ、何かあったら言ってくれ。直すから」

「ありがとう！　いやぁ、あの少女はついでとばかりに工場の壁と天井の塗装までやっちまうんだから相当なもんだな！」

作業員の言葉に、俺は天井と壁を見直す。確かにそこは、前と違って白い塗料が綺麗《きれい》に塗られている。白という色のおかげで太陽の光が工場内に反射し、凄く明るく感じた。

屋根の方にも錆《さび》対策と言って塗料を塗ってくれた。これもリルの発案で行われたことだ。

つくづく、あの少女がかつて語ったことがどれだけ素晴らしいことかと、肌で感じさせられる。

「ああ。リルは……戦争のための技術じゃなくて、生活のための技術というか魔工を発展させたいって言ってたからな」

あれは屋根の錆対策の塗料を一緒に塗ってたときのことだ。あいつは炎天下の中で汗を流しながら笑顔で言ってた。

『リルはいつか、人の生活を豊かにする技術や魔工を確立させたい。戦《いくさ》で名を上げる魔工師より、誰かの生活を助ける魔工師に』と。

最初は何言ってんだこいつ、と思ったよ。今は戦乱の時代だ、俺のように故郷を持つ魔工師ならともかく、故郷がない傭兵団《ようへいだん》の魔工師が考えることじゃねぇって。

でもこうして工場で活き活きと働く作業員たちを見ると、その考えがいかに志高いことかがわかる。俺たちがこうして働かないと、領内の経済だって回らないんだ。

それがわかってたんだろうな。

「いやぁ、本当に助かったよ！　また会ったら、礼を言わないとな！」

「そうだな」

俺はそれだけ言って工場を後にする。

外に出てみれば、子供たちが木の棒を持って元気に走り回っていた。

「いやー！　くうがりゅうおうぎ！」

「なんの！　りぃんばるりゅうおうぎ！」

なんとも微笑《ほほえ》ましい。剣術ごっこをしながら遊んでいる。それを母親たちは複雑そうな顔をして見ていた。

クウガたちは己《おのれ》の武勇伝を話し、剣術を少しだけ見せていった。それが子供たちの冒険心を刺激し、ここ数日では剣術ごっこが村で流行《はや》っている。

中には「子供から大きくなったら村を出たいと言われた」と、溜め息をつきながら悩む親御《おやご》さんもいたそうな。無理もない、彼らの冒険談や武勇伝はそれだけ子供たちにとって刺激的だった。刺激がありすぎた。

道の先に何がある？　山の向こうに何がある？　それを見てきた大人たちがそれを語り、村の外にも人間が、国が、何かがあると教えてしまったんだ。

この小さな村を出て、村の外の広い大地で生きてみたいと思うようになるのは必然だ。

じいちゃんもこの事態に頭を悩ませているが、俺はそこまで心配ではない。

少なくとも子供たちには、故郷がある。帰る場所がある。

残る子供と旅立つ子供がいるだろう。寂しくもあるし、誇らしくもある。

子供たちは手に持った木の棒で遊びながら、クウガが見せた剣術の真似を続けるだろう。あいつ自身は適当に見せたつもりだろうが、その中に俺から見ても才能がある子供がちらほらといた。

年は十四くらい、工場で働いている子供と畑で働いている子供だ。

歩いていると、家の裏側で誰にも見られないように何かしている二人の姿が見えた。気になって隠れて二人の様子を窺《うかが》う。

「サラヴィ、多分それはこうだと思う」

「ちょっと待てニアナ。クウガ先生が見せた形はこうだった。これは足首の動きが……」

そんなことを言いながら、互いに手頃な木の棒を持って型を確認する子供たち。

一人は工場で働く手先の器用な少女サラヴィ。くすんだ茶髪を三つ編みにして腰にまで伸ばした子供で、細いながらも工場で働いているために僅《わず》かに筋肉が浮き出ている。笑顔に愛嬌《あいきょう》がある少女で、少しそばかすがある。

もう一人は畑仕事をする力自慢の少年ニアナ。金髪だが丸刈りにしていて、サラヴィより頭二つ分背が高く筋骨隆々としている。勝ち気な目つきをした少年だ。

二人はあれから、大人に隠れて剣術の稽古をしている。クウガが見せた剣術を再現しようと、日夜研究しているんだよな。

「よう！　二人とも！」

「おわ！」

「わわわ！」

俺が声を掛けると、二人して慌てて棒切れを投げ捨ててそしらぬ態度を取っている。

わかる、わかるぞ。剣術ごっこ……というか秘密の特訓は、人に見られていい気分になるもんじゃないからな。俺も魔工師として秘密の特訓をしていて、親に見られて恥ずかしい思いをした。

「どうしたサラヴィ、ニアナ。二人してここで何をしてた？」

「いや、そのぅ……」

「お、俺たちは何もしてねぇよ！」

二人して慌てて誤魔化しているが、さっきまで使ってた剣術の稽古のためにちょっと形や持ち手が整えられた棒切れが、そこら辺に転がっているんだよなぁ。

誤魔化しきれてない二人を見て、俺は苦笑いを浮かべた。

「そこにある棒切れで何かしてたのは見たぞ。恥ずかしがることはないじゃないか」

俺がそう言うと、二人とも恥ずかしそうに顔を背けた。

「……お前らはいつか、村の外に出たいのか？」

試しに俺は二人に聞いてみる。二人ともバツの悪そうな顔をして何も答えない。

だろうな、答えにくいだろう。この村を出ていきたいなんて、村長の孫の俺には言いづらいに決まってる。

俺は家の壁に背中を預けて腕を組んで、空を見上げた。

「俺もかつて村を出てアルトゥーリアに行ったことがある。そのときの経験から、旅に出るときの助言はできるぞ」

「本当!?」

「ほら、やっぱり出たいんじゃないか」

俺がニヤリと笑って言うと、サラヴィは顔を真っ赤にしてしまった。

ニアナは意気軒昂《いきけんこう》として言う。

「俺たちだって村の外で名を上げてみたいんだ！　頼む兄ちゃん、教えてくれよ！　旅の秘訣というか、そういうの！」

「……クウガの技を見様見真似で身につけても、死ぬだけかもしれないぞ」

俺の静かな指摘に、二人は悔しそうに顔を俯《うつむ》けた。

二人ともクウガの技をどうにかものにしようと努力しているのはわかる。最初に見たときに比べて、ここ数日で動きが洗練されているのはよくわかったからな。

だけど所詮は見様見真似の剣術ごっこの域を出ないのは、俺から見ても明らかだ。そんな状態の二人を外に出すのはさすがに賛成できない。

死ぬことがわかってて送り出すバカはいないんだ。死ぬようなところに行くのを、はいそうですかと見送るアホなんぞいないんだ。

「それでもアタシは……！　アタシは……この村だけで終わるなんて嫌なの……！」

サラヴィは抱え込んでいた苦しみを絞り出すように言う。

「俺も！　俺も自分がどこまでやれる男なのか試してみたいんだ！」

ニアナも胸の内をさらけ出すように叫ぶ。

これだ。これがじいちゃんが恐れていたことなんだ。村の産業を受け継ぐよりも、外に出て戦乱の世の中を渡ろうと夢見る若者が出てくる。

単純に村の人口が減るのもそうだが、実際に音沙汰が全くなくなってしまい、消息不明になって残された家族が悲しむなんて珍しくない話なんだ。この世の中ではありふれた話。

でも、それを現実にするなんてアホじゃないか。

「……だとしても、今はやめとけ」

「そんな！」

「今は、だ」

俺は欠伸《あくび》を噛《か》み殺し、壁から背中を離した。

「体は成長しきっていない、技も身につけていない。そんな状態で出たって死ぬだけだろ」

「う……」

「あと、戦場で戦えりゃいいってもんじゃないからな？」

この指摘は予想外だったのか、サラヴィとニアナは二人して目を丸くしていた。

だからダメだって言われるんだよアホ。ちゃんと気づかなきゃいけないところがあるだろうに。俺は溜め息をついて言った。

「あのな、傭兵団《ようへいだん》に入るにしたってどこぞの城で兵隊になるにしたって、最低限のコネってヤツがいるんだ」

「これ？」

「要するに口利きってヤツだ。最低限自分の身分を保証して紹介してくれる繋《つな》がりだ。それが得られるまで、結構大変だぞ？」

「兄ちゃんもそうだったのか？」

「ああ。結局俺はアルトゥーリアの研究所には入れなかった。実力を示して魔工工房を渡り歩いて知識と技術を現場で盗んで学んできたんだ。あと、気のいい人に研究所の論文を見せてもらったりな。そういう繋がりを得られるまで、お前たちはどうやって生きていくつもりだ？」

二人とも何も答えられずに黙るだけだ。

正直、俺も意地悪な質問をしたと自覚している。俺自身も気まずくて後ろ頭を掻《か》いた。

まだ十四の、村でしか生きたことのないガキなんだ。俺のときのように、魔工が使えて商隊にツテがある家族がいるわけじゃないんだ。俺自身、そういう幸運があったからこそ旅をして留学できたと言ってもいい。

まだ何もないこの子たちにそれを求めるのは酷なのはわかるが、それを覚悟してもらわないと話にならない。

「……だから、まずは山に籠《こ》もって一人で生きられる訓練をするこった」

「え？」

「俺も子供の頃、魔工を使って山で一人で一晩明かすことなんて何度もやった。食える野草や野生動物の捕らえ方とか食べ方、火の起こし方なんか練習しとけ。それができりゃ、少なくとも野垂《のた》れ死ぬ可能性は減らせる」

「う、うん！」

「わかった！　さっそく俺たちやってみるよ!!」

「馬鹿野郎、経験したことのない奴らをいきなり山に放り込むかよ!!　俺が怒られるわ！

……だから、やる気があるなら今度俺が一緒に行ってやる。そこで教えてやるよ！」

それだけ言って俺は二人に背を向けて歩き出した。当の本人たちにやる気があるなら、問題はないはずだ。この話で心が折れて村に残ってくれるなら御《おん》の字《じ》――。

「明日準備して兄ちゃんとこに行くからな！」

「よろしくお願いします！」

というわけでもなかったらしい。二人してやる気のある声で俺の背中に言葉をぶつけてくる。仕方ねぇな、と俺は手をプラプラと振って答える。

再び村の広場に戻って、俺は改めてどうしようかと考えながら村を見渡す。

あいつらが来たことで少なくとも村に変化は起こった。それが良い方向なのかどうなのかはわからない。けど、

「自分で考える機会ができたと思えば、それでいいか」

俺はそれを微笑《ほほえ》ましく思いながら、家に帰ることにした。

「ただいまーっと……じいちゃんどうした」

家に帰れば、じいちゃんが手紙をしたためているところだった。

その手元を見た俺だったが、あいにくと文字は見えなかったので何が書かれていたのかはわからない。だが、じいちゃんの顔は晴れ晴れとしていた。

「おお、おかえりジュドゥ」

「ただいま。何をしてたんだじいちゃん？」

「おう、これか」

じいちゃんは手紙を俺の前にぴらぴらと揺らして見せる。

「エクレス様から数日の間説得されたこともあって、これまでの反抗的な態度に対する謝罪と、今後はガングレイブを領主として認めて協力するという手紙じゃよ」

「そうか……」

「この村にも新しい風が吹いた。もはやこれまでと同じままにはいられまいよ」

じいちゃんは寂しげに言う。だけど顔は晴れ晴れとしたままだ。もう覚悟は決まったことらしい。

あいつらが滞在中、エクレス様は根気よくじいちゃんを説得し続けた。その間にもクウガたちは武勇伝を語るし、リルは工場での仕事をしてくれた。

その時間が、村に新しい風を……新しい考えを起こさせる要因となったわけだな。

このままエクレス様に忠義を尽くしてガングレイブを拒絶するより、エクレス様への敬意を忘れずに彼女が推したガングレイブへ臣従すべきではないか、と。

無論村の有力者たちの間では意見が分かれて荒れたが、改善された工場内の環境と子供たちの様子を見て、結局意見はガングレイブへの臣従にまとまった。

このままガングレイブを拒絶し続けていては、この時代の流れに置いていかれることは明白だったからだ。閉鎖的な村は、この乱世の時代ではあっという間に取り残されて滅ぶ。

「とはいえ、儂《わし》は未《いま》だに奴らが来て好き勝手したことは許せんがのぉ！　全く、子供たちに悪影響を残しおって……！」

「だけど、エクレス様は元気で無事だったしぞんざいな扱いをされてるわけじゃなかったんだ。それがわかってよかっただろ」

「それが、結局儂らが臣従することにした一番の理由でもあるんじゃが。エクレス様がご無事で、権力の座から退いたとはいっても実務を担っておられるのなら、儂らが虐《しいた》げられることはないじゃろう。むしろエクレス様との繋《つな》がりを保持して、これまで以上にリルからの協力を取り付けれれば御《おん》の字《じ》じゃ」

じいちゃんはそう言いながら手紙に不備がないかを確かめてから、それを俺に渡してきた。胸にポンと押しつけられ、慌てて受け取った俺の横をじいちゃんは通り過ぎる。

「というわけで、近日中にジュドゥが届けに行くのじゃ」

「俺が!?」

「村長の身内としてお主《ぬし》が行くのが最も適任じゃろう。魔工師で村の有力者じゃ。……一人で行くのが不安ならサラヴィとニアナも連れて行くといい。いないよりマシじゃろ」

それだけ言ってじいちゃんは家から出て行ってしまった。呼び止める間もなく、だ。

残された俺は手紙を裏返したりして考えていたが、ようやくじいちゃんの言葉の意味がわかって苦笑いを浮かべた。

「なんだ。サラヴィとニアナが隠れてやってることに気づいてんじゃんよ！」

俺はそう言ってから手紙を持って自分の部屋へ向かう。背嚢《はいのう》と、昔使って整備しておいた旅道具があるからな。封をした手紙もそこにまとめておこう。

「全く、じいちゃんも人が悪い」

サラヴィとニアナに話をしておこう。剣術稽古と旅の訓練にちょうど良い用事があるが行くか？　と。

ガングレイブに会えたら言おう。リルには大変世話になったと。

あと、エクレス様を大切に扱ってくださってありがとうございます、かな。

俺はスーニティの城下町へ行く計画を練りながら、あの二人にどう話を切り出そうか考えるのだった。

八十四話　夏休みの青春白書の豊穣祭《ほうじょうさい》と鮎《あゆ》の塩焼き ～シュリ～

皆様どうもおはこんばんちは。シュリです。

シュカーハ村を出て数日。野営をしながら次の村へ向かっている途中です。

さすがにスーニティの城下町を出てからこんなに日数が経《た》つと、もってきた暇潰し用の手慰みの品々にも飽きてくる。具体的には札遊びとか。

なので御者席に座って話をする僕とエクレスさんに比べ、後ろに荷物と一緒に乗っているリルさん、クウガさん、アサギさん、オルトロスさんはすっかり静かになっていました。

「さて、次の村はどこです？」

「次は村じゃなくて町だね。スーニティの城下町の次に大きな町で、エエレっていうんだ」

「エエレとは何を特産にしている町なので？」

「あそこは具体的に言うと、シュカーハ村みたいな大規模な工場があるわけじゃなくて、周辺の小さな村の物産品の集積所みたいなもんだよ。一度あそこに集めて行商人や商隊に売ったりするのさ」

「ん？　城下町の市場なんかに卸《おろ》したりしないので？」

「城下町の周りでも一応農業はやってるからそれを売ったりしてるよ。それに、エエレの町で商品を買い付けて別の場所で売って、そこの物産品を買って城下町に来てさらに高値で売ったりするのさ。まぁ、エエレの町の農産物をそのまま売りに来る人もいるね」

僕は難しい顔をして腕を組みました。

「それって、一度商人を通してるから商品が割高になりません？」

「まぁね。だけど、エエレの町を抜きにして城下町に直接持ってくるようにすると、道のりが結構遠いんだ。道路は整備されてるけど、ここに来るまで数日かかってるだろ？　小さな村単位で遠くまで運ぶとなると、どうしても大人の男……働き盛りの人間が村を留守にして動くことになる。となれば村の仕事はそれだけ遅れるんだ。それに——」

エクレスさんは複雑そうな顔をして前を向きました。

「わかるだろ、シュリくんも。この領地だって、どこまでもが安全なわけじゃないんだ。どこで野盗が……食い詰めた荒くれが現れるかわからないんだ。そいつらに襲われて殺されでもしたら悲しむ人が出る。物品も奪われる。人手がなくなるし金も得られないから村への影響がでかすぎるんだ。でも、行商人や商隊は、自己防衛ができる人が多いわけだし……こういう言い方は残酷だけど、自分の身を金やら足やら経験やらで守れる人間がやればいい。無理はするべきじゃないよ。多少安く買われても、近場で産物を売って金を得たら、とっとと村へ帰るのが安全さ」

一気にまくし立てるように言い切るエクレスさん。

その横顔は、いつも僕が見る花咲くような笑顔のそれではなく、間違いなく領主の一族として次期領主を目指し、領内の内政を切り盛りしてきた人間の冷たい真顔でした。

エクレスさんは僕に対して凄《すご》く好意的に接するだけの人間じゃないんだ。

その根っこにあるのは、長年領地を内側から守ってきた、冷徹な心を持った為政者《いせいしゃ》なんだ。思わず背筋に寒気が走るような感覚に襲われるほどの、合理的な女性。

エクレスさんとは一言でこうだと形容できる人間じゃないんだ。

二面性も三面性もある不思議な人だ。なんかこう、不思議な魅力があるのは認める。

「おや!!　ボクの、憂いを帯びつつも領主一族として政《まつりごと》を行ってきた冷たくもかっこいい顔に、シュリくんもイチコロかな!?」

「こういうところがなけりゃなぁ」

油断するとすぐこれだ。エクレスさんは嬉《うれ》しそうに聞いてくるけど、これがなければ美人で惹《ひ》かれるんだが、油断したらすぐに誘惑とかしてくるから残念美人になってしまうんだ。

「そういうところがエクレスの残念なところ」

「何がさリル!?　こんなにもボクは美少女してるのに！」

「シュリはそういう押しつけがましい女の売り方に関して引く節がある。シュリが好きなのは、健康的な女性が働きながら服が少し無防備にはだけてしまい、見えてしまう脇や横胸だったりする。フィンツェたちから時々そんな笑い話を聞いてた」

「……僕を殺してくれ」

嘘《うそ》だろ……そんな話が広がってたのか!? 僕は驚愕《きょうがく》のあまり固まってしまっていた。

そして空を見上げて考える。今日は曇天模様だ、太陽が見えない。雨が降らないだけで湿気た空気で髪に重みを感じる。一応街道は通っているものの、山から吹いてくる湿った風はどうしようもない。

いやいや考えるのはそこじゃない。僕のイヤらしい性癖に関してだ。

自分でも自覚はなかったんですけどぉ……!? そんな目つきをしてたの、僕?!

しかもよりによってフィンツェさんから話が広まっているとは……。あまりのショックに僕は叫びながら城に走って帰って弁明したいが、なんとか抑える。

ああ……厨房《ちゅうぼう》の仲間だと認め合った人が、実は僕のことをはだけた服から覗《のぞ》く横の胸を、ちらちら見ようとする変態だと思っていたのか……死にたい。

「そんな!! じゃあボクも服をちょっと改造して、動く度に脇が見えるようにすれば!!」

「無駄。嘘だから」

「後で話し合おうかリルさん」

さすがにこれは黙ってはおれん。後ろでクウガさんたちが大笑いしてるけどな!

それから数時間後、僕たちはエエレの町に着いた。

町と聞いていたから、スーニティの城下町のような、防衛のための城壁に城門とかがあるもんだと思ってたがそうでもありませんでしたね。ていうか、スーニティの城壁だのもアルトゥーリアとかニュービストに比べると粗末なもんだったけど。

こっちはこっちで、町といっても防衛のための空堀と木の塀が張り巡らされていて、最低限の防衛施設は一応作ってるって感じ。

「なんか、予想よりも小規模」

リルさんが後ろから首を出して言ってくるが、僕も同感だ。もう少し大きな町を想像してたけど、そこまでじゃない。というか地球の僕の故郷に似てる。

こう……田舎の村と町の中間って感じの田舎町。それがエエレの町だった。

「当たり前でしょ。ここはあくまでも物資の集積と職人の住居とか工房がある町なんだから。城下町ほどの防衛設備を張り巡らせるようなところじゃないんだよ。ていうか、こういう町が普通だからね。それに、これでも結構ボクも手を入れて発展させてるんだからね」

僕とリルさんの感想に不満があるのか、エクレスさんはふくれっ面をして言いました。

まあそうだよなぁ。僕は納得します。

「そりゃそうですよねぇ。アルトゥーリアとかニュービストとかオリトルが大国だったために、ちょっと感覚が麻痺《まひ》してたのかもしれません」

「あそこは格が違うから」

「アズマ連邦だとそんなもんなかったですけど」

「あそこは険しい山に荒れ狂う海と、天然の要塞《ようさい》に囲まれてるところだからねぇ。下手に道を整備したり壁を作るより、地形を活かして防衛に徹した方が費用が抑えられるんじゃない？　ボクにはよくわからないけど」

エクレスさんが悩みながら返答する。言われてみればそんなものなのかなぁと思わなくもない。あそこは下手に防衛線を築くより、罠《わな》とか仕掛けた方が効果的かな？

「んな話はええやろ。そろそろ厩《うまや》に馬車と馬を入れて、ここのお偉いさんと話をしに行こうや」

そんな話をしてると、後ろからクウガさんが疲れたような声で言ってきます。

振り向くと退屈そうに欠伸《あくび》をして体を伸ばしている姿がありました。クウガさん、猫みたいだな。

「ワイも、いい加減暇な移動は飽きたわ。とっとと仕事を終わらせに行かんかね」

「同感。わっちも馬車に揺られるの飽きたぇ」

「ごめん、アタイも疲れた」

三人とも疲れた感じというか飽きたという感じか。クウガさんと同じような疲労感がアサギさんとオルトロスさんにまで出てるので、これは相当だなと。

札遊びにも飽きて、移動の合間の会話のタネも尽きたらこうなりますよね。わかる。

「じゃあとっととエエレの町の町長に話をしに行こうか」

エクレスさんはそのまま手綱を握り、空堀に架かった橋を渡って町に入る。


「お久しぶりですね、エクレス様」

「そうだね町長さん」

「町長なんておやめください。ヴィウキ、と前のようにお呼びください」

町に入って幌《ほろ》馬車を停めた僕たちは、その足でエクレスさんの案内で町長さんの家に向かいました。途中で町の人たちの視線が痛かったな。ここでも歓迎はされないらしい。

だけどシュカーハ村のように取り囲まれることはなく、町長さんはエクレスさんが訪ねるとごねることなく会ってくれた。表面上は割と友好的な態度を取ってくれるらしい。

町長の屋敷としては結構大きめで、二階まである建物の、二階の一室で話し合いをしています。調度品やら家具やら本棚が置かれてるけど、金持ちアピールの嫌みなそれは全く感じない。けど金はあるぞ、というのがわかる配置と数だ。

さて、僕らはといえば。

「なんでワイらはエクレスの付き人のような面をせにゃならんのや……？」

「しっ……！　話がややこしくなるから静かにしてるでありんす……」

「今は波風立てないのが一番よ……」

エクレスさんの後ろの壁際に立たされています。まるでエクレスさんの部下のような扱いです。僕も同じように立たされてるわけです。

クウガさんは明らかにイライラしてるけど、それをアサギさんとオルトロスさんがやんわりと宥《なだ》めている。ここで爆発しないでくれよ、と思ってます。

ただし、クウガさんだって空気を読める人ではある。というより、ちゃんとするときはちゃんとする人なんですよ。なので爆発することはないはずだ、と信じてる。

「それでヴィウキ。さっそくだけどボクが来た理由はわかるよね？」

「ええ。ワタシも町長なので情報はちゃんとあります。ガングレイブへの臣従、ですよね」

「そうだ。キミにも協力してほしい」

さて、ここでヴィウキという人はどう答えるだろうか。

町長と言うには若い男性で、モノクル《片眼鏡》をかけて上等な服を着ている。燕尾服《えんびふく》っぽいデザインだな、と一目見たときには思いましたよ。茶色の髪をオールバックにして何かでぴっちり固めていて、乱れが一切ない。

顔つきは知的なそれで、カグヤさんよりも細い目をしてる。印象は狐《きつね》かな、油断したら化かされる感じ。

ヴィウキさんを前にしてもエクレスさんはどこか余裕がありそうに見える。大事な話をしているはずなんだけど、胆力があるな。

ヴィウキさんは顎に手を当てて考え込む仕草……だけして速攻で答える。

「構いませんよ。ワタシとしても、エクレス様から直接言われては受けないわけにはいきませんので」

なんとも呆気《あっけ》ないというか、あまりにもあっさりと決まりすぎて僕は驚く。

ミルトレさんみたいにごねるか、もしくは怒り狂うかするかと思ったけどそんな様子はない。まるで始めから予定調和だったかのような流れだ。

エクレスさんは肩で笑ってから言いました。

「やっぱりね。キミがガングレイブへの臣従を表明しないのはおかしいと思ったんだ。キミは商人か町長かと言えば、商人の立場にちょっと傾いてる。利があるならガングレイブにだって尻尾を振ってるはずだし」

「誤解ですね。ワタシはこれでもエクレス様には感謝しておりますれば。ガングレイブがエクレス様に手を出さなかったのは、安易に処分を下さなかったのは、英断だと言いたいくらいには良く思ってますよ」

「ボクには、ね」

エクレスさんは笑みを浮かべる。けど、相手の言葉に嬉《うれ》しがってる笑みじゃない。

好戦的なそれだ。ちょっと横歩きしてエクレスさんの顔を確認できる位置に移動したけど、間違いない。

それに対してヴィウキさんは残念そうに背もたれに体を預けて天井を見上げます。

「ギングス様が採算が取れないと判断してわざと敵方にくれてやった鉱山の利権、あれは惜しかった。確かに普通にやれば採算は取れないかもしれませんでしたが、手放すには早計だったかと。開発には時間がかかりますが、そこは商人としての稼ぎ方がありますから」

「あれはボクも許可を出したものだ。最終的にあっちは開発でヒィヒィ言ってるし、出た鉱石の売買にも食い込めてる。問題はないはずだけど？」

「そこです。確かに負の部分を押しつけて簡単に小金を稼ぐ、戦《いくさ》の趨勢《すうせい》に乗じてその流れに導く。ギングス様の手腕はワタシから見ても相当なものです。

ですがワタシも商人でしてね。たとえ開発と利権を天秤《てんびん》にかけて釣り合わなくとも、利益を得る手段はいくらでもありますから。その作戦の詰めをしてる間に、鉱山は向こう側へとは、残念極まりない」

話の内容はよくわかりませんが、エクレスさんとヴィウキさんとの間にバチバチと好戦的な会話が交わされる。

困ったな、ここに僕たちがいる意味が全くないぞ。クウガさんは欠伸《あくび》を噛《か》み殺してるし、アサギさんは煙草《たばこ》の準備をしてるし。

オルトロスさんはこういうのに慣れてるのか、不動の姿勢でヴィウキさんを睨《にら》んでますね。威圧感が凄《すご》いな。

で、リルさんはというと……。

「ところでヴィウキとやら」

「ん？　なんでございましょうか？」

「町全体がどこか浮《うわ》ついた感じがする。何かあるの？」

リルさんはおとなしく壁際に立つなんてせず、町長の屋敷の窓から外を見てる。二階からなので、結構町の様子が見えるんですよね。

リルさんの質問に、ヴィウキさんは楽しそうに笑いながら答えます。

「ええ。そろそろこの町で『豊穣祭《ほうじょうさい》』が行われるのです。その準備に、みんな浮ついているのですよ」

「豊穣祭？」

「ああ！　確かに時期だったね！」

エクレスさんがポンと手のひらを拳で打つ。

「そうかぁ、何日後？」

「四日後でございます、エクレス様」

「ということは、その日までに話を終えた方がいいかな？　キミ以外の有力者と」

声色の変化に驚いた僕が見たのが、笑いの一切が消えたエクレスさんの顔です。

どういう意味、と聞く前にヴィウキさんが頭を下げる。

「さすがエクレス様、察していただけたようで……ご慧眼《けいがん》は衰えておりませんな」

「むしろ前より研ぎ澄まされてるかな。次期領主になれと言われて派閥の維持やらなんやらで無駄に割いてた力が全部、こっちに集中できるから」

「それはそれは……きっと今のエクレス様なら、他の人たちも良い返事をすることでしょう」

ヴィウキさんは楽しそうに言うが、僕はなんのことかさっぱりわからない。どういう話なんだこれ。

クウガさんたちは面倒くささそうな顔をしてる。察してる感じだ、説明が欲しい。

「ワイらはエクレスの護衛をした方がええな」

「そうでありんすな。わっちとしても、そんな状況でエクレスを一人にはできんぇ」

「アタイができるだけ傍《そば》にいるから、二人は周辺の警戒を頼める？」

そんな物騒な会話までしてる。なんだ、四日後までに話をまとめないと危険ななんかがあるのか。三人とも真剣な話をしていてふざけた様子は一切ない。どうやらマジだ。

僕が説明を求めようと一歩踏み出したところで、僕の右手首を後ろから掴《つか》んで止めてくる人が。振り向けばリルさんだ。いつもの無表情のままでいる。

「シュリはリルと一緒に離れていよう」

「え？」

「せっかくの豊穣祭《ほうじょうさい》だし、一緒に回ろう。いいでしょ？　エクレス」

リルさんがエクレスさんに聞くと、どうにも気に食わなそうな感じではあるけど、諦めてる感じ。

「仕方がない。四日後までには仕事を終わらせるから、その間クウガたちを借りるよ」

「じゃ、そういうことで」

リルさんは僕の手首を掴んだまま歩き出す。わけのわからない状況のまま、町長の屋敷を後にした。

町に出てみれば、確かにさっきは嫌な目を向けられていましたが、それを抜きにして観察すれば、町全体が浮き足立っているのがわかる。

町に飾り付けをしていたり、屋台の準備をしていたり。さっきは全然目に入りませんでしたが、祭りの準備が進んでいるらしいですね。

それでも町民からは嫌な目を向けられたりします。ここにいるんじゃねぇって感じ。

溜め息をつきたくなりましたが、その前にリルさんが溜め息をついてしまう。

先にやられてしまった……。溜め息をつくタイミングを逸したよ。

「さて、シュリはここからは関わらない方がいい」

「どうしてですか？　さすがに説明もないままに話し合いから放り出されるのは納得でき

ません」

「……どこから説明したものか。全体的な視点とヴィウキ視点とエクレス視点とリルたち視点の四つあるけど、順繰りに説明しようか。宿屋に向かおう」

リルさんが歩き出したので、僕もその隣に立って歩く。豊穣祭《ほうじょうさい》に向けて準備が進む町の中は賑《にぎ》やかだ。時々睨《にら》まれるけど。

「まず全体的な視点から言おう。シュリは豊穣祭ってのは知ってる？」

「一応は」

「向こうの世界にもあったんだ」

「はい。一年の豊かな作物の実りを神様に感謝して、供物《くもつ》となる旬《しゅん》の食物を捧げて宴《うたげ》を催す。こんな感じですかね」

もっといろいろとあるんだけど、だいたいはこんな感じかな。

ちなみに広島の地域の祭りでいうと、一年の収穫を祝って子孫繁栄を祈り、神様が宿った石を持って町を練り歩き、店や家の前の地面に石を叩《たた》きつけて神様の力かなんかを土地に宿すという祭りもある。

嘘《うそ》だと思うだろ？　本当にあるんだ。『亥《い》の子《こ》祭り』っていって、僕も参加したことがある。詳しくは各自で調べてみてほしい。

「僕の住んでたところだと、縄をくくりつけた石に神様を降ろし、店とか家の前の地面に叩きつけるっていう祭りがありました」

「なにそれ……？」

　リルさんがドン引きしてる！　結構由緒正しい祭りなんだけどな！

　本当ならもっと詳しく、ちゃんとした説明をするべきなんでしょうけど……参加してたのが修業で地元を離れる高校卒業までなので、詳しい由来は知らないのです。

「ま、まぁ地域によって祭りは形がちょっと違うし」

　リルさんは優しい笑みを浮かべながら言ってくるけど、ちょっと僕から距離が離れてしまっていた。なんか悲しい。

「ともかく。豊穣祭は神様に実りを感謝するって話になる。すると、呼ぶべき相手がいる」

「はい」

「『神殿』の司祭を呼ぶことになる。この町にも神殿の施設はあるだろうから、そこの人が来る。すると接待や準備に忙しくなるだろうから時間がなくなる。これが全体的な視点」

　思わず背筋が凍った。なぜ豊穣祭と聞いて、それに気づかなかったのか、自分自身の浅慮を深く後悔した。

「リルさん」

「まあ聞いて。ヴィウキ視点で言えば、神殿から司祭が来るならそっちの接待をしないといけない。他の有力者だってそう、神殿の影響力はでかい。この大陸でも多くの信者を抱える宗教組織だから、下手な接待はできない」

「そっちに集中するために時間がなくなるから、エクレスさんの話を早く終わらせたいと思ってる？」

リルさんは首を横に振った。

「他にも理由はあると思う。情報は少ないけど、ヴィウキからすれば他にも理由があって早く話をまとめたがっていると思う。正確には、ここで話を早く終わらせることでエクレスを通じてガングレイブに恩を売る、とか」

「ガングレイブさんに？」

「この町でガングレイブに臣従する立場を示してるのはヴィウキだけだと思う。あの会話からして、他の有力者は良い感情を持ってない。それをエクレスと一緒に説得に成功すれば、この町での自分の立場が良くなる。商人らしい立ち回り方だと思う」

僕はここで、純粋にみんなは凄《すご》いなと思った。僕ではあの状況で、そこまでの考えがあるなんて思いもしませんでした。

腹芸が凄いのか、短い言葉の中にいろんな意味を隠しながら己《おのれ》の利を通す話術が凄いのか、それを察する人生経験が凄いのか。ともかく全部が凄い。

「そ、それで……エクレスさん視点では？」

「ぶっちゃけ、エクレスとしては早く話を終わらせることに利点はない」

「え？」

一瞬、リルさんが何を言ってるのかわからなくて呆《ほう》けた声が出てしまいました。

「利点、ないんです？」

「向こうは豊穣祭《ほうじょうさい》の準備と神殿の司祭の接待、打ち合わせといった仕事で忙しくなる。なら、向こうが忙しくなるまで引き伸ばして時間を稼いで、向こうを慌てさせて無理やり話を通した方が良い。時間はこっちに味方してる」

「そんなもんですか？　むしろ忙しくなったらその間はこっちを無遠慮に待たせてくると思いますが」

「ありえるだろうけど、そうやって時間を稼いで向こうはなんの利点がある？　もしもエクレスが復権したりもっと重要な地位についたときに、エクレスから余計な恨みを買うだけ。ただでさえ町長のヴィウキはガングレイブに従うとこに前向きなんだから、町の他の人たちとの関係やヴィウキの立場が危うくなる。それを踏まえて時間をかければいいんだろうけど、エクレスだって早く終わらせたいと思ってるはず」

「なんでですか？」

僕が聞くと、リルさんは肩を落として溜め息をつきました。

「豊穣祭では宴《うたげ》だってやる。シュリと一緒に宴で楽しみたいんじゃない？」

「え？」

「もちろんそれだけじゃないけど。エクレスは知ってることがある。そしてリルたち視点から言えることと繋《つな》がってる。わかるでしょ？」

リルさんは短く言葉を切って黙る。

さっきの気づきと合わせて、僕は思わず口に出していた。

「僕の存在が『神殿』に知られる、見られるわけにいかない、ですか」

「エクレスもシュリの出自を知ってる。だから神殿と関わりたくない。リルたちだって同じ、あんなことはもう勘弁願う」

「エクレスさん……」

あの一瞬でそのことに気づき、向こうと話が合う姿勢を見せつつもこちらの意図は見せず、僕を守ろうと頭を働かせてくれた。

エクレスさん、本当にありがとう。僕はあまりのありがたさに涙が出そうになり、目元を拭った。戻ったら礼を言おう。僕は誓った。

「で、リルたちにはエクレスたちとも違う、早く終わらせたい理由がある」

「え？」

なんのことだ、と僕を追い越したリルさんの後ろ姿を見て不思議に思う。目がまん丸になって、本当にわからない。

リルさんは立ち止まり、こちらを振り向くことなく答える。

「リルたちも『神殿』には恨まれてる。ガングレイブとクウガを救うために、あいつらの力を借りたことはきっとよく思われてない。ガマグチとスガハシ……神殿のお膝元の裏を取り仕切る二人は神殿にとっても目の上のたんこぶのはず。だからあの介入に関して憎まれても仕方がない」

「ああ……」

懐かしい名前を聞いて納得した僕。

そういえばそうだった。あのとき、ガングレイブさんとクウガさんを助けるのに、ガマグチさんと勝負をしたんだ。その結果勝利し、二人を解放するために力を貸してもらった。

ガマグチさんとスガハシさんは僕の友人……山岸《やまぎし》くんの友人だと聞いたときは驚愕《きょうがく》したよ。その関係で良くしてもらった。そしてアスデルシアさんと出会って、この大陸のことを聞いた。

三人は今も元気にしてるだろうか？　元気にしてるといいんだけどな。

「エクレスはシュリの正体が理由で神殿に良く思われないと思ってる。でもリルたちは、ガングレイブ傭兵団《ようへいだん》全体が神殿からよく思われてないんじゃないかと予測してる。そこが違う」

「なるほど。それで僕はあの場にいない方がよかったんですね」

「向こうに……ヴィウキにそれを悟られてはならない。そこに思い至る可能性は低かろうとも、不安材料は少ない方がいい。だからシュリ、エクレスの話が終わるまではリルと行動しよう」

わかりました、と僕は答えてから改めて周囲を見る。

「とはいえ……話し合いには数日かかると思うんですけど、その間僕たちは何をしましょうか？」

「……さぁ？」

いつの間にか僕たちは、宿泊予定としている宿屋の前に立っていた。ずいぶんと話し込んでいて気づかなかったのだけど。

リルさんは宿屋の扉の横の壁に背中を預けて空を見上げる。

「何をしようか……唐突に暇になった」

「リルさんもあちらの話し合いに参加されては？　味方は一人でも多い方がエクレスさんも安心するんじゃあ……？」

「その場合、シュリを守る人がいない。神殿の関係者が来る以上、シュリの護衛が必要。一人にするのは不安」

まぁ、確かにアスデルシアさんと話したことで僕は神座《かむくら》の里の住人……『流離《さすら》い人《びと》』であることは知られている。

それがどう影響するかはわからない。この事実を鑑《かんが》みても用心するにこしたことはない。

「で、本当のところは？」

「本当にシュリの護衛だよ今回は!! そこまでリルは信用ない!?」

思わず僕は半目になって聞きましたが、リルさんに怒られました。

だって……ハンバーグさえあればいいって部分あるじゃんよ……リルさん……。

なので僕は半目のままリルさんに言いました。

「信用もへったくれも、そういうところあるでしょ。具体的にはハンバーグ目当て」

「反論できない。ごめん」

おとなしくリルさんが謝ってくれたので、これ以上突っつくのはやめましょう。溜め息を大きくついてから僕は宿屋を指さします。

「じゃ、今日のところはもう宿屋で休みましょうか？」

「それがいい。で、そのために――」

「待てよー！」

リルさんが言葉を続ける前に、僕たちの横を子供たち四人が通り過ぎる。

手には、たも網と籠《かご》と釣《つ》り竿《ざお》が握られていて、どうやら釣りに行くようです。この近くに川があったけどそこだろうか？　それとも山の方へ行くのだろうか？

ちらとそっちを見ると、子供たちは楽しそうにわいわいとはしゃいでいました。

「早くしろよー！　お祭りの合間に、ようやく暇をもらったんだから、川で鮎《あゆ》を釣る約束だろー！」

「早くしないと、近くの村の奴らに釣られるぞ！　晩飯に塩焼きにして食べるんだからよ！」

「少年たち、それは本当のことかい？」

え？　と思う間もなく、リルさんは子供たちに近づいて聞いていました。

子供たちはめっちゃくちゃ驚いて、こっちを振り向いて固まっています。そら、町の中で見慣れない人から突然話しかけられたら困惑するわな。

子供たちは固まったまま何も答えませんが、リルさんは構わず聞きました。心なしか声が弾んでる感じがする。

「鮎が釣れるの？　この近くで？　本当に？」

「え、う、うん」

怯《おび》えきった子供が頷《うなず》いたのを見て、リルさんは僕の方を振り向いて言いました。

「シュリ！　鮎を釣りに行こう！」

「えええ？　護衛は？」

「護衛と一緒に鮎を釣りに行こう！」

えええええええええぇぇ……？　リルさんの楽しげな様子に困惑するばかりです。

ついさっきまで真剣に、『神殿』とエクレスさんたちの話をしてたのに、ここにきて子供たちから鮎《あゆ》が釣れることを聞いて行こうとするって……。

「えと、リルさん？」

「鮎は美味《おい》しいからねぇ……！　釣ってすぐにしめて串に刺し、炭火やたき火で塩焼きにして齧《かじ》りつくのはたまらないもん」

「あ！　だ、ダメだぞ！　どこで釣れるかは、教えてやんないからな！」

ここで鮎が横取りされる可能性があることに気づいた子供の一人が、大声で言ってこっちを睨《にら》んできました。

綺麗《きれい》な金髪を短く刈って頬に切り傷がある、目つきが鋭い勝ち気そうな少年。

くすんだ茶髪でちょっとオドオドした様子の、おとなしく優しい顔つき、一番背の低い少年。

リルさんよりも淡い水色の髪をシニヨンにまとめた活発そうな少女。

褐色の肌に緩い天然パーマの赤毛をうなじでまとめた一番背の高い綺麗な姿勢の少女。

全員僕よりもリルさんよりも背が低いものの、鮎が盗《と》られないようにこっちへ精一杯抵抗してる感じ、なんか青春を感じさせられます。

……あれ？　僕にこんな青春ってあったっけ？　田舎町の自然と文明の狭間《はざま》に生きてき

た幼少期、釣りだの虫取りだのしたことあったっけ？

ないわ……!!　全部料理修業やらで潰してたわ自分!!

その事実に気づいた瞬間、僕の背中に稲妻が奔《はし》る。

「君たち、ちょっといいかな？」

「なんだよおっさん！」

死にそう。

こ、この年でおっさんと呼ばれるか……その衝撃に僕の全身から力が抜けて、膝から崩折れました。だけどギリギリで倒れることはなかった。

これならまだ、子供たちの目線に合わせて姿勢を低くしたと見られてもおかしくないはずだ。リルさんの冷たい目は全てを悟ってる感じだけど無視する。

「その釣り竿《ざお》、随分と使い込んでて古くなってないかな？」

「え？　まぁ……父ちゃんが子供の頃から使ってるらしいから……」

金髪の少年はこっちを訝《いぶか》しみながら言いました。

「その釣り竿……直そうか？　こっちにいる女性は魔工師なんだ、古くなった釣り竿もあっという間に直せるよ」

「本当に!?」

金髪の少年は目を輝かせながらリルさんを見ました。

が、リルさんはどこか納得できない様子。

「そんな技術の安売りはしたくな」

「直せますよね？」

僕が有無を言わさぬ口調で言ったので、リルさんは口を噤《つぐ》んで溜め息をつきました。

で、もう一度僕は子供たちの方を向いて聞く。

「それと、鮎《あゆ》をその場で塩焼きにしたいんでしょ？　晩ご飯の分も確保したいよね？」

「う、うん……」

今度は茶髪の少年が怯《おび》えながら答えてくれる。

「僕はこれでも料理人をしてるんだ。釣った鮎を美味《おい》しく料理することができるよ」

「本当!?」

「本当だとも。これでも美味しい料理を作れると評価が高いんだよ、僕」

水色の髪の少女が喜んでいる。美味しいものは万国共通で嬉《うれ》しいものだからね。

「どうだろうか？　僕たちもそこに連れて行ってほしい。お礼はさっきも言った、釣《つ》り竿《ざお》の修理と鮎の美味しい塩焼きだ。損はさせないよ？」

「でも……」

「お母さんが……」

金髪の少年と水色の髪の少女が目を輝かせている横で、茶髪の少年と赤毛の少女にはまだ不安がある様子。そりゃそうだ、知らない大人に一緒に行きたいなんて言い出されても、普通は断る。

　だけど僕には切り札がある。

「大丈夫。僕たちはエクレスさ……様の護衛で来た従者なんだけど、基本的にやるのは身の回りの世話でね……別の仕事をなさっている間は暇なんだ。その間に、子供たちからこの町に関して忌憚《きたん》のない話を聞かせてもらいたいんだ。どうかな？」

　嘘《うそ》である。身の回りの世話はまぁ、食事などは用意しているものの、エクレスさんは基本的に自分でできることは自分でやってくれてる。大助かりである。本当に。

　リルさんの方を振り向いて同意を求めると、リルさんから冷たい目を向けられている。そう、まるで児童誘拐を企む怪しい人物を見るかのような。

　その目はさすがに心にクるものがあるのでやめてほしい。ちゃんと目的があるから。

「エクレス様……のことなら」

「まあいいか……」

　子供たちは渋々といった感じで了承してくれる。

「ありがとう。ああ、僕はシュリというんだ。こちらの女性はリルという僕の上司だ」

「上司です」

　リルさんが胸を張って自慢してる。ここはそれで通しておこう。

「君たちの名前は？」

「俺はキアム！」

金髪の少年が元気よく答え、

「アタシはクリス！」

水色の髪の少女が活発に答え、

「ぼ、僕はケノウ」

茶髪の少年がオドオドしながら答え、

「私はコーテゥです」

赤毛の少女が礼儀正しく答える。

キアム、クリス、ケノウ、コーテゥか。よし、覚えたぞ。

「じゃあ四人とも、案内よろしくね」

「「「「わかった」」」」

子供たちは声を揃《そろ》えて返事をしてくれた。うん、こういう元気の良さは好感が持てるよ。


「どうですかリルさん？」

「ただの経年劣化。内側に極小のヒビが入って素材の木が乾燥して弾力性が低くなってるけど、これなら魔晶石と合わせて魔力を流し、修理をしてやれば……」

「すげぇ！　俺の竿《さお》がピカピカになった！」

白衣の内側から取り出した魔晶石とリルさんの魔工によって修理された釣り竿を返すと、キアムくんは喜んで釣り竿を見ていました。

他の子たちもそれを見て目を輝かせながら、リルさんに釣り竿を押しつけます。

「ぼ、僕のもお願い、します！」

「アタシのも！」

「私のもお願いします！」

「落ち着く落ち着く。順番にしよう、どうせすぐに終わるんだから」

僕たち六人は今、釣り場に向かって歩いている途中です。町を出て街道を外れて歩いていると、遠くに川が見える。どうやらあそこが目的地らしい。

ここに来る前に一度幌《ほろ》馬車に寄り、僕は自分の荷物を背嚢《はいのう》に入れて持ってきてる。ちょっと道具が多すぎて重い。

リルさんは子供たちに凄《すご》く頼りにされて、表情では困った様子を見せていますが口の端が緩んでる。頼られるのが嬉《うれ》しいらしい、微笑《ほほえ》ましいね本当に。

というか、仲良く歩くリルさんとキアムくんたちは、背丈の関係で同年代に見えないこともないが、それを口にするとリルさんから肘打ちを食らうので黙っておく。そのぐらいの分別はある。

「すげぇな姉ちゃん！　まるで新品だよこれ！」

「僕のボロボロだった釣《つ》り竿《ざお》がピカピカに……！」

「アタシの釣り竿、硬くなってたけどしなやかになった！」

「私のも使いやすくなったような……？」

「あ、コーテゥのは作りが甘くて重心が滅茶苦茶だったから、それも直した」

事もなげに言うリルさんに、これまた尊敬の眼差《まなざ》しを向けてくる子供たち。さらにドヤ顔をするリルさん。凄《すご》い微笑《ほほえ》ましい。

「じゃあ姉ちゃん！　あそこの川で鮎《あゆ》が釣れるんだ、やろうぜ！」

「わかった」

キアムくんはリルさんの手を取って走り出す。それに子供たちが楽しそうに付いていきます。すっかり懐かれているようで安心しました。

……ここまでで僕の存在が忘れられてる感じがしないでもないけど、気にしないでおこう。話に入れないからって傷つくほど、僕は子供じゃないぞっ。

僕も走って川まで行くと、川には数匹の魚影が見える。あれが鮎だろうか、と思って見てみれば確かに昔、扱ったことのある魚の模様のそれだった。

一応鮎を捌《さば》いたり焼いたりしたことはある。どこでやったっけな、父さんが持ってきてくれたのを手伝って焼いたんだっけ？

僕が背嚢《はいのう》を下ろしていると、キアムくんは水面を見て嬉《うれ》しそうにしていた。

「よし、釣るぞ！」

「キアム、静かにしよう……魚が逃げちゃう」

「お、おう」

おや？　ケノウくんが途端に強気になってキアムくんを制する。キアムくんもその態度に押されておとなしくなった。

てっきりケノウくんは気弱な子だと思ってたけど、そうでもないらしい。ケノウくんは持ってきた道具を素早く下ろして整理し、さっさと釣りの準備を整えて針を投げてしまっていた。

一連の流れが子供にしては熟練のそれで、早くて的確なのはわかります。

「えと、クリスちゃん。ケノウくんは……」

「ケノウはアタシたちの中で一番釣りが上手いの。暑い時期でも寒くて雪が降る時期でも、釣れる所をすぐに見つけて釣っちゃうの。いつもはキアムに引っ張られてるだけなんだけどね」

なるほど、自慢げにクリスちゃんが語るには、ケノウくんは釣りの名人なのか。ぱっぱと河原の石を組んで竿を固定するとみんなの方を向いた。

「手伝うから早く釣っちゃおうよ。ご飯、食べたい」

「わかったよ」

「うん」

「やるやる」

ケノウくんの言葉に三人とも釣りの準備を始める。ケノウくんほどではないけど、釣りに慣れているためか他の子たちも遅くはない。ケノウくんに比べると早くないだけで。

ケノウくんは手慣れた手つきでキアムくんの針を糸に結び、クリスちゃんの針に餌を付け、コーテゥちゃんの釣《つ》り竿《ざお》の固定のための石を組む。流れるような動作だ、無駄がない。

それを見ていたリルさんは顎に手を当てて感心したように言いました。

「へぇ。あのケノウって子、ずいぶんと慣れてる」

「リルさんの目から見ても、ですか」

「リルの目から見ても、だね。元々才能があったし、日頃から釣りをするから技術が磨かれてる感じ。海辺の町の出身だったら、きっと漁師から重宝されてたよ、この子」

リルさんの言葉に、僕も思わず頷《うなず》いていました。

だってケノウくん、さっそく一匹釣ってるし。たも網で鮎《あゆ》を確保してさっと針を外して魚籠《びく》に入れて川に浸《つ》け、また餌を付けて次を投げている。ここまでの動きに全く無駄がない。凄《すご》いな。

「凄いねケノウくん。早いし釣れてる」

「え？　う、うん」

僕が話しかけると緊張の糸が切れたのか、再びオドオドしだしたケノウくん。

恥ずかしそうに僕から顔を逸《そ》らし、釣り竿を揺らしている。

「僕、釣りくらいしか取り柄がないから。小さい頃から弟たちを食わせるために、一生懸命釣りしてたんだよ」

「そりゃ立派なことだ。親御《おやご》さんも弟くんたちも、キミのことを頼りにしてるよ」

「あ、ありがとう。えへへ、たくさん釣って帰るとみんな褒めてくれるんだ……今日も頑張る」

この子はなんというか、才能が一点突破してるタイプの子供なんだろうなと、ケノウくんの後ろ姿を見て思わなくもない僕だった。

釣りという一点において自信を持っていて、背中からはオーラすら見える。それくらい、釣りに懸けてるのがわかる。

「でも、僕は釣りが一番上手なんだけどね、キアムくんは鳥を仕留めるのが上手なんだ。町一番だよ」

「へぇ！」

「照れくさいこと言うなよケノウ！」

キアムくんを見るとさっそく一匹釣っている。それを魚籠《びく》に入れながら、顔を赤くしてこっちに文句を言っていたのです。

「どうやって鳥を仕留めるの？　弓とか罠《わな》？」

「俺は罠と、これを使うんだ！」

と、キアムくんがズボンのポッケから取り出したのは、布に括《くく》られた紐《ひも》。

あれは……見たことあるぞ。僕は本で読んだ記憶を引っ張り出してから答える。

「確かそれ……スリング、だったかな？　石を包んで回転させて、その勢いで投げつけるっていう」

「そうそう！　俺さ、町に肉を売りに来る猟師のおっちゃんに、鳥の仕留め方とか習ってるんだ。まだ弓でイノシシとかクマを相手にするのは危ないから、鳥をスリングと罠で狩る方法を教わったんだ。こうやるんだぜ！」

キアムくんはそう言うと、釣《つ》り竿《ざお》を置いて石で固定する。

そして手頃な石を一個拾ってスリングに仕込み、回転させる。

危ないから止めようと思ったら、キアムくんの視線は空に向いていました。何かいるのか？　と空を見れば、ちょうどそこには鳩《はと》が一羽飛んでいる。

ピュン、と音を鳴らしてキアムくんがスリング弾を放つと、飛んでいた鳩に吸い込まれるように命中した。ピギャ、と悲鳴が聞こえて鳩が落ちてくる。

その鳩が川の対岸に落ちてしまったので、キアムくんが舌打ちをした。

「ちぇ！　せっかく仕留めたのに対岸に落ちちゃった！」

「問題ない」

悔しそうにしているキアムくんの横からリルさんが出てきて、膝立ちになり地面に手を当てる。腕に刻まれた刺青《いれずみ》が明滅し、魔工が発動する。

鳩が落ちた地面が、まるで湖面に波打つ波紋のように動く。そしてその動きに乗って鳩がこちらに運ばれてきます。水に沈まず波紋に運ばれてきた鳩は、キアムくんの前で止まりました。

幾度となく見た幻想的な光景に、僕は言葉が詰まる。ほんとあれ、どうなってんだろうか。どうやったら向こう岸にあった鳩が水に沈まず、波打つ地面と水面によって運ばれるなんてことになるんだろうか。

「うわぁ！　ありがとう姉ちゃん！」

「うふふふふ。任せなさい」

キラキラした目でリルさんを見るキアムくん。リルさんは、なんか頼れるお姉さんポジションに満足してる感じですね。

しかし、僕は気づいている。それを面白くない目で見ている子たちがいるのを。

「むぅー……‼」

そう、クリスちゃんである。クリスちゃんはリルさんと仲良くするキアムくんが気に入らないらしく、横目で嫉妬深く睨《にら》んでる。

おや。おやおや。子供たちの間に恋愛感情が？　そう考えるとちょっと面白いぞ。

「クリスちゃん。釣《つ》り竿《ざお》、糸引いてるよ」

「え？　あ！　うん！」

僕が指摘すると、クリスちゃんは慌てて竿を振り上げる。すると鮎《あゆ》がかかっていたのだが、勢い余って針から外れて宙を舞う。

「あ」

クリスちゃんが落胆の声を上げる前に僕は走り出し、足が濡れるのも構わず川に入る。宙空にある鮎を掴《つか》み、思わず前のめりになってしまうがなんとか転ばずに済んだ。

だけど服もズボンもビシャビシャに濡れてしまいましたね。僕は川から出て、クリスちゃんの魚籠《びく》に鮎を入れました。

「ほら、三匹目。よかったね」

「う、うん。ありがとう、兄ちゃん」

おお、おっさんから兄ちゃんに変わった。これは嬉《うれ》しい。クリスちゃんも照れながらお礼を言ってくれたので、僕は濡れたズボンの裾《すそ》を手で絞りながら満足していました。

するると感じる視線。そっちを見ればケノウくんが僕を睨んでいる。そのまま鮎を釣って、魚籠に入れている。すでに十四匹目のはず。

……え？　まさかキミはクリスちゃんのことが好きなの？　何そのややこしい関係。

「ケノウくん。クリスちゃんの針に餌を付けるの、手伝ってあげて」

「うん」

ケノウくんはどこか気に食わなそうな感じがしてるけど、それでもクリスちゃんの釣り竿に餌を付けてあげている。

と思ったら、今度はさっきから何も言わないコーテゥちゃんがケノウくんを見て……。

……まさかこれは、四角関係なのか……!?　こんな、フィクションの中でしか見たことのない関係がここに……!?

「コーテゥちゃん。魚釣れたかい？」

「うん、釣れました」

「じゃあ鮎を塩焼きにして、一足先につまみ食いしちゃおっか。リルさん、たき火をお願い」

「任された」

リルさんはそういうと、手頃な石を集めて魔工で地面を削り、たき火をするのに適した形へと整える。

周りを見ても適切な木の枝なんて転がっていないので、再びリルさんを見ると承知してくれたのか懐から魔晶石を取り出す。それを砕いて手頃な石に何かを書き始める。

子供たちは興味深そうにリルさんのしていることを見てるけど、僕には何をしているかわかる。石から炎を噴き出させるとかそういう機能を持った魔字《マギ・スペル》を石に書いているんだ。

リルさんは魔工師だ、アーリウスさんのように杖《つえ》の先から炎を生み出すことはできない。

だけど、魔晶石を使って炎を生み出す魔工道具を作ることは可能だ。魔晶石は高い買い物ではあるが、それを惜しげもなく使ってくれてることが嬉《うれ》しい。

やがて魔字を書き終えたリルさんはたき火の中央に置き、少しだけ魔力を流したようだった。腕の刺青《いれずみ》が僅《わず》かに明滅する。

すると石からぼう、と火が噴き出した。

「すげー！」

「石から火が出てる！　なんで!?」

「説明してると日が暮れるから、また今度」

リルさんはドヤ顔で答える。子供たちが「え～！」って残念そうにしてるんだけど、リルさんは本当に言わないからな。こう、自慢できることはとっておくタイプだから。

「ここからはシュリの仕事だから」

「はいはい、わかりました」

僕は持ってきた背嚢《はいのう》から道具を取り出す。木串、まな板、塩、包丁である。

「自分の鮎《あゆ》を持ってきて。調理するから」

包丁を持っている僕に、子供たちは自分の魚籠《びく》から鮎を一匹持ってくる。うん、良い鮎だ。身がたっぷりとあって張りがあり、引き締まってる。えらの色もハッキリしてるやつだ。

「ところで、今は鮎の旬《しゅん》のどの時期？」

「えと、今年の鮎としては初めくらい」

「ありがとうケノウくん」

ケノウくんの説明で、この鮎は若鮎ってことはわかった。脂の乗りは少ないだろうが、骨が柔らかくてまるごと食えるね。

てことで調理しよう。粗塩《あらしお》があればよかったんだけど、まあこの世界の塩は基本的に精製がそこまで完全じゃない、似たようなもんだと思おう。

作り方は簡単だ。複雑じゃない。

鮎を洗ってぬめりを取り、内臓を処理する。……内臓、もったいないな。

「内臓で酒のつまみでも作ればよかったけど」

「美味《おい》しいの、それ？」

「コーテゥちゃん。内臓で作る酒のつまみをうるかっていうんだけどね、これは大人向けの味なんだ。それと、こういう川の魚の内臓を調理するときは気をつけなきゃいけないことが山ほどあるんだ。ここじゃどうしようもないよ」

子供たちは残念そうにしてるけど、川の魚にしろ海の魚にしろ寄生虫ってやつが怖いんだよな。それを言うと子供たちのトラウマになって食べられなくなりそうだから言わないけど。

鮎《あゆ》には横川吸虫《よこがわきゅうちゅう》ってやつがいるんだ。生焼けで食べると消化器に異常が生じるぞ。ちなみに僕は素手で鮎を処理しているが、調理したあとは手をよく洗わないと別の食材にうつって別の人が感染するって危険もあるからな。

だから塩焼きでしっかり中まで火を通して食べるのが安全なわけだ。

話がずれちゃった。調理に戻ろう。

内臓処理と腹の中のフンの処理をちゃんとしてから水洗いして、水気を清潔な布で取ってから串を刺す。今回は普通にぶっ刺すだけだぞ、手の込んだ刺し方は今回はしない。口から突っ込んで尻尾まで通すだけね。

で、これに塩を軽く振ってからたき火で焼くだけだ。

炭火焼きとか凝ればよかったけど、今回はそこまでしない。ただ焼いて食べるだけだ。

「リルさん、せっかくだから酒はいかが？」

「いただこう」

僕が背嚢《はいのう》から酒を取り出すと、リルさんがガッツポーズをしながら喜んでくれた。よかった、わかる人で。

子供たちはじっくりと焼き上がる鮎を見ながら、楽しみに待っている。うん、ここで話をしておこうか。

「ところでみんなは、ガングレイブさ……まが領主になってから、なんか変わったことあったかい？」

僕がそう聞くと、子供たちは互いを見やってから困ったような顔をする。

「俺のところは猟師のおっちゃんが来る頻度が少なくなった。なんか、ここに来て売るのに不安があるんだって」

「ぼ、僕の家、魚の干物を扱ってるんだけど……品数減ったと、思う」

「アタシのところは今のところ変化ない！　シュカーハ村の糸と布を扱ってるから！」

「私の家はウゥミラ村の鉄鉱石と鍛冶《かじ》道具を扱ってるんですけど……最近あっちからの商隊が来なくなりました」

子供たちの感想なので嘘《うそ》はないでしょう。少なからず影響があるのは間違いないようです。品物が来る頻度や量が減った。これはマズいかもしれない。

「やっぱり領主が新しく外から来た人だと、不安に思う人が多いってことかな？」

「多分な！　猟師のおっちゃんも、狩り場を変えるために旅に出ようか迷ってるって言ってた！」

「それはマズいなぁ……」

僕はその話を聞いて思わず悩ましげな顔をしました。隣に座ったリルさんも同様です。

エクレスさんはエエレの町を、物資集積所と市場を兼ねているようなものだと説明していました。エエレの町の主要な産業というものは聞いていないので、周辺の村や集落からの売買で成り立っていると言っていいでしょう……合ってるよね？　不安になる。

ともかく、そんな町なのに人や物が集まらなくなってしまう。これは死活問題です。

このことをちゃんとエクレスさんに知らせないと。子供たちですらそれがわかるということは、町長さんなんかはもっと深刻な状況を知ってる可能性があります。あるいは、今頃エクレスさんたちがしている話し合いの中ですでに共有されているかもしれません。

子供ですら感じる異変って、相当深刻だからね。

「ていうか兄ちゃん、そろそろ焼けたんじゃない？」

「お、そうだね。そろそろみんな、食べようか」

僕は火から鮎《あゆ》を離し、木串を外して子供たちに渡す。

「どうぞ、食べてねー」

「「「「ありがとう！」」」」

子供たちは僕にお礼を言って食べ始めました。

若鮎ってのはね、骨が柔らかいんだ。だから子供たちが豪快に頭から骨ごと噛《か》み砕いて、バリバリと音を立てながら食べる姿を見ても正直、そんなに驚かない。

「うーん、やっぱり鮎は美味《おい》しい！」

「そうだね。兄ちゃん、料理が上手って本当だったんだな。僕たちがおやつ代わりに焼くのより美味しいよ」

「それが仕事だからねぇ」

子供たちが美味しそうに食べる姿を見て嬉《うれ》しく思う。

いやぁ、ここまで美味しそうに食べる姿を見るのは、料理人冥利《みょうり》に尽きるというものです。

はぐはぐと頭から骨ごと食べる姿ってのはなかなか豪快だけどな。

「ところでシュリ」

「なんでしょうかリルさん」

なんかリルさんが不満そうな顔をして僕の服の裾《すそ》を引っ張ってきました。

「リルの分の鮎は？」

「それはもう自分で釣るしかないでしょうよ。え？　まさか子供たちが釣った鮎を分けてもらえるなんて思ってないよね⁉」

僕が真顔でそれを聞くと、リルさんは目を逸《そ》らした。この人、マジで鮎《あゆ》を分けてもらおうとしてたな⁉

子供たちは嫌がるだろうなーと思ってたが、なんか子供たちはなんてことのない顔をして魚籠《びく》をこちらに差し出してくれました。

「いいぜ、俺の鮎を分けてやるよ！」

「ぼ、僕の鮎……一匹ならいいよ」

「アタシのも！」

「私のも構いませんよ」

おお……子供たちの優しさが身に染みる……思わず涙が出そうだ……。

リルさんはと言うと、当たり前のような顔をしてケノウくんの魚籠から鮎を取り出しました。

「じゃあ遠慮なくいただく」

「そこは遠慮するのが大人だよなぁ⁉」

僕のツッコミに子供たちが愉快そうに笑う。リルさんも少しだけ笑みを浮かべていた。

うん、子供たちが笑える余裕があるなら、エエレの町はまだ大丈夫かもしれない。

笑えない、笑う余裕がないほどになってしまっていたのなら、それはどうしようもなく追い詰められてるってことだからね……。

「ほらシュリ、リルのもとっとと準備する」

「はいはい」

リルさんがこっちにぐいぐいと鮎を差し出してくるので、僕は諦めて鮎を調理することにしました。まだ木串あったかな。

せっせと調理をしていると、コーテゥちゃんが僕の手慣れた様子を興味深そうに見ていた。

「兄ちゃんはとても料理が上手なんですね」

「まあね。これが仕事だから」

「それ……教わってもいい？」

え？　と思って手を止めずに顔を上げると、コーテゥちゃんは何やら恥ずかしそうにしている。

「私もそろそろ花嫁修業とか、考えないといけない、から」

「それがいいよ。料理ができる女の子は、好きな男の子の胃袋を掴《つか》める分だけ有利だぞ」

「あ！　じゃあアタシもアタシも！」

クリスちゃんも元気よく手を挙げて言う。ははは、微笑《ほほえ》ましい。思わず顔がほころぶ。

「うん、いいよ。教えよう」

「できたら俺に食わせてくれよ」

「あ、僕も、できれば、その、お願い……」

「何言ってんだ、せっかくだからキアムくんとケノウくんも習うんだよ」

「「えええええ!?」」

男の子二人は驚いた様子で叫んだが、僕は当たり前のように言った。

「当然だろ。キアムくんは鳥を仕留めるのはいいけど、ちゃんと食べないと鳥に失礼だよ。命をいただくんだ、習っといて損はない。ケノウくんも同じだ、釣っても食べ方がわからないんじゃ釣りの楽しさも減るだろう。釣りも楽しむ、食べるのも楽しむ。そうだろ?」

「うーん……」

「そう、なのかなぁ……?」

二人とも難色を示していましたが、僕はここで秘伝の言葉をポツリと呟《つぶや》く。

「自分で取ってきた食材で美味《おい》しい料理を振る舞えれば、何これ美味しい素敵！　って、好きな女の子に振り向いてもらいやすくなるんだけどなぁ……」

「やるっ!!」

「ぼ、僕も！」

ケケケ、二人ともやる気を出したな。子供は単純でいい。

というか、単純な子供が成長と共に思慮深くなる環境ってのが大事なのよ。最初から最後まで猜疑心塗《さいぎしんまみ》れの子供なんて普通じゃねぇ。

「リルには？」

「あなたは食べる専門でしょう」

「ならいいや。これからもよろしく」

そう言ってリルさんは、僕が焼き上げる鮎《あゆ》を楽しみに待っている様子でした。

「そうだ兄ちゃん！　明日は俺たち、山に行って鳥と山菜とキノコを採るからさ！　一緒に来いよ！」

キアムくんはすっかり僕たちに慣れたようで、楽しそうに山を指さしながら言う。

山か、子供たちだけで山に行くってどうなんだ？　いや、鳥と山菜とキノコを採ると言うからには食料調達なのだろう、遊びに行くってわけでもない。

「うん？　いいのかい、山菜がある場所がバレるけど？」

「アタシたちに付いてきて鮎が釣れる場所を知っておいて、今更山に行くの面倒がるのどうなの？」

うぐ、それを言われると困る。クリスちゃんは普通に疑問に思ったことを言っただけなんだろうけど、純粋な目でそれを言われると、まるで僕が山に行くのを面倒くさがっていたみたいで心が痛い。

「アタシアタシ！　アタシね、山菜取るの上手いの！」

「うん、クリスちゃんは山菜が生えてる場所とかよく覚えてるし、僕たちの中じゃ山菜採りは一番だよ」

「ま！　山歩きは俺が一番速いけどな！」

「私はキノコを見分けるのが上手と言われてるんです。お母さんたちからもお墨付きをもらってますよ」

子供たちは明日行く山のことで、やいのやいのと楽しそうに言ってくる。

ああ、いいなぁこういうの。川遊びをして山遊びをして……デジタルな日本社会じゃあまり体験しなくなったやつ……。キャンプみたいな……。

僕も子供心がくすぐられ、楽しみになってきました。

「わかった！　明日はみんなに付いて山に行くよ。エクレス様も、許してくれるさ。子供たちの引率ってことならね！」

「やった！」

「え？　ちょ、シュリ？」

「リルさんも来ますよね？　山《やま》の幸《さち》食べ放題ですよ」

「行く」

リルさんも乗り気になってくれたようで、舌なめずりをします。

さて、明日から楽しみだなぁ！


そこから三日間。僕とリルさんは、子供たちと一緒にあちこちに行った。

最初は山に行った。

「あ！　そこに木苺《きいちご》が生《な》ってる！」

「いいねぇ、ジャムにしてよしここで食べてよしだ！　採っていこう！」

「兄ちゃん、さっき俺鳥を捕った！　罠《わな》にかかってたよ！　二匹も！」

「でかしたキアムくん！　一匹はここで食べちゃおうか！　山で食べる焼き鳥も美味《おい》しいぞ！　塩と胡椒《こしょう》たっぷり使うからね！」

山に行くといっても子供たちも一緒だ、それほど深く高い所までは行かない。と言いたいのだが、それは元気がありあまる子供と異世界ならではの食糧事情だ、子供たちは慣れた様子で山に分け入って、あっという間に山菜やキノコを集めて背負った籠《かご》に入れていく。

僕も負けじと山の恵みを見つけては籠に入れて、昼になれば食事を用意する。無論、食事をするための場所作りはリルさん任せだ。

山の恵みをたっぷりと使った山菜汁に焼き鳥のコンボは、子供たちとリルさんを大いに喜ばせることができた。

次の日、僕たちは再び川へ向かった。

とは言っても、先日の川とは別の場所だ。山の中にある渓流、と言った方がいいか。

「兄ちゃん、そこの魚の罠《わな》の石の囲い方が甘いよ。もっとこう……入りやすくしてね……」

「おお！　さすがケノウくん、魚捕りに関しては一家言《いっかげん》アリだね！」

「そ、それほどでも……」

今日は釣りと言っても、魚を捕るための罠の仕掛けがメインだ。これはリルさんが、ケノウくんたちがいつも使ってる罠を見てもっと良いのを作ってくれた。

ケノウくんの腕は確かなもので、僕が適当に組んだ石がどんどん、魚を引き込みやすい形になっていく。

「兄ちゃん！　あっちにアケビがあった！」

「後で採りに行くか！　あれは美味《うま》いんだ！」

「リル姉ちゃんも行こうぜ！」

キアムくんがリルさんを誘うが、リルさんは石に腰掛けたままプラプラと手を振る。

「リルは食べる専門だからここで待ってる」

「えええええ！！」

キアムくんが叫んでいる間に、クリスちゃんとコーテゥちゃんが石を使ってたき火の場所を作ってくれている。

「兄ちゃん！　できたよー！」

「幸い乾いた枝木も転がってました。あとは火付けだけです」

「……ふん」

リルさんは立ち上がると、白衣の下から二本の棒を取り出す。鋼《はがね》色をした棒と、黒金色の棒だ。

それをたき火のために用意した枝木と、火種用に解《ほぐ》した木皮に近づけて棒二つを打ち付ける。すると大量の火花が飛び散り、木皮が燻《いぶ》りはじめた。

前に言っておいた、火付けのための道具はできてたようですね。俗に言うファイアスターターってやつです。

……だけどずいぶん火力がでかいな。危ないから後で注意しておこう。

「料理を教えてー！」

「おっと、わかった！　じゃあやろうか！」

「あ、魚釣っといたよ兄ちゃん」

結局その日は、クリスちゃんとコーテゥちゃんに魚の調理の仕方、いろんな魚料理を教えて終わった。

ちなみに罠《わな》の中には結構な大ぶりの魚がかかってたよ。凄《すご》いな。

「さて！　今日は」

「ええ加減にせんか!!」

「いてぇ!?」

そして四日目。朝早く起きた僕は、再びキアムくんたちと一緒に川か山へ行こうと思っていたのですが、宿屋の部屋を出る直前にクウガさんに横から頭を叩《たた》かれました。目ん玉から火花が出るくらいの強さで殴られ、僕は頭がクラクラする。

「な、何を……クウガさん」

「こっちが聞きたいわ!?　お前、ここに来てから何しとんねん！」

「何って……子供たちと山に行って川に行って……今日は山で昆虫を捕ろうと」

と、ここまで言って再びクウガさんに頭を殴られる。今度は本気らしく握りこぶしで、滅茶苦茶痛かった。

「馬鹿野郎!!　ワイらは仕事で来とるんやろうが!!　子供と遊ぶためちゃう！」

「え？　……んと……あ!!　そうでした！」

ここ数日の山遊びと川遊び……ではなく食料集めをしていたのですが、あまりに楽しすぎて本来の目的を完全に忘れていました。

クウガさんの責めるような目でようやく夏休み気分が抜けた僕は、クウガさんに向かって頭を下げました。

「ご、ごめんなさい……すっかり目的を忘れてました」

「目的とは？」

「え？　……ちょっと待ってくださいね……、えと……そう！　エエレの町をガングレイブさんに帰属させることです！」

よ、よかった、思い出せた。しかしクウガさんはさらに怒りを浮かべている。

「お前！　そんだけ考えてようやく思い出すて、今まで何を考えとったんや！　どうせ子供たちと野山で遊び尽くしてのほほんとしとったんやろ！」

「ぐうの音《ね》も出ないほどの正論と指摘ですごめんなさい！」

朝っぱらからクウガさんに説教を食らうとは……だけどクウガさんの言っていることはもっともだ、今まで自分の役目を忘れて遊び呆《ほう》けてた僕が全て悪い。

反省を込めてさらに深く頭を下げた僕は、誠意を込めて言いました。

「本当にごめんなさい」

「わかったら今日は仕事をするで。今日の仕事はな――」

「シュリ！　どうした、今日は山で昆虫を捕るはず！　早くしないと大きな蝶《ちょう》が逃げてしまう！」

と、ここでリルさんが自作の大きな虫網に虫籠《かご》、麦わら帽子という夏休みの小学生が山で遊ぶ格好をしていたため、クウガさんの逆鱗《げきりん》に触れました。

その後、二人して延々とクウガさんからしこたま説教を食らいました。本当に反省している。ごめん。


「シュリくん、ボクは本当に怒っている」

「はい。ごめんなさい」

「確かにボクは君を話し合いの場から遠ざけた。それはキミを守るためだ、わかるね」

結局、ギャンギャンにクウガさんに叱られた僕とリルさんは、そのままエクレスさんの部屋まで連行されました。

すでに部屋にはアサギさんとオルトロスさんがいて、こっちをなんとも言えないような顔で見ています。こう、怒っているような呆《あき》れてるような。そんな複雑な顔。

その中でエクレスさんは椅子に座り、床に正座している僕たちへ冷淡な目を向けていました。怖い怖い。

「はい、わかります」

「わかる、わかるか。そうか、本当にわかるんだね？　もう一度聞くけど、本当にわかるんだね？」

エクレスさんからの圧が凄《すご》い……！　こっちを睨《にら》んでいるわけじゃないんだけど、瞳の奥にいつもはある情というものが一切感じられない。

無だ。空虚だ。漆黒で光の届かない深淵《しんえん》だ。エクレスさんはマジモンで怒ってる!!

「はい、わかります」

「説教終わった？　子供たちと虫捕りに行きたいんだけど」

「この状況でそれを言えるのはリルさんらしいけど今はやめようぜ!!」

リルさんの心臓どうなってんの？　鋼《はがね》でできてるの？　この状況でなんでそれが言えるのさ!?　なんでもないような平気な顔で言うんだもんなぁ！

ていうか虫捕り網と籠を持ったままだし麦わら帽子被《かぶ》ったままだし、この人こそ遊び気分が抜けてないんじゃ……。

「で？　シュリも同じ意見かしら？」

「僕は違うので安心してくださいオルトロスさん」

オルトロスさんが溜め息をついて、呆れ果てながら言ってくる。

「そうかしら……正直、子供たちが集合場所にシュリたちが来ないことに困惑してたりするかもしれないから、心配したりしてない？」

「あ」

「まあ今日でこの町を離れるからね。別れの挨拶は必要よ。遊んでたことはさっ引いてもね」

うぐ、オルトロスさんの言葉に心が痛む。

ここ数日で子供たちに懐かれてる自覚はあったし、子供たちのことを知ることができたっていう自負もある。だからこそ、子供たちとの別れが辛《つら》い。

「で？　どうするでありんす？」

アサギさんは眠たそうに欠伸《あくび》を噛《か》み殺し、部屋の壁に寄りかかる。

懐から煙管《きせる》と煙草《たばこ》を取り出して喫煙しようと準備を始めてるけど、それをオルトロスさんにやんわりと止められています。

「ふん……シュリは今日の仕事として、町長さんたちとの話し合いに改めて顔を出してもらうだけでありんしょう？　特にこれと言ってやることはなかったはずやぇ」

アサギさんはちょっと気に入らなそうに煙管と煙草を懐にしまいます。

静かに、アサギさんの方を見ずにエクレスさんが答えた。

「その顔出しが重要だよアサギ。先日も話した通り、シュリは新しい調味料や加工食品の知識がある。それをこの町に卸《おろ》すのがガングレイブへの帰属の条件なんだから、一応生産者の顔は見せないと」

「そんな話になってたんですか？」

僕の知らないところでそんな話になっていたとは……ちょっと驚きました。

するとアサギさんが僕に向かって厳しい口調で告げる。

「それもこれも、シュリが話し合いが終わった後の情報共有もすっぽかして！　子供と遊んでいるから今になって言わなければいけなくなってるだけやぇ！」

「はい！　本当にごめんなさい！」

僕は再び頭を下げて謝罪をしました。いかん、本当にダメなタイプのやらかしをしている……仕事終わりの情報共有、次回へ向けての根回し云々《うんぬん》かんぬん全てをほっぽり出してた……!!

恥ずかしい。あまりに恥ずかしい。俯《うつむ》いた顔が熱くなってるのがわかる。きっと羞恥のあまり赤くなっていることだろう、それくらい恥ずかしい。

「じゃあ今日は仕事に出てね。それが終わったら、豊穣祭《ほうじょうさい》には出ないで次の村に向かうから」

「え？　豊穣祭で美味《おい》しい物を食べたりしないんですか？」

「……これも話し合いの中で出たことなんだけどね」

エクレスさんは先ほどまでの怒りが引っ込み、真剣な顔で立ち上がって窓の外を見る。こちらに背を向けているので表情はわからない。窓の外の曇天模様が、どことなくエクレスさんの不安な気持ちを代弁してるように見えた。

「次に行くウゥミラの村からの連絡が途絶えているらしい。状況を確認しに行きたいらしいけど豊穣祭《ほうじょうさい》で手が離せなくて人手がないらしい。僕らが行くなら、様子を見て来てほしいと言われた」

「ウゥミラの村？　というと……鉄鉱石や鍛冶《かじ》製品が特産の村ですか？」

「え？　よく知ってるね？　ちゃんとそういうことは調べてたんだ」

エクレスさんからは意外そうな目で見られました。

「ええ、まぁ。子供たちからそれとなくそんな話は聞いてたので」

「そういう話を聞いたらすぐに共有してくれないと困るよねぇ!?　いつ聞いたのさ！　いや、いつ聞いてたとしても関係ないや！　ちゃんと話を聞かせてくれよ！」

「ごめんなさい！」

僕はもう何度目かになるかわからないほどの回数、頭を下げる羽目になりました。

「はぁ……シュリくん、その話は子供たちから聞いたこと？」

「はい。初日に」

「しょに、い、いや、今は怒るのはよそう……それより、子供たちから他に何を聞いたのか、教えてもらえるかい。知ってる話がほとんどだと思うけど、一応聞いておきたい」

エクレスさんが椅子に座り直したので、僕は話しました。

猟師がこの町に近寄らなくなりつつあること、さっきも言ったウゥミラ村からの商品が届かなくなってきたこと、シュカーハ村との交流は通常運行で問題ないこと、そして。

「魚の干物があまり届かなくなったそうです。品数が減ったとか」

「魚の干物？　なんだいそれは、ここら辺で魚の干物を扱ってるところなんて……」

と、ここでエクレスさんは口元を押さえて考える姿勢になりました。

「いや……まぁあり得ないことじゃないけど……行商人が来るはずだが……うん？　それが減るってどういうことだろう？　単純にガングレイブだから来ないにしたって、ここら辺で魚の干物を、海の魚なんかを売りに来るとしたら相当遠くから買い付けてくるから……ガングレイブが領主になろうとそんなに関係ないし……いや、ガングレイブがどんな統治をするかを確認するために余計足を運ぶはず……？」

ブツブツと何かを呟《つぶや》いていますが、僕の耳にはあまり聞こえてこない。だけどエクレスさんにとっては重要なことだってのはわかります。

十秒くらいそうやって呟いていたエクレスさんでしたが、真剣な表情になって僕の方を振り向きます。

「シュリくん、子供たちの言葉ってのは基本的に裏がない。その状況をそのまま話すことが多い。だからこそ情報の確度が高いんだ、話を聞いたらすぐに教えてもらわないと困る」

「ごめんなさい」

「……今はいいや。それよりこれからの仕事をしてもらおうか。もう少ししたら町長と話をするから、付いてきてね。……町長のこと、忘れてないよね？　わざと名前を言ってないんだけど」

「だ、大丈夫です！」

ややべぇ、名前が思い出せない。一欠片《ひとかけら》も出てこない。だけど言わないと不自然だし、どうしたものか。僕が背中に冷や汗が流れるほど悩んでいると、リルさんが立ち上がりながら虫取り網と虫籠《かご》を掴《つか》みました。

「どういう名前だっけ？」

再びエクレスさんたちの雷が落ちたのは言うまでもない。


で、仕事が終わってこの町を離れるときが来ました。

散々遊び尽くしたエエレの町を離れるのは少し寂しい気がしますが、これも仕事なので仕方ありません。ただ……。

「ええええ!!　もう行っちゃうのかよー！」

「もう少しいてくれないの？」

「虫捕り一緒に行くって約束したじゃん！」

「寂しくなります……」

改めて子供たちに別れを言うと、全員が悲しそうにしているのです。ここ数日一緒に遊んでいて、すっかり仲良くなっていたので僕も悲しい。

町の入り口に幌《ほろ》馬車を停めて、待っていてくれた子供たちに今日で町を離れること、虫捕りにはいけないこと、今までの感謝を伝えたらこれだよ。

ちなみにリルさんは幌馬車に乗ったままだけど、こっちに顔を向けずに肩を震わせているので、悲しんでいるらしい。

クウガさんとアサギさんとオルトロスさんは、幌馬車から降りてこっちをなんとも言えない顔で見ていました。そうなるだろうな、みんなにとってはこの町に住む子供ってだけだもんな。

だけど僕とリルさんにとっては、山や川で遊んだ年の離れた友達って感覚だ。友達と離れるのは悲しいもんだよ。

「ごめんね……一応、僕も仕事があるんだ。約束を守れなくて、ごめん」

「俺！　俺……兄ちゃんと山や川に行けて、すっごい楽しかった！　まだ遊びたい！」

「うん……うん、僕も楽しかった。またいつか、一緒に遊ぼうね」

キアムくんが泣きそうな顔をしているので、思わずもらい泣きをしそうになる。

「あの、兄ちゃん……教えてもらった、魚の料理。いつか兄ちゃんに食べてもらえるほど、練習するから」

「うん、待ってる……ケノウくんは良い釣り人になるよ。僕が保証する」

ケノウくんなんてぐしゃぐしゃに泣いている。

「兄ちゃん、楽しかったよ。また遊ぼうね」

「そうだね、また遊ぼう。次こそは虫捕りしようね」

クリスちゃんは服の裾《すそ》をギュッと握って涙を堪《こら》えていた。

「ありがとうございました兄ちゃん。私、もっと料理上手になって好きな人を射止めます」

「頑張れ、コーテゥちゃんなら良いお嫁さんになれるさ」

コーテゥちゃんは涙を堪えて笑みを浮かべていた。

やばい、泣きそう。このままここにいたら、この町に里心が付きそうだ。

「じゃあ、行くね」

僕はそう言って子供たちから離れて幌《ほろ》馬車の御者席に座る。

エクレスさんの方を見てゆっくり頷《うなず》くと、手綱を操り、幌馬車を出す。

ゆっくりと走り出した幌馬車に、子供たちの姿が背中に流れていった。

「ありがとー！　兄ちゃーん！」

「またねー！」

「また来てー！」

「ありがとうございましたー！」

子供たちが大きな声で別れの挨拶をしてくれる。僕は幌の横から顔を出して後ろへ向かって手を振った。

「ああ！　またね！　さようならー！」

子供たちの姿が遠くなる。町から離れていく。

御者席に体を戻し、僕は涙を拭った。

良い時間を過ごした。短い時間だったけど、この異世界に来てこれほど遊んだのは初めてかもしれない。

何も考えず、山や川で友達とはしゃいで自然の恵みを口にして……良い思い出だ。

「シュリくん、泣いてる？」

「ちょっとだけ」

「そう」

エクレスさんは前を見ながら言いました。

「子供たちとの交流、ありがとうね。なんだかんだ言っても、町の人の警戒心が解けるきっかけができたし……子供たちだって大人のあれこれに付き合わされて、嫌な時間を過ごしたくないだろうし」

エクレスさんの言うとおりだ。大人たちがガングレイブさんに対して悪感情を持っているのは知ってる。だけど、その悪感情に振り回される子供たちは大変だ。不機嫌な大人が近くにいるだけでも、子供にとってはストレスになる。

だから、あの遊んだ時間が少しでも子供たちの心を癒やすことができていたのなら、それは喜ばしいことだと思う。

まさか仕事先で年の離れた友達ができるとは思っていなかったけどね。

今度この町に来た時は、もっとたくさんの料理を教えよう。もっとたくさんの思い出を刻んであげよう。今度こそ一緒に虫捕りをして遊ぼう。

僕はそう思いながら涙を拭って前を向くのでした。

「でも、仕事中に遊ぶのは今回限りにしてね！」

「すみませんでした」

まぁ、仕事をサボるのはほどほどにな！

八十五話　災害と芋煮～シュリ～

「次に行くウゥミラってどんな村ですか？」

どうも皆様おはこんばんちは。シュリです。

エエレの町を出た次の日、野宿を挟んでウゥミラという村へ向かっていました。

よく考えたら、村と町との間が馬車で一日かかる道程って、結構距離があるよなぁ。これが日本だったら数時間で着くんだろうな、とちょっと懐かしい気分になる。

そんなことを考えながらエクレスさんに質問しましたが、エクレスさんは難しい顔をしました。

「シュリくんがエエレの子供たちに聞いたのと同じだよ。あの村は鉄鉱石が取れる鉱山と、それを加工する鍛冶師《かじし》がたくさんいるんだ」

「……武器を作ったりするってことですか？」

僕がそう質問すると、エクレスさんは静かに頷《うなず》きました。やはりか。

まぁ鉄鉱石が取れて鍛冶師がたくさんいるってなったら、この戦国の世からして武器だの防具だのを作ってる人が多いはずだ。そのまま国力と武力に繋《つな》がるんだから。

「一応、鉄を使った日用品も作ってはいるけど……主要な製品は武器。剣とか槍《やり》の穂先、鏃《やじり》、斧《おの》……あとはそれで仕留めた動物の革を使った鉄と革の複合鎧《よろい》とか」

「おお、そらちょうどええな」

クウガさんは後ろ、幌《ほろ》馬車の中で剣を研ぎながら嬉《うれ》しそうに言いました。

「クウガさん、幌馬車の中で剣を研がないでください。砥石《といし》のカスとかが汚いので」

「何かあったら困るやろ。いつでも戦えるようにせんとな」

「その剣、大分長く使ってるようだけど……業物《わざもの》なのかな？」

エクレスさんが聞くと、クウガさんは手を止めてから剣の刃筋に目を通す。

目を細めて歪《ゆが》みをチェックする姿に、集中の揺らぎがまったくない。

「いや、そこらの鍛冶屋の店頭に並んでるようなものや。昔、傭兵団《ようへいだん》時代に稼いだ金で買った安もんやな」

「へぇ。でも長く使えてるけど」

「そうなんよ。割と切れ味も靱性《じんせい》も悪うない。銘は刻まれとらんし、どこかで作られた偶然よくできた業物なんやろうが……それでも、長年ワイの命を救ってくれたもんや」

ああ、なるほど。あの剣に全幅の信頼を寄せてるって感じですね。

手に馴染《なじ》んだ武器……道具ってのは、整備すればするほど、使えば使うほどに手に馴染む感覚があります。だからクウガさんも大切に使ってるんだろうな。

その姿を見て、リルさんは退屈そうに欠伸《あくび》をしていました。

「一応、リルが魔工で手を加えてたりする。前よりも性能は上がってるはず。切れ味とか、頑丈さとか」

「それには感謝しとるわ。大分使いやすくはなったからの」

「いいわねクウガは、長く使える武器があって」

オルトロスさんは残念そうに溜め息をつきました。この人、この仕事で城を出てから溜め息をついてばっかりだな。後で労《ねぎら》おう。

「アタイの場合武器の方が壊れるから、どうしても消耗品扱いなのよね」

「あのでっかい斧《おの》を、消耗品扱い……？」

当たり前のように言うオルトロスさんに、僕は背筋に寒気を感じた。

オルトロスさんが使う大斧は常人では扱えないほどに巨大なものです。今まで全力で武器を振ってるところを見たのは数える程度なのですが、それでもあの大斧をぶん回すオルトロスさんは鬼人のように見えました。

そして、壊れるなんて想像もできないような巨大な武器をぶっ壊すオルトロスさんの膂《りょ》力《りょく》は、果たして今はどうなってるのか？　さらに強力になっているに違いないでしょう。

つくづくこの人たちと敵対しなくてよかったなと心から思う。

「で？　ちょうどええってどういう意味やぇクウガ？」

で、この話に興味なさそうに幌《ほろ》馬車の後ろでこちらに背を向けて、煙草《たばこ》を吸っているアサギさんが言いました。ここ数日、アサギさんの喫煙の煙がキツくて苦情を言った結果、こうして煙に配慮してくれるようになりました。

　正直もっと早く対策を取ってほしかったと言えなくもない。

「そろそろ剣を買い換えるつもりかぇ？」

「んなことするかいな。金が入るようになってからあちこちの国で剣を見てきたが、この剣よりも良いもんは見つからなんだし……。ウゥミラ村？　やったっけ？　そこでも一応剣を見るつもりやが、見つかるなんて思えんわ」

「聞き捨てならないなー。ウゥミラ村の鍛冶師《かじし》は良い腕をしてるよ、良い剣だってある」

　エクレスさんはふくれっ面をして言う。まぁ、この領地を統治していた身としては、領内の鍛冶師の技術力はそのまま国力だもんね。ムキになるのもわかるけど、さっきも似たようなこと思ってたな僕。

　だけどクウガさんは剣を再び研ぎながら言いました。

「ああ、あるやろうな良い剣ってのは」

「あら、認めるんだ」

「当たり前やろ。他の国でだって、正直欲しいと思った剣は山のようにあるわ。華美な装飾の物、長大な物、軽い物、頑丈な物……片手の指じゃ足りん」

「じゃあなんで？」

僕が聞くと、クウガさんは剣を研ぐ手を止めました。そして僕を真っ直ぐに見る。

「シュリだってええ包丁に出会ったとして、今使ってる包丁よりも今すぐに上位互換になると確信でききんもんは買わんやろ？」

「……ああ、なるほど」

クウガさんの言いたいことはなんとなくわかる。だから僕は頷《うなず》いていました。

確かに僕も、修業時代に初めて給料をもらったときは意気揚々とお店に行き、良い包丁を捜したものです。懐かしい。

で、結局買ったかというと買ってません。なんでかって、そのとき使ってた包丁が手に馴染《なじ》んでたし、使い勝手も知り尽くしてたし、研ぎもして管理も完璧にしていました。

そこに新しい包丁を買っても、また手に馴染むまで使い続けるのと今の包丁を大切に使うのと、果たしてどっちの方が金銭的や時間的に利があるか？　と考えたら、使っている包丁を使い続けた方が得と思っちゃったんですよ。

結局、その包丁は二年間ずっと使い続けて故郷に帰るときも一緒でした。それくらい愛用してたし、使い込んだんです。

でもこの世界に来たとき、荷物まるごとどっか行っちゃったので……行方不明なんですよ。だからテビス姫からもらった包丁を愛用してるわけでして。

これがクウガさんの場合はどうなるかって、そんなもんわかりきってる。

「戦場で命を預ける武器である以上は、長年使っている信頼できるものを使いますよね」

「そういうことや」

「アタイ、ぶっ壊してるんだけど」

「お前は重装鎧《よろい》も着とる上に武器は基本的にぶん回すだけで、だいたいの敵を倒せるんやから武器にこだわりはないやろオルトロス。それに……」

クウガさんはもう一度剣に水を垂らして研ぎを再開しました。

「ワイの場合は筋力だけで剣を振っとるわけやない。筋肉、骨、関節、重心……全てを使って技で振っとるからの。武器の重さや長さが感覚的に違う物を使って、技の精度が狂うのが怖いんや」

「……そのうち、武器や才能によらない体系を作るべきじゃないかな？」

エクレスさんは手綱を振り、馬が少しだけ速度を速めるように操ってから口を開く。

「剣の流派とかよくわかんないけど、才能やら武器に頼るのは間違いじゃないかな？　最終的に流派とかって、一定の鍛錬を行えばある程度の技や術理が使えるようになる形で継承するって思ってるんだけど」

「それは永遠の課題やなぁ!!　ワイが必死に悩んどることを思い出させんでくれ、今は頭が痛くなるようなそれを忘れとったのに!!」

クウガさんが嘆くように叫ぶ。

「難しい問題なんや……今、ワイが使ってる剣術の技を、言語化して理屈にして、鍛錬の方向性を決めて武器の長さや応用性を考えて……頭が痛いわ！」

「でも、いつかはガングレイブさんの麾下《きか》で軍隊に訓練を施したり、引退したら町に道場を開いたりするわけですよね？　早めに考えとかないと、教わる人大変ですよ」

「夢と現実を同時に投げつけてくるなや。にやけていいのか頭痛に悩むべきかわからん」

クウガさんの嘆きに僕は笑った。エクレスさんも、アサギさんもオルトロスさんもだ。

ああ、この旅は楽しい。笑いあり、怒りあり、いろいろあって心が心地よく動く。

だからだろうか。向こう側から走ってくる人物が目に入ったとき、僕の心に何かざわつくものを感じたのは。

「ん？　向こうから誰か走ってきますけど、なんでしょうかね？」

「なんだろう？」

「お前ら、そこにおれ」

不思議がっていると、後ろからクウガさんが剣を持って飛び出してくる。それに驚いたエクレスさんが慌てて馬の手綱を操り、馬車を止めた。

クウガさんは馬の前に立ち、剣を構えてこちらに来る人物へ叫ぶ。

「誰やお前は！　この馬車には前領主の子であるエクレスが乗っていることを知っての狼《ろう》

藉《ぜき》か!!」

よく通る声で叫んだクウガさん。その声が僕の耳朶《じだ》を打ち、体が硬直する。

僕が戦場などで感じた殺気はないと思う。だけど警戒しているのを相手にあからさまに見せています。

近づいてきた人物は……女性でした。服も髪も泥まみれになっていて、憔悴《しょうすい》して疲労困《こん》憊《ぱい》といった様子。

その女性はこちらの……というかエクレスさんの姿を見て安堵《あんど》したのか、その場に倒れ込んでしまいました。クウガさんは、この事態は予想外……というわけでもないらしく、女性に駆け寄るとちょっとだけ離れてから膝を突きました。

……女性が来た方向から凄《すさ》まじい雨が降り出してくる。あっという間に雨脚がこちらに追いついて、周囲が豪雨に襲われた。

雫《しずく》が地面を跳ね、泥が幌《ほろ》馬車の御者席にまで跳ね上がってくる。

それだけの雨の中で、クウガさんは濡れるのも汚れるのも構わずに女性に話しかける。

「お前、どこの誰や。名乗れ」

普通だったらまずは助けるところでしょうが、ここは戦国の世。この女性が暗殺者ではないとも限らない。クウガさんは警戒を解かない。

女性はなんとか顔を上げて、クウガさんを見る。疲労でもうろうとしていて、非情に危ない状態なのが僕にもわかりました。

思わず御者席から立ち上がり女性に駆け寄ろうとした僕の肩を、掴《つか》んで止めてくる誰かの手があった。

「待つぇ」

「アサギさん！　あの人明らかに衰弱していて危ないですよ!!」

アサギさんは女性から目を離すことなく、僕の動きを止める。

ここで僕は気づく。アサギさんは、女性としての魅力を使って戦場を生き残ってきた経験がある。だからこそ、不意に遭遇する見ず知らずの女性への危機感の持ち方が違う。

女性に駆け寄りたい気持ちをグッと堪《こら》え、それでもクウガさんが近寄っても大丈夫だと判断したらすぐに駆け寄れるように身構える。

オルトロスさんとリルさんも幌《ほろ》馬車から降りて、クウガさんの後ろで待機する。何かあったときのための用意だ。

女性は僕たちの様子を見て、口を開く。

「わ、たしは、ウゥミラ村の、者、です」

「それで何があったんや？　どうしてこないなところにおる？」

クウガさんが少しだけ女性に近づく。僕たちの間に緊張感が生まれる。

女性は大きく息を吸ってから、できるだけ大きな声で叫んだ。

「ウゥミラ村の、鉱山が崩れて、山から土砂が、村に流れ込んで、たくさんの人が巻き込まれました……!!　私は、私はなんとか隣の、エエレの町に、助けを……!!」

「シュリ！　オルトロス！　この女性を助けぇ！　大丈夫や！」

「わかりました！」

「わかったわ！」

僕とオルトロスさんが女性に駆け寄り抱き上げると、息が絶え絶えだ。もっと早く助ければよかった、と後悔がよぎるが、すぐに打ち消す。

クウガさんの判断は間違っていない。今は間違いだの考えず、女性を幌馬車の中に運んで看病すべきだ。疲労困憊《こんぱい》も疲労困憊、ほとんど気絶しているようです。

先ほどの叫びが、本当に体力全てを使ったものだったんだとわかる。

「リル！　ガングレイブへ連絡できるか！　災害救助や、一刻を争う！」

「任せて」

リルさんは幌馬車の中に入ると、何かを取り出す。

白い、鳩《はと》のような形の鳥の模型だ。それに何か手紙を書いて足にくくりつけ、空に向かって投げた。すると鳥の模型は羽ばたいて飛んでいく。

「これでよし。すぐに女性をこっちに」

「わかったわ！」

僕はオルトロスさんの背中に女性を乗せて一緒に走る。背負ったオルトロスさんの呼吸が乱れているのがわかる。一刻を争う事態だ。

幌《ほろ》馬車の中に女性を横たえたら、リルさんがすぐに布を取り出して女性の体を優しく拭って水気を取っていく。脈を取り、健康状態も調べているようでした。

アサギさんも荷物の中から布を取り出し、枕の高さに丸めたりして女性が楽に横たわれる態勢を整えていく。

「エクレスさん、すぐにウゥミラ村へ向かうべきでは」

「そうだね！　クウガ！　すぐに行くよ！」

「おう！」

クウガさんが雨に濡れた体で御者席に座ると、エクレスさんがすぐに馬を走らせる。

幌馬車がガタガタ揺れるが文句を言う人は誰もいない。

坑道が崩れ、土砂崩れが発生した。しかも村を巻き込んだ大規模なもの。

背筋が凍る思いだ、どれほどの人が犠牲になったかわからない。どれほどの被害が出たかもわからない。

ここ最近でウゥミラ村から人が来なかったのは、もしかしたらこの災害が関係しているのかもしれない。思い出せばエエレの町にいた時から空は曇天模様のままだった。

エエレでは雨は降っていなかったけど、ウゥミラ村では豪雨が降り続けたことで物流と人の動きが止まり、とうとう災害が起きたのかもしれない。

僕たちは緊迫した状況に焦りながら、幌馬車の揺れに耐えていた。


僕たちがウゥミラ村に着いたのは夕方近くだった。村では先ほどまでと比べたら雨の勢いは弱まっている。

「これは……酷《ひど》い」


だけどそんなことに気がつかないくらい、現場は酷かった。

山の麓《ふもと》にあることはシュカーハ村と似ている。だけど、この村は山からの距離がさらに近い。その山から崩れた土砂が、村の半分を埋め尽くしていた。

家族の名を叫ぶ人、屋根だけになった家の下で怪我《けが》をして倒れている人、泣いている人。阿鼻叫喚《あびきょうかん》の様相となっていた。


「想像以上や……」

「まずいぇ、ずいぶん時間が経《た》ってしまったから早うせんと……！」

クウガさんとアサギさんが呆気《あっけ》に取られながらも、村を観察している。

エクレスさんは御者席から飛び降りると僕たちの方へと向き直った。その顔は領主の、指導者のそれだ。

「リル！　オルトロス！　二人で土砂の撤去を急いで！　雨は少し弱まったと思うけど、

次の土砂崩れが起きる前に助けられる人を助けたい！」

「了解！」

「わかったわ！」

リルさんとオルトロスさんは幌《ほろ》馬車から飛び出して、土砂崩れがあった場所へと向かう。

こういうとき魔工師と力持ちがいると心強いな、本当に。あの二人なら大丈夫だ。

「アサギは怪我人《けがにん》の介抱を頼むよ！　ボクも一緒にする！　こういう場合、女性の方が安心してもらえる可能性は高い！」

「了解やぇ！」

アサギさんは懐に入れていた喫煙の道具を馬車の中に投げ入れ、怪我人がいる方へ走り出した。

エクレスさんはクウガさんの方を見ると、静かな声で言った。

「クウガ。わかってる？」

「この場合、ワイは火事場泥棒やらの対処が、一番役に立てるやろうな」

「ごめん」

「謝ることはねぇわ。ワイはワイのやれることをやるから、任せとけ」

クウガさんは鞘《さや》に剣を収めて腰に佩《は》き、村の中へと歩いて行った。

よくわからないけど、要するに治安維持みたいなことをするんだと思う。火事場泥棒や、この災害を見て襲撃してくる野盗団がいないとも限らないから。

最後にエクレスさんは僕に言った。

「シュリくん。頼める？　大量に食べ物がいる。美味《おい》しさは二の次でいい。温かくてお腹《なか》がいっぱいになる料理を」

「任せてください」

僕は胸をドンと叩《たた》いて言う。頷《うなず》いてからエクレスさんも、怪我人の介抱のためにアサギさんの方へと走り出した。

僕は幌馬車の中の荷物をひっくり返し、あるだけの食材と調理道具を引っ張り出す。それらを屋根だけ残っている、怪我人がいない建物の方へと全部運び込んで料理を始めた。

作る料理はすでに頭の中にあった。食材も都合良くあった。

今回作るのは芋煮だ。大量に作って食べる、となれば芋煮が適している。その材料もある。

主に日本の山形県《やまがたけん》とかで食べられる料理ですね。地域ごとに細かな違いがあります。

里芋と肉を使った、美味しい汁ですよ。

材料は里芋、牛肉、長ネギ、ゴボウ、シメジ、醤油《しょうゆ》、砂糖、酒、油、水です。馬車から引っ張り出した分でどれだけ作れるかわからないけど、全部使うつもりで作る。

そうじゃないと被災者の人たちに行き渡らない。急いで作ろう。

まず鍋に油をひき、長ネギと牛肉以外の具材を全体に油が回るように炒める。牛肉は別の鍋で軽く炒めておく。長ネギを入れた鍋に水、酒、醤油《しょうゆ》、砂糖を入れて沸騰させ、弱火にして炒めた具材を加えて火を通す。あとは牛肉を入れて完成だ。

時間がないため凝ったものは作っていられない。急がなければいけない。

僕は馬車から引っ張り出した食器と、建物の中に残っている無事な食器を探し出して芋煮を盛る。それを両手に持ち、声を張り上げる。

「皆さん！　食事を用意しました！　量はたくさん作ったので行き渡らないなんてことはありません！　独占しようとせず、ゆっくりと食べてください！」

僕の声が聞こえたらしい村人たちがこっちを見る。土砂を撤去して埋まっている人を助けようとしている人、怪我人《けがにん》を運ぶ作業をしている人、泣いている人、怪我をしている人が一斉にだ。

僕は多少雨に濡れるのも構わず、隣の建物で寝ている怪我人へ芋煮を差し出す。

「これをどうぞ……ゆっくりと食べてください」

「おお、ありがとうございます……」

怪我と雨の冷たさで震えている人に芋煮を渡していく。食器が足りなくなったら、周辺

の家に押し入って食器を調達する。こんな状況だ、食事をするための食器は大量にいるから、どうか見逃してほしい。

できるだけそうやって芋煮を配っていくと、次々と鍋の傍《そば》に人が集まってくる。

その顔は疲労、怨嗟《えんさ》、絶望に染まりきっている。この災害で疲れ果て、なぜこんな災害が起こったんだと自然を憎み、家族や大切な人や財産を失って絶望していた。

それでも、腹は減るんだ。

「量はあります。ゆっくり、一人ずつ食べてください」

僕は必死に呼びかけることしかできなかった。料理を配り、一人、また一人と料理を渡す。食べてもらう。雨の下で、屋根にも入らず匙《さじ》もないままに器に口を付ける。

それを止める立場なのが僕なのだが、涙を流しながら食べる村人たちを見て、止めることができなかったんだ。

「美味《うま》い……こんな状況でも、腹が減るんだもんなぁ……」

「肉を食えるなんて……濃い味付けで、疲労が癒やされるようだ」

「濃くても優しい味だよ……芋も柔らかい、食べ物を噛《か》めるのがこれほどありがたいなんてねぇ……」

口々に美味《おい》しい美味しいと言って食べ、器を空にしていく。

「他の人たちも食べに来てください！　誰か、怪我《けが》をした人たちへ運ぶ手伝いを！　休むときは休んで、二次災害に遭わないように気をつけて！」

大声を張り上げて、僕は芋煮を配っていく。次第に手伝ってくれる人が増えていったんだ。一人、また一人と手伝ってくれる人が増えていく。

幸い、芋煮を占有してやろうという人はいない。そのことにも一応目を光らせているけど、時間が経《た》てば経つほど疲労は溜まっていく。

疲労が溜まれば頭もぼんやりとして判断力が鈍っていくものだ。

そのボンヤリとした頭で考える。地球のことを。

思えば地球の故郷でも土砂災害が起きたことがあった。記録的な大雨のせいで川が氾濫《はんらん》して家を水没させ、山では土砂崩れが起きて道を塞いで道路を破損させ、氾濫した川から流れてきた流木や岩石やゴミが川沿いの家を破壊する。

悪夢のような光景をニュースで見た。僕は慌てて実家に連絡をしたよ。無事かどうかを確かめるために。

その日は珍しく、母さんが家にいて電話に出てくれた。話を聞くと、実家の店は無事らしい。水没することはなかったとのこと。

だけど、近隣では水没した家とか避難した人が多いらしいから、天気が回復したら、自治体で土砂撤去の手伝いやら炊き出しをしようとしているらしい。

『そんな大変な状況なら帰るよ！』

僕がそう言うと、電話の向こうで母さんが怒鳴ってきたな。

『バカ！　修業中の身でこっちを気にしないの！　送り出したときに背中をぶっ叩《たた》いて言ったでしょ！　修業するならそれに集中して頑張れって！　こっちは大丈夫だから、自分のやることをやりなさい！』

『だけど』

『四《し》の五《ご》の言わずに、こっちを信じてそっちはそっちで頑張れ！　いいね！』

結構怒鳴られたよなぁ、あのとき。結局ニュースを見たりしてモヤモヤしてたけど、一週間後に無事の連絡が来て安堵《あんど》したよ。

そんな感じで日本のことを思い出していると、僕の耳に怒鳴り声が響く。

「ふざけんなよお前!!」

ボンヤリしてたので、いきなりの大声に面食らう。みんながそっちを見ると、壮年の男性がこちらに大股で近づいてくる。

明らかに怒り狂ってるのがわかるのだけど、なぜ怒ってるのかわからない。

「どうしました？」

「こんな豪勢な料理で、被害にあった俺たちを哀れんでやがるのか！　こんな肉とか野菜とか豪華に使いやがって！」

……？　その男が何を言ってるのかよくわからない。何を言ってるんだこの人は？

「別に……僕は哀れんでいるつもりはないです」

災害現場という特殊な環境で、独特な緊張感の中で料理を作っていた僕の神経はすり減っていた。思えばこんな経験は修業時代もしたことがない。被災地のボランティアで炊き出しとかしたことなかったよ。

戦場のような命懸けの場所で料理もしてきたが、被災地は被災地で別の緊張感がある。気を緩めることができない。

そんなときに被災者からぶつけられる八つ当たりといった理不尽な怒りは、店へデタラメなクレームを入れてくるお客さんとはまた別種の怖さがあった。これがクレーマーならもう慣れたもんだが、被災者からの怒りは初体験で頭がフリーズする。

「これ見よがしに肉だの使って、お前何様のつもりだ!?」

「何様って、料理人なだけです」

「うるせぇ！　料理人なら同情心で食材も豪華に使いますってか！」

もう理不尽すぎる内容で、僕も疲労がピークに達しようとしていた。頭がクラクラしてくる。どうしたらいいかわからなくなる。

怒鳴られすぎて、もう早くどっか行けって思うよ。お前がそこにいると、他の人が料理を取れないんだよ配れないんだよ。

つうかなんで僕が怒鳴られなきゃならん。何様だこいつ。

なんか一周回って怒りが湧いてきているんだけど、その前に男は鍋を手にした。

「こんなもん！　捨ててやる！」

瞬間、僕の堪忍袋《かんにんぶくろ》の緒《お》が切れた。

「何するんだあんた！」

鍋を取り返そうと、僕は男に手を伸ばした。せっかく作った料理を捨てられてはたまったもんじゃない、みんなが困る。

しかしそいつはその前に、僕を前蹴りで吹っ飛ばしてきた。腹に直撃し、後ろに尻餅をつく。痛みと息苦しさで動けない。

「うぐ……」

「俺はお前のような、善人ぶった奴が大嫌いなんだよ!!」

男はそれだけ言うと、鍋を持って歩き出す。このままだと芋煮を持って行かれる、奪われて捨てられる！　慌てているもののダメージが深すぎて動けない。

痛みを堪《こら》えて立ち上がろうとしても、足に力が入らず四《よ》つん這《ば》いになってしまう。

「待て……！」

腕を伸ばして男を止めようとするが、遠くて手が届かない。どんどん男は離れていく。

他の人たちは遠巻きに見ていることしかできなかった。

なんとか、なんとか芋煮だけでも……!!

「それを、置いてけ……！」

なんとか制止の言葉を出せても男には届かない、どこかへ歩き去ろうとするだけだ。

せっかく作ったのに。みんなに食べてもらおうとしたのに。

どこの誰ともわからないバカのせいで、みんなへの食物が台無しになる。料理人としてそれは看過できない、絶対に取り戻したい。

足を動かし、僕は男に追いつくために走ろうと立ち上がる――。

「やっぱこういう奴がおったわ」

――前に、男の前にクウガさんが立っていた。静かな怒りを湧き上がらせ、周囲の人たちを怯《おび》えさせている。片手には抜き身の剣を、もう片手には……なぜか、知らない別の男の髪を握って引きずって連れてきているようでした。

引きずられてる人は血まみれの状態で震えている。とりあえず殺されたとかじゃなくて、ボコボコにやられたみたいです。

クウガさんは鍋を持った男に剣を突きつける。

「その鍋、おとなしく返せ。そうすりゃ生きて帰したる」

「な、なんだよお前！　俺は！」

「その鍋を持ち帰っても、お前の仲間の山賊やら野盗やらはもうおらんぞ。一人残らず始末したわ。この村を狙っとったみたいやからな」

……山賊？　野盗？　なんのことだ？　わけもわからず僕の頭にハテナマークが浮かぶ。この頃にはすでに痛みも苦しさも引いていたので、立ち上がることができました。

クウガさんの言葉に周囲の人間もざわつく。そして、その中の一人が言った。

「……そういや、お前誰だ？」

村人の言葉に、その場にいる全員が男を睨《にら》む。全員が一瞬で理解したからだ。

「山賊だったのか、あんた」

僕がそう言うと、男は明らかに狼狽《ろうばい》して周囲の村人を睨む。だけど村人たちは怒りの表情のまま男を睨み返す。視線の多さに男はさらに狼狽した。

「あんた、食べ物を奪って仲間にやるつもりだったんだな」

さらに僕が追撃のつもりで言う。男は何も言わず逃げる道を探すようにソワソワしていることから、事実らしい。

「大方、お前の仲間もこの土砂崩れで被害にあったんやろ。山に潜んで悪さをしてたようやけど、この大雨と土砂崩れで根城でも壊れて仲間が巻き込まれて、慌ててこの村の物資を奪って逃げようとしたってところやろ。連絡係のこいつが村に潜んでたんで、しばいて吐かせたわ」

「ああ！　そうだよ！　仲間も大勢死んだんだ！　食いもんくらいもらってもいいだろうが！」

「あかんわ」

クウガさんは握っていた男の髪から手を離し、鍋を持った男……山賊に向かって剣を突きつける。

「その料理はなぁ、この場にいる全員の希望や。腹ん中を温めてくれる、微《かす》かな救いなんや。それをお前、山賊なんぞに渡すわけないやろ」

「お、俺たちだって」

「やかましい！」

クウガさんの剣が振るわれ、銀閃《ぎんせん》を描く。唐竹割りに振るわれたそれが、天から地へと。

その切っ先が男の鼻先を掠《かす》め、衝撃と斬撃で男の鼻から血が噴き出す。

「おわ、わわわ！」

山賊が慌て、鍋に血が入る前にクウガさんは手を伸ばして鍋を掴《つか》みます。

男から鍋を奪い返したクウガさんは片手で鍋を持ち、剣を再び山賊の鼻先に突きつける。僅《わず》かに血糊《ちのり》が付いた切っ先を見た山賊は、明らかに怯《おび》えた様子を見せた。

「次は鼻じゃなくて脳天をかち割るが、まだやるか？」

「う、うわ、わあああ！」

殺される。山賊はクウガさんの本気を感じ取ったのでしょう、腰を抜かしそうになりながらも慌てて逃げていきました。

その後ろ姿を見て溜め息交じりに鼻を鳴らしたクウガさんは、鍋を僕のところまで持ってきました。

「あ、ありがとうございます、クウガさん」

「しっかりせぇよ。ワイも頑張るが、お前の頑張りが助かったもんの命を繋《つな》ぐんやからな」

クウガさんはそう言うと僕に鍋を渡してくる。

頑張りが命を繋ぐ。その一言を僕は胸の中で反芻《はんすう》する。災害現場の炊き出しは地球にいた頃テレビで見たことがあったが、自分で実際にやるとわかる。

食事を取る被災者の人たちの表情、雰囲気……何もかもが料理店での修羅場とは違い、緊迫した空気の中にも、僅《わず》かな安心と希望がある。

僕は鍋を魔工コンロに乗せて火にかけ、クウガさんを見た。

「ええ。頑張ります」

「おう。また厄介な奴が来たらワイを呼べ。助けたるからな」

そういうとクウガさんは剣を鞘《さや》に収めて歩く。途中で気絶した別の山賊の髪を掴《つか》んで、再び引きずってどこかに行きます。

どうするつもりで連れて行くのか気になるけど、知らない方がいいんだろうなというのはわかる。僕が知らなくてもいい世界、知らないほうがいい世界なんだろうとぼんやりと理解してるつもりです。

いつも通りだ。いつも通り、やれることをやろう。

僕は両手で両頬を叩《たた》く。パァン、と良い音が鳴る。気合いを入れ直した。

「料理が行き渡るように、誰か協力を！　疲れた人は休んで食事を取ってください！　それと、できるだけたくさんの手持ちや備蓄の食材を提供してください！　片っ端から料理を作ってみんなにお出ししますので、どうか！」

僕は声を張り上げて、村人に頼み込む。

料理は作ったが、実のところ量は絶対に足りない。行き渡るなんて嘘《うそ》だ、みんなを混乱させないための嘘、方便にすぎない。

そうでも言っておかないと、この場にいる全員がパニックを起こして料理を独占しようと暴走する可能性もあった。実際、山賊が料理を奪いに来るほどなんだ。

だけど、そろそろ嘘がバレるかもしれない。その前に、もっとたくさん作っておく！

声を出し、腕を動かし、僕は必死に働く。

一人でも多くの人の腹を満たすために。

実際、どれくらい働き続けたのか、作り続けたのか、料理を振る舞い続けたのかわからないほどの時間が経《た》った。

気づけば夜になっていました。リルさんが即席の魔工ランプもどきを作って明かりを確保してくれなければ真っ暗闇の中で作業をしていたことでしょう。それでも、明かりが十分にあるとは言えませんでしたが。あるだけマシだ。

僕の魔工ランプの火を使い、崩れた家の木材を燃やして光源を確保もしたな。家の持ち主は泣いてたけどね……。

そして、気づけば朝になっていた。

「朝……か……」

僕はぼんやりとしてた頭をハッキリさせて、料理を作っている。

もはや徹夜で料理を作っていても、腕だけはしっかりと動く。

頭が働かなくとも、反復してきた鍛錬と修練の成果が、僕の体を動かしていく。

だけど精神は確かに蝕《むしば》まれていくのがわかった。なんというか、体の端から何か、体の活力なのか気力なのかわからないが、そういうエネルギーのようなものがとめどなく抜け落ちていくのがわかる。

一日に必要な活力を心臓が送り出しても、それ以上に抜けていく。頭が呆《ほう》けていき、意識が朦朧《もうろう》とする。

僕は料理人だ。夜遅くまで働くのは当たり前だった。店が終わって帰った後も料理研究をしてたから、朝方になって、一時間だけ寝て職場に向かうなんてザラだった。それどころか、クリスマスやらで死ぬんじゃないかと思うほど忙しかったことだってある。

でも違う。ここで料理を作り続けるのは、それらとは決定的に違う。

「うう、父さーん!!」

「なんでだよ母ちゃん！　母ちゃん、目を覚ましてよ！」

「なんで……この前婚約したばかりなのに……」

リルさんたちによって救出された人もいるが……発見されて運び込まれた遺体に泣き縋《すが》る家族の姿もあった。

悲劇を見ながら料理を作って渡すと、喜ぶ人や悲しみながら食べる人もいた。

「おい！　早くしろよ！」

「こっちは家族が行方不明なのに暢気《のんき》に食いもんを用意するだけで気楽なもんだなぁ！」

「お前も土砂を掘って手伝ってくれよ！」

中には、炊き出しをしてるのに理不尽なことを言う人もいる。しかも当たり前のように言ってくるので、疲れた頭に余計な負担がかかってくる。

料理を渡しても、礼も言わず悪態だけ残して去って行く人も珍しくない。

普段だったら感謝されてる場面で罵倒される。これも疲れた頭には負担が大きすぎた。

だけど、僕は腕を動かして村人が出してくれた食材で食事を用意するしかできない。それをするしかない。

罵倒、悲劇、怒り、喜び、感謝、笑顔……この被災地には、人間全ての感情が存在している。そして、その感情の中で自分が欲しいものだけを選ぶことは、決してできない。

これが被災地か、と僕はようやく理解する。テレビの向こうで災害に遭ってる映像を見ても、正直早く助かるといいなとか救助が順調ならいいなくらいしか思っていなかった。

だが直面すればどうだ。人間の感情に振り回され、刻一刻と明らかになる被害の大きさと犠牲者の数の増加、助かった人たちを助からなかった家族がいる人たちが責める姿、自分のことしか考えず結果として被害を大きくする自分勝手な人間……。

そこにはドラマなんてない。映画のような活劇なんてない。

理不尽。

自然が人間に対して行う、人間の力ではどうしようもない理不尽な結果だけが、ここにある。

その中で僕に浮かんだのは、感謝だった。

地球にいた頃、被災地に行って、頑張って被災者のみんなを助けようとしていた全ての人たちに、ただただその精神に感謝の念が浮かぶ。

こんなところ、僕は二度とゴメンだ。基本的に僕は戦場では後方の陣営で、糧食の管理をしながら食事を作って書類整理をしていたくらいなもんだ。血まみれの仲間の遺体を見ることはあっても、どこかで慣れていた。

被災地はそれとはまたベクトルの違う悲惨な場所なんだ。人間の感情のるつぼ、蠱毒《こどく》のような環境。

そこで頑張っていた地球のあらゆるみんなに感謝を、僕は捧げていた。

この極限状態の中でも、僕の腕は悲しいくらいにいつも通りに動く。もはや芋煮の食材がないから、あるだけの調味料と食材でスープを作るくらいしかできないが、それでも美味しい物を出せるようにと体は動く。

「シュリ！」

「……あ、はい？」

虚《うつ》ろな目のまま返事すると、そこには器を持ったリルさんがいました。

ん？　僕はいつの間にリルさんに料理を渡していたんだ？　まあいいや、やってたんならラッキーってことで。

「どうしましたリルさん？」

「どうしたじゃない、シュリは休憩してるの!?」

「え？　いや、全く」

「もう昼過ぎだよ！　あれから丸一日近く経《た》ってるんだよ！　ちゃんと寝てる!?」

「え？　あー……そうでしたか」

僕は腕を止めて背筋を伸ばす。ボキボキボキ！　と背骨が鳴る。ついでに各関節を動かしてみればゴキゴキと鳴り響く。

建物から出て空を見上げると、そこには雲一つない青空が広がっていた。作業に集中しすぎて天気が変わっていることすら気づかなかった。

「あー……晴れてよかったですね。これで作業も進みます」

「シュリは休んだ方がいい、目がやばい！　もう、なんというか、壊れる寸前の目をしてる！」

「あー、そうですか？　まぁ、食事を出したら怒鳴られたり文句を言われたり、机越しに殴られそうになったりしてましたから」

僕がそれを言うと、リルさんの顔が憤怒に染まる。

そして振り向いて、座って食事を取ってる人たちを睨《にら》んで近づいた。何をするかと思えば、足を……！

「待ったリルさん！」

何をするつもりなのか瞬時に悟った僕は、リルさんを後ろから引き戻す。案の定リルさんは料理を盛った器を蹴ろうとしていたようで、他の人が驚いている。

「何をするんですかリルさん！　食材を無駄にしてはいけません！」

「リルとオルトロスですら疲れて休憩して仮眠を取った！　クウガは疲れながらも里を見

回って安全を確保してる！　アサギとエクレスは交代で休憩しながら活動してる！　なのにシュリだけ文句を言われて罵倒されて、休憩も仮眠もなしで働いて文句を言われるのは間違ってる！」

「それでも、食事は、大切ですから……」

　ここで僕は力尽きたように、膝から崩折れてしまった。なんとか座る姿勢をとれたものの、もう足に力が入らず体を支えるので精一杯。

　目の前の景色すら霞《かす》んでしまっていた。ああ、そういえばグルゴとバイキルとの戦《いくさ》のときも、極限状態で集中して警戒してたから、終わったときにはぶっ倒れて寝てたな。

　懐かしい……あれからどれくらいたったたっけ……？　そんな考えが浮かぶ。

「シュリ!?　ちょ、オルトロス！」

「なに……てシュリ、どうしたの!!」

　オルトロスさんの足音が聞こえる。顔を上げるのも億劫《おっくう》で仕方ない。

「この状況の中、ずっと徹夜で食事を作ってくれてた……休憩も仮眠もなしで……」

「なんですって!?　なんでそんな無茶を……すぐにアサギたちのところに連れて行くわ！」

「お願い。リルは……黙らせてくるから」

　体がふわり、と持ち上げられる感覚がした。体勢からお姫様だっこだろうか、羞恥心を覚える暇もない。

瞼《まぶた》が重く、視界も不明瞭で目に映るものが何なのか、頭が理解を弾《はじ》く。

「おい、俺たちの分の食事は――」

「黙れ!! 料理人が倒れるほどに酷使しておきながら誰も手伝わず、文句ばかり言うなら
リルがお前らを地面に埋めるぞ!」

抱えられて運ばれてる最中に、リルさんの物騒な声が聞こえる。そんなことを言っては
いけませんよ、と口は動くが言葉が出ない。掠《かす》れた声が出るだけだ。

「シュリ、今は眠っておきなさい」

オルトロスさんの優しい声と、おでこを人差し指で優しくトンと押された感覚がした。

それを最後に、僕の意識は途絶えた。

頭の感覚が明瞭になっていく。体の疲労がゆっくりと抜ける感覚がある。
それでも体が動かないので、瞼をゆっくりと開けるだけだ。
目の前にあったのは、なんかおっきい女性の胸。
「あれ……なんだこれ?」
混乱して手を伸ばそうとしたけど、すぐに理解してやめた。僕は、僕は弱っているのを
いいことに女性の胸を揉《も》もうとしていたのか!?

「起きたぇ、シュリ？」

僕の耳に、優しい女性の声が届く。誰の声かと考え、数秒後にやっと誰かを理解した。

「アサギ、さん？」

「おうおう、シュリは目が覚めたら、女性の胸にいの一番に手を伸ばす変態さんでありんすか？」

「ご、ごめんなさい」

カラカラとアサギさんが笑う。

「まあ、今は寝てるのがいいぇ。疲れすぎ」

「はい」

ここでようやく僕は、屋根の下で横になっていること。そしてアサギさんに膝枕をしてもらっていることに気づいた。恥ずかしいけど体がまだ動かない。

正直心地よいのは事実。恥ずかしいけどね。

「あれからどれくらい寝てました、僕？」

「おおよそ三時間ってところやぇ」

「三時間……？　意外と時間が経《た》ってなかったんですね……」

「そら、前は何日も寝るほど消耗してただけやぇ。今回も消耗してたけど、幸いその日のうちに起きられたのはよかったでありんす」

それはそうだ。前は命懸けの状況で消耗したから衰弱したんだ。

今回は理不尽な災害による被災地の空気とストレスが溜まる環境にやられた。戦場とはまた別種のストレスだ、初体験だな。

「被災地の悲惨さが、これほどとは思ってませんでした」

「戦争とはまた違うものでありんすからね。戦場なら生き残れば金になった。けどここは動いても動いても、失ってるか失ってなかったかだけ。心にかかる負荷は違うぇ」

アサギさんは穏やかに、ゆっくりと話してくれる。僕は首を動かして、外を見た。

青天だ。雲一つない青空が、まだそこにあった。災害が起こって一日以上経《た》っている。ここからは、失ったものを確認する時間になってしまう。

村には絶望の空気が漂っている。無理もないよ。

でも、その中でも懸命に動く人はいる。リルさんが魔工で土砂をどかし、オルトロスさんがその中から人を引っ張り出す。

救出された人を見て、傍《そば》にいた村人が喜んでいる。どうやらあの人は奇跡的に助かったらしい。よかったです……。

「アサギさん」

「なんやぇ」

「もう少し、ゆっくりさせてもらっていいですか？」

ここまできたら、とことん休ませてもらおう。アサギさんに、少しだけ甘えさせてもらいたい。アサギさんはそれを察してくれたのか、僕の頭を撫《な》でてくれました。

「シュリはまるで子供でやぇ。かわええのぉ」

「これでも皆さんより年上のはずなんですけど」

「……そういえばそうやったぇ。甘えてないで働け」

「酷《ひど》くありません？」

クス、と僕とアサギさんは笑う。力が抜けて、だけど心地よい。

あと数分だけ休ませてもらおう。そう思っていたら、何やらドタドタとこちらに近づく足音が複数聞こえる。

なんだろう、と視線を向けると村人が数人、こっちを睨《にら》んでいました。

「おい！　そこの料理人はまだ働かないのか！」

「もう少し休ませてやるぇ。休憩も食事も仮眠もなしに働いてたんやから、こういう時間も必要でありんす」

「は！　みんなが必死に家族や友人を助けようとしているときに、自分だけ女に膝枕してもらってサボってるんだろ！」

散々な言い分だけど、言いたいことはわかる。この姿は端《はた》から見たらそれですから。

やはり、もう動くか。だが、次の言葉で僕の動きは止まった。

「こんなところで乳繰《ちちく》り合いやがって。盛《さか》りたいならよそでやれ商売女が」

瞬間、僕の頭に回復した力の全てが回るのを感じた。言葉を理解して、頭が全身に怒りの感情を送る。

動けないと思っていた体が、こんなに俊敏に動くのかと思うくらいに跳ね上がり、暴言を吐いた村人の胸ぐらを掴《つか》んでいた。

「ふざけんなよ！　僕たちは、一人で多く助けたいと思って必死にやってる！　休憩も取れずに倒れても、また動こうとしてるんだ！　人に文句を言ってる暇があったらお前らが動けよ！　アサギさんに暴言を吐いたことを謝ってからな！」

「な、なんだこいつ！」

「やめんか!!」

一触即発。修羅場と化したところに、老人が近づいてきた。

白髪で白い髭《ひげ》を蓄えた、まだ背筋が伸びているおじいさん。その人が村人の方を怒りに満ちた目で睨んでいた。

「この大馬鹿もんが!!　そちらの方々はエクレス様と一緒に救助活動をしてくれとる人たちだろうが！　その人の休憩時間にあら探しをして文句を言うとは、人の心がないのか!!」

「だ、だけど村長、こいつ女に膝枕をしてもらって……」

「それで休めるならそれでええじゃろ!!　だいたい、お前らは食うだけ食って救助活動は何もしとらんじゃろうが！　この場にいる誰もが被害者で被災者なんじゃ、せめて空気が悪くなるようなことをするでないわ！」

村長さんにギャンギャンに怒られ、村人さんたちは押し黙ってしまいました。一を言えば十にも百にもなって説教が飛んでくる状況なのだから、黙るしかないんだろうな。

その情けない姿を見て、僕は胸ぐらから手を離す。そしてそのまま、村長さんとやらに頭を下げました。

「すみません、十分に休憩は取れました。作業に戻ります」

「ありがとうございます……そちらの、ええと大男の……」

「アタイ？　呼んだ？」

村長さんが指さした先にいたオルトロスさんが、呼ばれたのかと思ってこっちに近づいてくる。リルさんはその間も土砂を撤去していた。

オルトロスさんの姿を見た村長さんは涙ぐみ、オルトロスさんの手を取りました。

「ありがとうございます。ありがとうございます……あなたが数時間前に助けてくれた娘が、息を吹き返しました……！」

「ええ!?　よかったじゃない、助かって！」

「はい！　本当に、死んだかと思っておりましたから……他にも」

村長さんはオルトロスさんから手を離して、被災した方を見る。

「助からなくても、最後に一目会えた者も多い……。あなたとあちらの女性が助けただけでなく、エクレス様とそちらの女性が介抱してくれたおかげで混乱も少なく助かる命も多い。剣を持った人が周辺を練り歩いてくれてるおかげで、大きな混乱や火事場泥棒もありません……本当にありがとうございます」

「お礼は受けるけど、一つ聞いていいかしら？」

　オルトロスさんは目を細める。

「この土砂崩れ、原因はわかってるの？」

「はい……」

　村長さんは言いづらそうにしていましたが、オルトロスさんの質問に答えてくれる。

「原因は……坑道の掘りすぎです」

「掘りすぎ？」

「最近、村の鉄鉱石の産出量が落ちておりました……。それを無理やり補おうと坑道を掘り進めた結果、崩落防止の工事が間に合わず、連日の豪雨でとうとう……」

　それを聞くと、僕は何も言えなかった。オルトロスさんもアサギさんも同様だ。

　要するにこの災害はただの天候不順によるものじゃない。工事の不備から起こった人災の一面があると言っていい。

　坑道を無計画に掘り進めて、あとの土砂崩れ防止を怠り、天候不順対策をしなかった。

その結果がこれなのです。そりゃ、村長としては僕たちを責めるのはお門違いで庇《かば》ってくれるわけです。

極論で言えば、その無計画全部が村人全員の責任なわけですから。

だが、鉄鉱石の産出量が落ちてたって……。それを取り戻すために必死になってたわけですが……と、ここで一つ可能性が浮かぶ。

「もしかして……ギングスさんが戦《いくさ》に負けて差し出した、採算の取れない鉄鉱山て」

「はい、あれは私たちの希望でした……鉄鉱山はあの崩れた山の向こうにあり、距離はありますが鉄鉱石を採掘できるのはわかってましたから。道に細かな鉄鉱石が落ちておりましたので、ちゃんと調査と工事をすれば……この村の鉄鉱石の不足を補えるはずでした」

やはりそうか。この人たちにとって、その鉱山は希望だったわけです。

採算が取れない、そうは言っても鉄鉱石不足を補える量は取れるはず。

「そもそも採算が取れないってのは……」

「書類しか見てないからそうなるのです。ギングス様は鉄鉱山を差し出して別の利益を得ましたが、こっちはたまったものではありません。私たちは、それでもと一縷《いちる》の望みをかけておりました。鍛冶《かじ》仕事をするには鉄鉱石が必要で、技術力で採算を取るつもりでしたから……」

困った。これは村を責められない。鉄鉱石と鍛冶《かじ》製品で潤っていた村が、その特産品がなくなりそうだからなんとかしようと必死になっていたことを、結果論だけでやいのやいのと責めるのは酷《ひど》すぎた、反省してる。

「それは、すまなかった」

と、僕とアサギさんとオルトロスさんが頭を悩ませていると、エクレスさんが現れました。村長さんの前に立つと頭を下げます。

村長さんは慌ててエクレスさんが顔を上げるように、肩を掴《つか》みました。

「本当にすまなかった。できるだけ領内のことは把握しようと頑張ってきたつもりだったけど、ボクたちの短慮が君たちを追いつめていたんだな」

「エクレス様、おやめください！　顔を上げてください」

「いや、申し訳なさすぎて顔を上げられないよ。数字の上では利益は出てた。鉄鉱山の開発の貧乏くじを引かせた。それしか考えてなかった。早急にガングレイブに相談して、この村に適正価格で鉄鉱石を卸《おろ》せる行商人や商隊と話をするから」

「鉄鉱石？　これのこと？」

と、さらにリルさんがこっちにやってくる。すっかり泥だらけになってしまっていて、顔や腕に泥汚れが付いている。

その手には黒光りする塊《かたまり》が……それは？

「そ、それは、それをどこで？」

「土砂の中に紛れてた。それも大量に。邪魔だからインゴットにしてどこかにまとめておきたいんだけど、どこに持って行けばいい？」

「大量にっ？」

「うん。魔工で調べたら、まだまだ大量にある。土砂の元を辿《たど》れば鉱床が見つかると思うよ、これは」

リルさんが当たり前のように言ったことに、村長さんは涙を流しながら膝を突きます。

村長さんはリルさんに向かって頭を下げ、拝むように両手を組む。

「お願いいたします……！　どうか、鉱床を見つけてくだされ……！　せめて鉱床を見つければ、死んだ者が浮かばれませぬ……！」

「いいよ。ここの災害の後始末と鉱床の発見を考えると数日かかるけど」

「構いませぬ……！　どうか案内してくだされ、その鉄鉱石があるところへ」

「頼む！　案内してくれ！　無礼な物言い全てを謝罪する！　どうかこの通りだ！」

村人たちも全員が土下座をして懇願している。額を地面にこすりつけ、涙を流して。

「こっち」

リルさんは土砂崩れが起きた方を指さし、村長さんと村人たちと一緒に歩いていきました。

その後ろ姿を見てから、エクレスさんはポツリと言います。

「土砂崩れによって、今まで掘っていなかった鉱床がたまたま露出した、か……でも、ボクの迂闊《うかつ》さがなければ、こんな災害は起きなかった。ちゃんと話をしていれば村の人たちが苦しまずにすんだ……」

「どうでしょ、そんな都合の良いことってありますかね？」

　僕はエクレスさんの隣に立って、リルさんたちの後ろ姿を見ます。

「どういうことだい？」

「いや、坑道の掘りすぎで脆《もろ》くなった部分の補強が間に合わずに、連日の雨で崩れるってのはわかるんですけど……そこから新たな鉱床が出てくるってのは考えづらくて」

「……確かにそうだね」

　エクレスさんは顎に手を当て、先ほどまでの悲しんでいる表情から悩んでる顔に変わる。

「そんな都合よく鉱床が流れてくるとは思えない……というか土砂崩れで鉱床が流れてくるってどういうことだろう？」

「それはね……クウガ、話して」

「わかった」

　オルトロスさんが呼びかけると、そこにクウガさんが現れた。今度も片手に別の男性の髪を握って引きずってきてる。またも顔面がボコボコに血塗《ちまみ》れにされてる……！

てかその人は何なんだ……。僕とエクレスさんはドン引きして聞いた。

「クウガさん？　オルトロスさん、この人はいったい……」

「そいつ、アタイが作業をしている近くでチラチラと村の様子を窺《うかが》ってた、山賊の仲間の一人よ」

「まだいたの山賊？」

「山賊どれだけ潜んでたんだ……」

クウガさんは山賊をそこら辺の地面に投げて、その腹を足で踏みつけました。

ぐへ、と山賊から悲鳴が漏れるがこの場にいる全員が心配はしない。

「いやな、ワイも気になって周辺を警備のつもりで回っとったんやけど、山賊を片付けたろ？」

「片付けた……？」

言葉のアヤだろうか……片付けるってどういう意味だろうか……。

深く気にしてはダメだと思うので、聞かないことにしましょう。僕は視線を逸《そ》らす。ちょうど地面に転がっている山賊の方へ。

「そこで気になってな。山賊も土砂崩れの被害に遭ったそうやが、生き残ってる奴も確実におる。どれだけ生き残っとるかがわからん以上、警戒は緩められん。そこにオルトロスの方を見たら、山賊がおるって目線で教えてもらってな。ボコって吐かせてオルトロスが聞き出したんや」

「それによるとね……実は山賊がこの村の鉄鉱石を横から奪ってたそうよ。横流しね、村人に山賊の協力者がいたそうよ」

「それだけじゃ説明できないほどの鉄鉱石があるみたいですが……」

オルトロスさんの言葉に、リルさんの方を見れば土砂から大量の鉄鉱石を取り出してはインゴットにして整理している。

見た感じ、横流しにしては量が多いように見えるんですよ。

「横流しってことならそこまで在庫を抱えるとは思えませんし」

「おう。それがな、山賊は山賊で別の坑道を掘っとったみたいや。そこで鉱床を見つけとったそうやぞ。人手はそこら辺から攫《さら》った女子供を使って、それを掘り出しては売っ払っとったそうや。適当に掘って見つかれば御《おん》の字《じ》だったのが本当に見つかって運が良かった、と言っとるそうやわ」

「……まさか」

僕は最悪の想像に行き当たる。これが本当ならとんでもないことだ。

「村長さんたちの坑道だけじゃなくて、山賊が勝手に掘った坑道の影響もあって土砂崩れが……？」

「そういうことか……!!　絶対に許さない、ガングレイブへの連絡に山賊の殲滅《せんめつ》を頼んでおかないとね！」

そのままエクレスさんは、大股でリルさんの方へと行きました。

残された僕は、気が抜けたのか膝の力が抜けて体がぶれる。

倒れないようにしていたら、それを背中から支えてくれる人が。

「大丈夫かぇ、シュリ」

「あ、はい」

後ろから優しく抱きしめるように支えてくれたアサギさんの声に、僕は安心する。力が抜けていくが、なんだか心地よい。

そういえばもう少し休もうと思ってたんだ。だけど、もう立ったことだし。

「大丈夫ですアサギさん。僕、仕事に戻ります」

「でも……」

心配そうなアサギさんの腕を優しく解き、僕は膝を叩《たた》く。パァンと音が鳴り、気合いが入ります。

まだやることはある。やらなきゃいけないことが山ほどある。だから、やる。

「僕は僕のできることを、できるだけやります。だからアサギさんもお願いします」

振り返ってアサギさんに言うと、呆《あき》れたような笑みを浮かべられる。

「まぁ、また疲れたら膝枕をしてやるぇ」

「ははは。そうならないようにしますよ』

僕はそれだけ言うと歩き出す。料理を作っていた調理場、まだ大丈夫かな？

「シュリ！　面倒な奴が来たらワイに言え！　いくらでも追い払っちゃる！」

「そのときは頼みます」

クウガさんの心強い助けだってある。もう大丈夫だ。

被災地は理不尽の連続だ。助かる命が助からない。守れたはずのものが守れない。

手に入れるための戦いではなく、失うものを少なくするための戦いだ。

せめて僕は、料理で、料理しかできないから、それだけで誰かの助けと救いになろう。

心に強く誓って、僕は歩き出す。と、思っていたら隣にオルトロスさんが並んできた。

「ところでシュリ。アサギの膝枕は良かったのかしら……？」

「邪《よこしま》な思いなど一切ありませぬので、そのきつい目はやめてくだされ……。あなたの恋路を邪魔するつもりはありませぬのだから……！」

アサギさんのことが気になってるオルトロスさんから釘《くぎ》を刺されました。そりゃ気が気じゃなかったのはわかるけどさ！

僕がそう答えるとオルトロスさんは快活に笑う。

「アハハハハ！　さすがにアタイでも、あの状況で本気の嫉妬なんてするわけないじゃない！　アサギはああいう時の労《いたわ》り方を知ってるからね。それを含めて、アタイはアサギが幸せになればいいと思ってるわ」

「オルトロスさん」

「隣にアタイが立てれば、これ以上望むことはないけど。それは高望みしすぎかしらね。アタイも、アサギも、辛《つら》いお役目があることだし。明日はどうなるかわからないもの」

オルトロスさんの自虐に似た独白に、僕は苦笑を浮かべた。

「辛いお役目同士だから……わかりあえるんじゃないですか？」

「……シュリは優しいわね。さて！」

オルトロスさんは僕の背中を強く平手で叩《たた》いた。

背中から全身に、気合いが籠《こ》もった衝撃が駆け抜ける。半分ボンヤリとしてた体や頭が活を入れられたように冴《さ》えていきます。

「アタイもシュリを守るから、頼んだわよ」

「はい」

さて、やることは山積みだ。休んでる間にも仕事は溜まる。

だけどサボって逃げ出すわけにはいかない。ここではそんな甘えは言っていられない。

結局、この村を出られたのは四日後だった。

山賊たちの根城……だった場所から雑な坑道が見つかり、鉱床と残っていた鉄鉱石の確認と回収、そして生き残りの山賊の掃討。

クウガさんには本当に面倒をかける。あの人、ずっと働きっぱなしだったからな。

リルさんとオルトロスさんの救助活動も一段落してしまい、残りは村民とやってくる兵士に任せることとなった。リルさんができるだけ村の機能が早く戻るようにと、魔工で建物の再生や土砂の撤去を行ったのだけど、それでも元に戻るのは当分先だろう。

アサギさんとエクレスさんの介抱で助かった人も多い。医療知識や技術はなければども、最低限のことはできる。食事を運ぶ、布を確保して布団にする、傷口を洗浄するなど。無論医療知識のない医療行為は危険ではあるが、それくらいしかできないのももどかしい。

僕は、ただ料理を作って配った。異変を感じた行商人がエエレの町から来てこの惨状を知り、食材をできるだけ提供してくれた。

金はガングレイブさんに請求するように言っておいた。ガングレイブさんにもお金を頼んでおかないとな。

そうして四日が過ぎ……僕たちはウゥミラ村を去った。

ただただ、自分の無力さと自然の理不尽さを知った、そんな四日間だった。

エピローグ　ターニングポイント：リュウファとの死闘～クウガ～

「……ようやく帰れるな」

「全くやぇ。最後の最後で、大変なところだったでありんす」

ワイたちは今、エクレスが操る幌《ほろ》馬車で帰りの途上にあった。

ウゥミラ村での仕事が終わり、全員が疲労を溜めている。ワイはまだマシ……やってたことなんて、村を歩き回って、暴れるバカを殴ったり、山賊を一人残らず片付けただけやからな。いつも通り。

なので、疲れた他の奴らは後ろでだらけきっとるわ。

「スーニティの城下町を離れてから、どんだけ経《た》ったっけ？」

「さぁ？　数えてないからもうわからないわよリル。アタイももう、考えるのはやめてる」

「僕もです。もう疲れた」

「シュリは本当、お疲れさまやぇ」

後ろであいつら互いに労《ねぎら》っておる。ワイはエクレスの隣の御者席に座っちょった。

後ろからの声に、ワイは微笑を浮かべる。

「ほんま疲れたわ。帰ったら、まずは寝る。で、次の日は鍛錬や」

「鍛錬するんだ⁉　もっと休んだりしないの？」

「過剰に休めば体がそれに慣れきってまう。一日寝りゃ、もう十分やろ。たいがいのことはな」

「その体力羨ましいね……何をしても？」

「戦《いくさ》をしようが、町の警邏《けいら》をしようが、鍛錬しようが殺し合いをしようが一日かそれ以下で回復してな、次の日は全快になるように体を調整しとる」

なんてことのない口調で言うワイに、エクレスは羨ましそうな顔をしておる。

じゃが、本当のところは違う。単純に、休みすぎたら剣の腕が鈍るんじゃないかという恐れがあるんや。

ワイの剣術はまだ発展途上、積み上げて礎《いしずえ》を作らねばならぬ段階や。だから焦りもあるし恐れもあるし、何より楽しみもある。

まだワイは強くなれる、そう信じておるんでな。

「はぇー。書類仕事をした次の日の肩の重さも、そんな感じで抜けてくれればなぁ」

「誰かに揉《も》んでもらえそんなもん。シュリ以外で」

「なんでシュリくん以外なのさ！」

「僕がなんですか?」

「シュリくん、ボクを揉《も》んで!」

「ええ!?」

シュリの戸惑いの声を聞きながら、ワイは目を細めて前を見る。

天気は陽気な晴れ。雲が浮かぶ青空や。

思わず心の緊張が緩んだワイの目に、何かが映った。

街道を逸《そ》れた道から現れたそれは街道のど真ん中に立ち、ワイらの進行の邪魔をしておる。

黒いフード付きの外套《がいとう》で全身を隠したその人物は、外見では女か男かもわからん。口元と手だけしか外に出ておらず、それでは判断のしようもない。片手には橙色《だいだいいろ》の宝玉がはめられた棒を持っている。剣の柄にしては長く、槍《やり》の柄にしては短い中途半端なもの。

それをボンヤリと見て邪魔やなぁ、と暢気《のんき》に思った一瞬の後に、背筋に冷や汗が大量に流れた。

なんで気が抜けたのかと自分を責めたくなるほど、その人物から出ている濃密で凶悪な殺気というか、覇気《はき》を感じたんや。

「エクレス!! 馬車を止めろぉ!!」

「え?」

「オルトロス！　アサギ！　リル！　シュリ！　ワイを置いてすぐに逃げろ!!」

「はぁ？　何を」

アサギが後ろから顔を出して黒フードの人物を見た瞬間に、顔が恐怖に染まった。

黒フードの人物の殺気を感じ取ったらしく、すぐに幌《ほろ》の陰に引っ込む。

「すぐに逃げるぇ！　あれはヤバい！」

よし、アサギがそう言ってる間にワイは剣を抜き放ち、御者台から降りて走り出す。

少しでも馬車から距離を離さなければ。ワイの頭はそれで一杯やった。

そして黒フードの前に立ち……ワイは久しぶりに剣を構える。

「なんやお前……あの馬車がエクレスの乗っとる馬車と知っての邪魔立てか!!」

ワイは黒フードにそう言うが、黒フードは幌馬車の方へ視線を向けとるだけや。ワイを見ちゃおらん。その視線を辿《たど》り、後ろを向けば……その先にはっ。

「なんや、お前の狙いはシュリか!!　なんのつもりやお前！」

シュリが狙いであるらしいこいつに問うが、何も答えない。

それどころかワイに向かってゆっくりと歩き出す。こっちが剣を持っているのもお構いなしで関係なし、まるでそよ風の中を歩くようになんの気負いも感じない。

こいつ、ワイを侮《あなど》っとるんか!?

「来るな！　止まれ！　それ以上近づくならばあいつらを傷つける意思があると見なし、

容赦なく殺す！」

脅《おど》しても無駄。黒いフードの歩みは止まらない。

それどころか早足になった。みるみる間合いが詰まって近くなっていく。もはや躊躇《ちゅうちょ》し
てる場合じゃない、こいつを一目見たときから感じた、明らかなヤバさからくる警鐘が、
ワイの頭の中でガンガンと鳴っておる！

「初めてやな……ヒリュウのときですらなかったわ」

ワイは黒フードの男から視線を外さずに呟《つぶや》く。

「これほど、自分が敗北するんじゃないかっていう怖気《おぞけ》は……！」

だが、もうどうしようもない。黒フードは間合いに入った、躊躇はしてられない！

「恨むなや！」

ワイは剣を正眼《せいがん》から腰だめに構え、一歩踏み出す。相手との距離、三歩半。完全に剣士の間合いの中。

蹴り足から生じた力を各関節に伝え、神速の一刀を生み出す。右薙《みぎな》ぎに振るわれたそれは、吸い込まれるように黒フードの首の辺り目掛けて走る。

今日も調子はいい。最高の一刀を振るえたと確信した。

全力だった。

普通なら、もう首を刎《は》ねている。

が、こいつは棒を手の中で回転させ、ワイの斬撃をこともなげに防御した。しかも片手でや！　今までそんな舐《な》めたことをした奴は例外なく殺せた。しかし、剣が動かない。

思いっきり踏み込んだ分だけ、ワイの次の行動が遅れる。一撃で決めるつもりが、一撃しか放てない体勢。

黒フードは棒でワイの剣を払い、懐に入り込む。

そして、棒から赤色の半透明の刃《やいば》が出現した。こいつ、魔工で作られた武器を持っとったんか！

長さは片手半剣ほど。その剣がワイの首目掛けて振るわれる。こいつ、ワイがやったことへの意趣返しかっ。

舐めるなよ。ワイは剣から片手を離し、その手で黒フードの剣の峰に手を沿える。

そのまま手で剣を弾《はじ》き、軌道を思いっきり逸《そ》らしてやった。空我《くうが》流柔剣術『枝垂《しだ》れ』、久しぶりに使ったがキレに問題なし！

黒フードの僅《わず》かに見える口に、明らかな動揺が見えた。ハハハ、予想外やったかっ。

ワイはそのままさらに黒フードの胴に背中を当てる。一瞬止まり、両足で地面を踏み抜くように力を込め、背中から衝撃と勢いを黒フードにまともに浴びせる。

空我流剛剣術『臥昂峰《がこうほう》』。五歩先の相手に背中からぶつかる技を、超至近距離で叩《たた》き込む！

黒フードは吹っ飛びながら体勢を整えて両足から着地。だけどすぐには行動を移せないようで、直撃した胸に手を当てて咳《せ》き込んでいる。

……女？　それも年若い？　咳から感じる声の印象がそれやった。いや、今はそれを考えてる暇はない、ここで畳みかける！

ワイは黒フードの方を向き、跳躍。空我流柔剣術『翼漂《よくひょう》』。独特の跳躍から重心を操り、敵の目からはあたかも空を漂ってるように見せる。

ここはアルトゥーリアのような段差がないため、本気で跳躍してもそこまで高さは出ない。だけど、黒フードはこちらを見ながらも空中におるワイの時間感覚が狂ったのだろう、動けなかった。

そのままワイは剣を振る。大上段から黒フードの頭をかち割るために。

じゃが黒フードはなかなかの手合いやった。予想外の状況にすぐ対応してワイの攻撃を見切り、反撃しようと突きの体勢を取る。防御ではなく、交差法。

この体勢からでは行動の中断も防御も回避もできない。そう判断してのことじゃろう。的確で素早く、胆力がある。

しかしこの『翼漂』、まだ続きがある！　ワイは相手の頭に触れるより遠めの位置で剣を振るう。体勢が崩れ、前回転の運動が加わる。

それでも黒フードは構わず突いてきているのが、視界の端に見えた。ここにさらに、ワイは足を踵落《かかとお》としの要領で動かす。剣の動きに足の動きが加わり、回転の速度が上がる。

人間の目というものは、最初の速度に目が慣れると唐突な加速で物体を見失う。これはそれを利用した技！

右足の踵落としが黒フードの突きを蹴り落とし、続く左の踵落としが黒フードの右肩に直撃する。

空我流柔剣術『翼漂・枯れ葉』。独特な跳躍と重心の操作による空中からの攻撃に、剣か踵落としかの二択を迫る。

黒フードはさらに呻《うめ》きながら二、三歩下がり、右肩を押さえる。ここしか勝つ場面はない！　ワイはそう思って着地と同時に剣を逆風の軌道で切りつけた。

が、黒フードは右手で持った剣でワイの攻撃を、余裕で受け止める。バカな、その肩は今さっき砕いたはず！　その感触はあった！

「こりゃ驚いた。ヒリュウよりも厄介で強い。『うち』じゃ厳しいな」

そのとき黒フードから出た声は、軽薄そうな男の声。

なんだ……？　さっきの咳は女のそれやったぞ？　ワイの聞き間違いか？

「剣の冴《さ》え、体のキレ、技の多様性……なるほどな、ヒリュウが負けたってのもわかる」

「邪魔だ『小生』！　出てくるな、これは『うち』の獲物だ！」

「無理じゃな。『儂《わし》』が見るに、『うち』とこいつとでは実力差があるわい」

「そうね。『私』もそう思うわ。『僕』、代わりに出られる？」

「……『僕』は新参者だ。それでもみんなが納得できるなら出る」

なんだ、こいつの口から次から次へと、若い男の声、妙齢の女性の声、老人の声と変わっていく。少なくとも五種類は聞こえるぞ?!

「じゃあ『僕』が相手になろう」

そのとき、ふわりと風が吹いた。優しい風が、黒フードの人物のフードを巻き上げ、その顔をさらす。

怖気《おぞけ》を感じた。

こいつ、若い女性から若い男性の顔へと、今まさに変化している最中だった。

不自然に顔が波立ち、鼻や顎の形が変わっていく。それだけじゃない。口が……五つある！

なんなんだこいつは、いったいなんなんや!!

「いくぞ」

黒フードの顔が男に変わると、ワイ目掛けて前蹴りを叩《たた》き込んでくる。気配は感じていたから、幸い腕を挟んで直撃は避けた。

しかし、重い！　さっき剣を合わせて感じた体重の印象が全く違う！　ビリビリと腕の芯に、骨に響く！

男は剣を翻すと、今度は半透明の刃《やいば》が槍《やり》の穂先のような形に変わる。まるで手槍や！

ゆっくりとした時間の中で構えた男のそれは、まるで一本の芯が入っているかのような姿勢の良さ。そこから僅《わず》かな一歩で放たれる突き。

あまりの姿勢の良さと隙のなさから、まるで始動がなくなっているかのような錯覚に陥る。

「なに、くそ！」

反応は半歩遅れたが、それでも間に合う！　槍《やり》の軌道をギリギリ『枝垂れ』で変える。

「お、その技凄《すご》いな……」

黒フードから感心したような声が出てくるが、いつの間にか構えに戻っている。

ありえない、攻撃の始動と終わりがない！　いつの間にか突かれているが、一瞬にして次の体勢に戻っている！

体勢を整えたワイは、剣を立てて峰に手を当てる。刃筋越しに黒フードの槍を観察する。

「……」

黒フードはワイの狙いを考えつつも、すかさず突きを繰り出す。やはり始動が見えない、気づいたら懐に槍の穂先が存在している！

なんとか防ぐものの、速度と一緒で威力が重い！　今度は剣で防いだが、あまりの重さに体勢が崩れてしまうっ。

だが、なんともならんわけじゃあらへん、すぐに気づいた。ワイはもう一度同じ構えを取る。

そこに放たれる突き。やはり、こいつの技の正体はとことんまで鍛え抜いた肉体と、とことんまで磨いた基本の技と所作によって、見事なまでに消された初動と技の継ぎ目、それにある！

そこに気づけば話が早い。その槍《やり》を防がずに、身をひねることで躱《かわ》す。そのままワイは間合いは詰めるべく一歩踏み出す。

当たり前だがすぐに次の攻撃の体勢になっていた黒フードの二撃目が放たれる。

しかしな、お前のそれは道場稽古の極地であって、戦場のもんじゃねぇ！

初動と終わりがない、だけど次の攻撃のための気を整える、ほんの瞬《また》き以下の時間はある。そこにワイは片手に持っていた砂を黒フードの目に投げつける。

黒フードは首を横にして躱す。ワイは乱れた槍の穂先を『枝垂れ』で逸《そ》らす。お前の技は、あくまでその構えからしか放てないんじゃろうよ！

ワイは乱れた体勢から左薙《ひだりな》ぎの斬撃。構えを直すのも一瞬だろうが、ワイの方が早い！

「ありゃりゃ、ここは小生が行こうか」

再び黒フードの顔が変わる。そこで気づいた、こいつ体型まで変わっとる！

黒フードの顔が軽薄そうな男のそれに変わると、棒を二つに分けて刃《やいば》を出現させる。二刀流かっ。

「いっくぞー‼」

気の抜けた気合いとともに、黒フードは剣を滅茶苦茶に操る。先ほどまでとは全く違う戦法に戸惑うものの、ワイは構えを解いて立つ。

剣を地面に突き刺し、両手を空ける。黒フードの二刀流は変幻自在、軌道も術理も滅茶苦茶でありながら、的確に急所を狙い攻撃先を読みにくくしている。

甘いわ！

「空我流柔剣術『空殿・桜枝垂《さくらしだ》れ』」

骨で立つ。その感覚でワイは構え、黒フードの剣を両手の『枝垂れ』で逸らす。

空殿は本来、歩方じゃ。隙を極限までなくし、どこから来てもどんな攻撃が来ても対処できるように身構えるもの。そこに敵の攻撃を誘発させ、交差法で仕留めるのが基本。

この『空殿・桜枝垂れ』はそれとは違い、骨で直立の意識を持ち、どの状況どの拍子でも踏み出せる体勢から、敵の攻撃を完璧に枝垂れで捌《さば》く防御姿勢。

黒フードの攻撃を捌き、逸らし……全て防ぐ。

「おいおいうっそだろ⁉『小生』の剣をここまで手で防いじゃう⁉」

「『私』が行くわ」

黒フードの顔が今度は妙齢の女性のものに瞬時に変わる。武器も同様に、今度は棒を合体させると大斧《おおおの》へと姿を変える。

それでもワイは体勢を変えない。両手をだらんと垂らして攻撃に備える。

妙齢の女性となった黒フードは、大斧を唐竹《からたけ》に振るう。体重と武器の重さを利用した、一撃必殺の技。

ワイは大斧の刃が頭に触れた瞬間、その場で縦回転を行う。刃が頭から後頭部に回り、背中に回り、刃が肌を引き切らぬ絶妙な速度と回転位置を保つ。

次に着地したときには、大斧は地面に衝突し、爆発したかのような跡を刻む。ワイは額から僅《わず》かな血が一筋流れるが、致命傷には至っていない。

「おいおい……『私』の一撃をそんなふうに躱《かわ》すの初めて見たわ」

「……空我流柔剣術『朧天月《おぼろてんげつ》』っ」

ワイは黒フードの懐に再び入り込み、右手を鳩尾《みぞおち》に、左手を肝臓《かんぞう》の位置に添える。

「ふんっ!!」

両足で地面を踏み抜き、その衝撃を関節で加速させ、両手から内臓目掛けて威力を放つ！

寸勁《すんけい》ってやつやな。アサギが使ってるのを見たことがある。あれは足でやっとったっけか。

黒フードはたたらを踏みながら下がり、腹を押さえている。これは吹き飛ばす技ではなく威力を貫通させる技、まともに食らえば内臓がイカれるやろ!!

地面に突き刺していた剣を抜き、トドメの一撃を放とうとする。しかし、再び黒フードの顔が変わった。これで何度目だ、いい加減にせんか!

今度は老人のそれになった黒フードの武器も、大鎌《おおがま》へと変貌する。かなり長大な刃をしたそれを、綺麗《きれい》な円回転で操る。

満月のような軌跡を描きながらワイに迫ってくる！　これは、前に戦ったユーリと技は似ておるが、流麗さはこっちが遥《はる》かに上や！

「『儂《わし》』はそこまで甘《あも》うはないぞぃ」

しゃがれた声のそれを聞きながら、ワイは剣で大鎌を弾《はじ》こうと振るった。

だが、全く軌道を変えられない！　むしろこっちが弾かれる！　初めからその軌道で、どのような介入も変化も許さない強固さを感じる技！

「どうする？　手のひらで逸《そ》らすか？　無駄じゃぞ、『儂』の技はそこまで」

「必要ねぇ」

ワイはもうこの技を見切った。迫ってきた刃を僅かな動きで避けると、神速の速さで手を動かす。

握ったのは、黒フードの手。大鎌《おおがま》の動きも同時に止まった。

「いくらなんでも、腕を止められちゃどうしようもねぇやろ」

「……やるのぉ」

老人の顔は愉悦に染まる。今度こそ、殺す！

「『儂《わし》』らでは敵《かな》わんわ。『俺』、あとは任せた」

黒フードの言葉と共に顔が変わる。そうはさせるか、ここで終わらす！

しかし、握っていた手から謎の力が伝わってきて、いつの間にか俺は投げられていた。

背中から地面に叩《たた》きつけられて混乱する。

何が起こったんや？　ワイは何をされた？

視界の端に見えた奴の足の影を見てゾッとする。すぐにその場を転がって離れると、そこに頭蓋骨を割らんばかりの踏みつけが。

地面から舞い上がる砂埃《すなぼこり》の量にゾッとする。あれを食らってたら、もうワイは死んどった。

黒フードはゆっくりとこちらを向く。そこに老人の顔はなく若い青年の顔があった。

「やるな。クウガとやら」

黒フードはワイに言った。

「俺以外のリュウファ・ヒエンの五つの人格の攻撃を、あそこまで耐えるとはな」

「……リュウファ？　リュウファ・ヒエンやと!?　お前がヒリュウに勝ったっていう!?」

ワイは驚きながら立ち上がる。前にミトスに聞いた、ヒリュウを負かした相手。

それが目の前にいることの衝撃。

「そういうことだ。これ以上は時間をかけられない。一瞬で終わらせてもらおう」

「なんやと？」

黒フード――リュウファは大鎌を振るった。刃の形が変わり、緩やかな反りをもつ剣へと変わる。

そして、無構えの状態でワイと相対する。

背筋に、再び怖気《おぞけ》。ワイは首を大きく仰《の》け反《ぞ》らせた。今まで誰にも見せたことのない、みっともない逃げの姿勢。

その首があった場所に、いつの間にか間合いを潰していたリュウファの剣が通り過ぎる。

危なかった、勘に頼ってなかったら死んでいた！

槍《やり》の奴とは違う、全く気配も初動も終わりも感じなかった!!

「躱《かわ》すか。ならこれだ」

リュウファは剣を両手で持ち、正眼《せいがん》で来る。ワイも正眼に構えつつ、前傾姿勢になる。

守りに入ったら間違いなく殺される、攻めねば！

しかし、リュウファの剣が閃《ひらめ》いたかと思うと手元に力を感じた。気づいたときには剣を巻き取られ、宙空へと弾《はじ》かれていた。

両手に武器がない。剣は遠くへ弾かれている。

「六尽流刀《ろくじんりゅうかたな》の型《かた》『絶槇《たつまき》』」

さらにリュウファの剣が、ワイの腹を切り裂かんと軌道を変化させる。咄嗟《とっさ》にワイはその軌道を読み、『枝垂れ』でリュウファの剣を弾いた。

が、次の瞬間には右の肩口に斬撃を叩《たた》き込まれていた。

肩を切り裂き、鎖骨を割る一撃。血が溢《あふ》れ、意識が朦朧《もうろう》とする。

「ち、予想外にその技のキレがあるか。命まで絶てなかったのは初めてだ」

ワイは膝立ちになり、溢れる血を片手で必死に押さえる。目の前の景色が真っ赤になるほどの痛みと苦しみが、ワイの頭を支配する。

「お前は失敗している。お前は、最初のリュウファへ放った斬撃と、その手のひらで武器を捌《さば》く技術だけを磨くべきだった」

なんやと!?　と怒れる頭が痛みを消す。何も口は開けないが、リュウファを睨《にら》んでいた。

リュウファはワイを見下しながら続ける。

「お前の技の根幹は、足の母指球と手の母指球に極意がある。足の母指球から生じた力

が、淀みなく関節を伝わり手の母指球へと伝わる。この手と足の母指球周辺が常人離れした器用さと筋力を持っているからこそ俊敏な動きと精密な斬撃を操れる。同時に、手の母指球に感じた力を足の母指球から地面に逃がすことで、相手の威力を逃がしている。素晴らしい器用さだ。

だからこそ、お前は……『枝垂れ』？　という技と基礎の斬撃だけを磨くべきだった。大道芸人のような技など必要ない、お前の強みはそこにあるのだから」

リュウファはワイの隣を歩いて通り過ぎ、最後に付け加える。

「お前が作った空我流が、お前自身に最も合っていない技だ」

その言葉を最後に、ワイは意識を失った。

どうと地面に倒れ、まぶたの重みにあらがえずに閉じる。

ワイの中に残ったのは、とてつもなく大きな悔いと敗北感だけやった。

〈『傭兵団の料理番 14』へつづく〉

付録　リルからの手紙 ～ガングレイブ～

「あいつら、結構楽しんでんな」

　エクレスがシュリたちを連れて仕事のために出て数日後、リルが作った鳩《はと》の形をした飛ぶ魔工道具に付けられた手紙を読んで、俺は思わず笑みを零《こぼ》した。

　こっちは数日間、ギングスが仕事で行ってきた説得……貴族派に乗せられて仕事を放棄している者たちとの話し合いの報告を聞きながら、その対応に追われていたのだがな。

　リルが飛ばしてきた手紙には、旅で立ち寄ったシュカーハ村での出来事が書かれている。

　ご丁寧に、何をして何を食べて、誰と仲良くなったとか事細かに書かれている。それどころか絵も描かれてる。

「ガングレイブ、リルからはなんと？」

「ああ、シュカーハ村で繰糸《そうし》工場のてこ入れを行ったらしい。そのおかげで、エクレスの交渉は上手くいったとのことだ。

　あと、自分たちの武勇伝を楽しく子供たちに聞かせて遊んでたともな。何やってんだか」

俺は今、昼飯を食いながらリルの手紙を読んでいる。そんな俺に甲斐甲斐《かいがい》しく飲み水を杯に注いでくれてるのがアーリウスだ。今、この部屋では二人きりである。

穏やかな風が窓から部屋に入ってきて、心が穏やかになる。はずなのだが、アーリウスと二人きりというのが緊張する。

なぜかというと、俺にはアーリウスとの間でやらなければいけないことがあるからだ。

まぁ……つまり、子供だな。領主となった俺には早急に跡継ぎが必要になる。そのために二人きりになる状況が増えている。ギングスたちも気を遣って、時間を作ってくれている。

だが……回りからそうやって気を遣われて作られた時間で、子供のことを考えるってのがなぁ……と、なんとなく心に圧力みたいなものを感じる。

「そうですか……仕事をしてるのでよしとしますが、予期せずしてあの人たちの休暇になってしまいましたかね？」

「そんなつもりは全くもってなかったんだがなぁ。ただ、あいつらの仕事をちゃんとしてくれれば俺の支配域が広がり、統治しやすくなる。……そうなれば、俺の夢への足がかりができる、という感じで」

「夢……そうですね。誰も飢えない幸せな国……」

「今度こそ叶《かな》えてみせるぞ。今までの全てを裏切らないためにも」

「そのためにも」

アーリウスは俺の手に、優しく自身の手を重ねてくる。艶《なま》めかしく俺の手をなぞる指の動きがどこかアサギの艶美さを感じさせ、俺をドギマギさせる。

「まずは、わかりますよね」

「わかったから心臓に悪いことはやめろ」

俺は顔を真っ赤にして、その手を振り払った。危なかった……このままアーリウスの流れに身を任せていたら、きっと俺は戻れなくなってしまっていた。

どうも最近のアーリウスには、抗《あらが》いがたい魅力というかそういうもんを感じる。気づけばアーリウスの、どこか男を引き寄せる笑みに目を奪われることがある。

アサギ曰《いわ》く、「長年好きだった男とようやく結ばれたことで遠慮がなくなった」という状態らしいが……。

「そ、それよりもだ。手紙には工場の視察とてこ入れ、子供たちへの武勇伝の劇みたいな催しをしていると書いてあった。さらには、その場でシュリが手掴《てづか》みで食べられる食事も出していたとさ。なんとまぁ、好奇心と胃袋の両方で子供たちから村の籠絡《ろうらく》を図るとは」

「ん……おそらく、策でやったことではないでしょう。いつの間にかそうなってた、でしょうね」

「想像に難《かた》くねぇ。シュリが勝手にやったことが良い方向に行ってたってことだな」

俺の態度にアーリウスは不満げだったが、どこか微笑《ほほえ》ましそうに手紙を見ている。

「シュリなら、そうなるかと」

「そうだな。さて、こっちも仕事を頑張るか」

結局、今日はそのまま仕事を終わらせた。


数日後。

「何やってんだあいつら……」

俺は届いた手紙を読んで、思わず笑いを堪《こら》えきれず机に突っ伏していた。今日届いた手紙は痛快だ、笑いが止まらねぇや。

「どうしたっスかガングレイブ」

「ああ、それがな……」

俺は執務室のソファに座って報告をしてくれていたテグに、手紙をヒラヒラと見せつける。ちょうど報告中にリルから手紙が来るもんだから、急な用件だと悪いから一旦こっちを優先したんだが……。

なんとも、内容は気の抜けたもんだった。

「エクレスたちが仕事をしている間に、リルとシュリは休みを満喫したそうだ」

「は？　休みを満喫？」

「エエレの町の子供と一緒に川に行って鮎《あゆ》を釣り、山に行って鳥を仕留めて山菜とキノコを採り、渓流で魚の罠《わな》を仕掛けてみたりとか、虫捕りをしようとしてたらしい」

「羨ましい!!　オイラもそんな普通の子供の夏が欲しかったっス!!」

テグは自分の膝を握りこぶしで殴り、ものすごく悔しそうにしていた。

うん、気持ちはわかる。

「わかる……俺たちの子供時代、結構殺伐とした青春だったもんな……」

「報酬を渋る大人……それを制裁する血まみれの部屋……後からやってくる大人の仲間たちとの死闘……組織から金を奪って終わり……う！　頭が！」

「やめろ！　そんな青春を思い出させるな！」

俺とテグは二人して悔しそうにしながら、同時にどちらからともなく笑い出した。

なんかもうおかしすぎるんだよな。

「リルとシュリ、いったい何をやってるんスかね本当に」

「ああ全くだ。仕事をしてるはずが、子供と一緒に野山や川で遊ぶなんて何考えてんのかわかんねぇや。あ、あと手紙の最後に『エクレスに懇々と説教されて怒られた』と締めくくられてる」

「そりゃそうっスよ！」

ゲラゲラと笑う俺とテグ。いやぁ、殺伐とした仕事の日々の中でこんな笑い話を提供してくれるとは、飽きさせない。

で、ひとしきり笑って話した俺とテグが落ち着いたら、

「じゃ、仕事をするか」

「マジで世知辛《せちがれ》ぇっスよね、大人って」

「言うな。切なくなる」

なんとも死んだ目をして仕事に戻る俺とテグだった。

さらに数日後。

俺は届いた手紙を読んで、驚いて立ち上がっていた。そして手紙が届いた窓の外を睨《にら》む。

その唐突な動きに、食事を運んできていたガーンが驚く。俺の食事はシュリが後を頼んだ料理人たちが持ち回りで担当して運んでくれている。今日はガーンだという話だ。

だが、今はそんな話をしてる場合じゃない。もう一度俺は手紙を読み直し、書き間違いや読み間違いがないことを確認する。

内容に間違いがない。ということは、マズい！

「ガーン！　ウゥミラ村について知ってるか!?」

「あ？　ああ、ウゥミラ村か。鉄鉱石が取れる鉱山と腕の良い鍛冶師《かじし》が多数住んでる村だな。最近鉄鉱石の産出量が減ってたっけかな？」

「ここからどれくらいかかる!?」

「馬車なら一日半かな。普通に行けば」

ガーンからの情報を頭の中で整理し、すぐに取るべき行動を選択する。

俺はガーンに向かって言った。

「ガーン！　ウゥミラ村で土砂崩れが発生した!!」

「は？　……はぁ!?」

俺の言葉に数秒間固まってしまったガーンだが、すぐに元に戻ってくれた。

「すぐに救助隊の派遣をする！　炊き出しの料理人の選定と食材の運搬の準備を頼む！」

「あ、あああわかった！　ウゥミラ村の土砂崩れはいつ頃の話だ!?」

「手紙はリルの作った飛行魔工道具ですぐに届く……正確な時間はわからんが、今までの手紙の日付から考えると、一日も経《た》っていないはずだ！」

「まだ助けられるか……!?　ギングスにも伝えて救助に動ける人間も集める！」

ガーンはそれだけ言って部屋から飛び出して行く。俺は窓枠に手を掛け、外を見る。

ここ数日、ここら辺は曇り空だった。だがウゥミラ村では土砂降りだったんだろう。手紙には必要最小限の情報しか書かれていない。

『ウゥミラ村で土砂崩れが起こった。救助隊を求む。リルたちはここで、できるだけの救助活動を行う』

これだけだ。

判断としては正しいと思いたい。災害は時間との戦いだ。一秒でも惜しい、人手と物資が欲しい状態だ。きっとあいつらは、抱えている食材も全部出して動いてくれている。

あとはこっちの仕事だ。どれだけ早くウゥミラ村へ救助隊を送れるかにかかっている。

「リル、お前たちがいてくれてよかったが……二次災害に巻き込まれるなよ」

俺はウゥミラ村があると思われる方向を睨《にら》み、呟《つぶや》く。

だが、その数日後に再び俺に届いた報《しら》せは、考えてもいなかった、最悪のもの。

シュリが誘拐……強奪されたという話だった。

この作品に対するご感想、ご意見をお寄せください。

●あて先●

〒101-0052 東京都千代田区神田小川町3−3
主婦の友インフォス　ヒーロー文庫編集部

「川井昂先生」係
「四季童子先生」係

ヒーロー文庫

ヒーロー文庫

傭兵団《ようへいだん》の料理番《りょうりばん》 13

川井《かわい》 昂《こう》

2021年11月10日 第1刷発行

発行者 前田起也

発行所 株式会社 主婦の友インフォス
〒101-0052 東京都千代田区神田小川町 3-3
電話／03-6273-7850（編集）

発売元 株式会社 主婦の友社
〒141-0021
東京都品川区上大崎 3-1-1 目黒セントラルスクエア
電話／03-5280-7551（販売）

印刷所 大日本印刷株式会社

ISBN 978-4-07-449705-8